本色文丛 · 于晓明　主编

文坛风云录

胡世宗 / 著

深圳出版发行集团
海　天　出　版　社

图书在版编目（CIP）数据

文坛风云录 / 胡世宗著. — 深圳 : 海天出版社，
2013.1

（本色文丛）

ISBN 978-7-5507-0598-2

Ⅰ. ①文… Ⅱ. ①胡… Ⅲ. ①日记—作品集—中国—当代 Ⅳ. ①I267.5

中国版本图书馆CIP数据核字（2012）第263751号

文坛风云录
WENTAN FENGYUNLU

出 品 人 尹昌龙
策划编辑 于志斌
责任编辑 陈 嫣
责任技编 蔡梅琴
装帧设计 王 璇
书名题签 嵇贾孜

出版发行 海天出版社
地 址 深圳市彩田南路海天综合大厦（518033）
网 址 www.htph.com.cn
订购电话 0755-83460293（批发） 83460397（邮购）
设计制作 深圳市龙墨文化传播有限公司 Tel：0755-83460859
印 刷 深圳市华信图文印务有限公司
开 本 787mm×1092mm 1/32
印 张 7.625
字 数 157千
版 次 2013年1月第1版
印 次 2013年1月第1次
定 价 29.00元

胡世宗，军旅作家、诗人。沈阳军区政治部创作室原副主任，1980加入中国作家协会，文学创作职称一级；辽宁省新诗学会副会长，辽宁省报告文学学会执行会长。已出版诗集《鸟儿们的歌》、《沉马》、《战争与和平的咏叹调》、《我把太阳迎进祖国》等11部，散文集《当代诗人剪影》、《铁血洪流》、《岁月漫忆》等12部，长篇报告文学《神秘之旅》、《火炬方队》，报告文学集《最后十九小时》，长篇纪实文学《坚贞不屈的赵一曼》、《赵一曼传奇》、《雷锋》及《雷锋传》（与陈广生合作）等7部，评论集《关于诗的书简》、《文苑边鼓》等2部，共计32部。曾有短篇小说选入《小说选刊》。主编，编选《新诗绝句》、《决战松嫩》、《黑土地军事文学丛书》等43部。创作电视剧《冬天也是春》、电视专题片《今日高玉宝》、《体坛尖兵叶乔波》、《铁军》等5部。曾获解放军文艺奖、中国人民解放军总政治部文化部新作品奖一等奖等多种奖项。有作品收入中小学语文课本，作词的歌曲《我把太阳迎进祖国》获2001年中宣部颁发的全国“五个一”工程奖，入选《中华百年歌典》。2006年8月，春风文艺出版社出版记录岁月长达46年的《胡世宗日记》（8卷本），计408万字。

感谢日记（自序）

胡世宗

我从小学六年级开始写日记，在初中偶尔写，到了上师范学校读中文班时，就天天写日记了，一直写了半个多世纪。在少年和青年时代，我在我日记本的扉页上常常自题两句话："假如你对生活热爱，就不该让一天的日记空白！"以勉励自己把写日记的习惯坚持下来。

非常感谢于晓明先生和于志斌先生，热情邀约我参加到海天出版社编辑的一套日记丛书中来，我的这本《文坛风云录》，是1975年至1982年间我在中国社会特别转折时期，对文坛一些人物和事件的真实扫描，校阅此书时，重读其中对浩然、徐迟、刘白羽、臧克家、艾青、贺敬之、魏巍、张光年、李瑛、袁鹰、张志民、方冰、雷抒雁等诸多作家与诗人的记述，他们的音容笑貌便清晰地浮现在我眼前，那个难忘年代文坛的模样，被我不经意地刻录下来。我想，这就是日记的作用和魅力吧。

此书摘录的是30年前的部分日记。这之后的30年间，随着我视野的开阔、阅历的增长、交际的扩大和思考的深入，我的日记更有大量对文坛人物和事件愈加丰富的记录，如果有时间和精力，我将陆续把它们再行整理，继续公之于世。

我觉得写日记就是自己与自己的对话，写日记的时刻是人生最美妙的时刻之一。我把我的日记看做是自己的生存记号。

值得庆幸的是，半个多世纪以来，我把写日记的习惯坚持下来了，这才有2006年春风文艺出版社出版的八卷本、408万字、记录46年生涯的《胡世宗日记》出版。它问世后，得到文学界、评论界、新闻界、日记人和广大读者的支持、鼓励和称赞，谓之为“生命的长征”、“文坛的瑰宝”。报刊上对《胡世宗日记》的评论文章达26万字之多。央视及凤凰卫视的“鲁豫有约”都做过专题报道。

我在把《胡世宗日记》赠送亲朋好友时，常在扉页上写一句：“岁月流逝，记忆永存”的话，这是我由衷的感言。我在整理阅读自己200多个日记本留下的大量手写文字时，竟有重活一遍的感觉，许多消失于岁月烟尘中的故人往事，都清晰地重新呈现，自己在学校的生活，在军营的成长，在文坛的见闻，及家庭每个成员的成长趣事，都历历在目。这使我不能不感叹日记的神奇，不能不从内心涌出对日记的感激之情。

从1996年开始，我即用五笔字型方法把日记打入电脑，并且始终未曾中断日记的写作。我将把我的日记事业进行到底，直到我真的敲不动键盘为止。

最后，我要大声地、真诚地、N次地呼喊：“感——谢——日——记！”

2012年10月1日于沈阳寓所

目录

Contents

1975 年日记

【3 月 6 日】 来京在解放军文艺社帮助工作，因在军里几次参与张绍文处长组织的给《人民日报》和《解放军报》撰写评论文章的工作，我被安排在评论组，组长是韩瑞亭。分管评论工作的张文苑副社长给我一个任务，就是协助浩然同志整理几篇理论文章。浩然同志是著名作家，写出了人人皆知的《艳阳天》，以我的水平很难胜任这个工作。张副社长说：这对你也是一个学习机会，去吧！这样，我就找到月坛北街浩然同志那栋楼那个单元那间住宅。

浩然同志和他一家人对我的到来都特别热情，一见如故，可我仍很拘束，不敢多说话，只听浩然同志谈。

今天上午，与浩然同志谈了三小时零五十分钟。

浩然同志说道：第一个问题要承认生活是创作的源泉。他说，一个作者和生活的关系，也是和人民群众的关系，和时代的关系。他说，不能认识生活就不能表现生活。要尽力扩大生活面。要写自己熟悉的生活，也要努力熟悉自己应当写的生活。文学不是照搬生活，而是要艺术地概括生活。

浩然同志说：什么叫“熟悉”？我七岁没了父亲，十二岁没了母亲，成了孤儿，十六岁包办婚姻。一般的农村生活，人情往来，赶集，上店，娶媳妇，送殡，盖房子……人与人关系，卖地，买地，各种生活，我都经历过，这算不算熟悉呢？光经历了，还不能说“熟悉”，只能是“了解”。对一个事物了解了，并且理解了，抓住了本质，这才叫“熟悉”。现在让我写农村，我还比较熟，但也有不熟的，让我写拖拉机手，我写不了，因为不熟，不懂。个人的认识总是有限的。

时到中午，我要告辞，浩然同志坚持留我吃饭，我只好从命。全家人一起吃。吃饭时，我注意到一个细节：浩然同志夹一个油炸花生米掉到地板上了，他弯腰去找到了，拿上来，用手捏碎了皮，脱了皮后，他把这粒花生米吃了。

【3月7日】晚上到浩然同志家。从晚6时半到8时半，与他继续交谈。

浩然说到他开始写诗，写歌谣。他说，年轻的同志写作，接触文学，往往从此开始。因为年轻人有激情。他说他曾在《河北日报》、《河北文学》上发表一些诗和歌谣。他说开始创作时应该尝试多种形式，到一定时候再有所侧重。一个人可能在这方面也可能在那方面发挥其特长。初学写作，只搞一种形式，别的都不写，也不看，这路子就越走越窄了。最好是各种形式都试试，摸一摸，自己在哪个方面更有特长，写起来更自如些。写小说的会写诗不好吗？使小说具有诗的节奏；写小说的会写戏不好吗？使小说具有戏剧的结构。他说他年轻时，关心诗，买了许多诗集，看了许多诗集，也写了不少的诗。

浩然说，一个作家的成熟与否，成熟的程度，其他方面抛开，可以从生活直接提炼出来的和间接提炼出来的比例看。比较成熟的作家，能够摆脱各种间接的束缚，直接从生活中提炼出来的比较多。

说到借鉴和吸收，浩然说，他开始学写小说，喜欢孙犁的优美，以后又喜欢上柳青的深沉，后来把他们二位的风格糅合一下，兼取孙犁的优美和柳青的深沉，效果比较好。

说到读书，浩然说，要广泛浏览，重点钻研。重点读自己喜欢的两三个作家的作品，全面了解他们，熟悉他们。主要是学他们怎么观察生活和怎么表现生活，学规律性的东西，不是学几个句子，怎么描写，怎么结构。他说，写《艳阳天》以前，他只看过四本外国小说：《钢铁是怎样炼成的》、《百万富翁》、《收获》、《只不过是爱情》，什么莫泊桑、巴尔扎克，全不知道，甚至都不知道是哪国人。他的体会头一条是看中国的，从当代往现代看，从现代往古代看。看当代人之作，容易理解，容易吸收，不管其怎样粗糙，总是经作者提炼一番了，总比你采访来的东西要细吧。新中国成立后的作家，哪个人出了几本什么书，他全知道，第一本、第二本，到最新之作，出来他就买着看。

浩然称赞柳青的《创业史》，他说，他与柳青没有深谈过，但看得出，柳青受到俄罗斯文学的影响。如果说这部书的不足，就是他的人物是一眼眼井，一个水井群，每个人都有深度，但没有形成波澜壮阔的长流。梁生宝、郭振山、姚世杰，不见面，各干各的。但这本书能流传下去。柳青对农民是同情的、欣赏的、喜欢的。他写农民居高临下："我要歌颂你们！""我就是我，你就是你。"他不是站在农民群众中间，还不是我就是你，你就是我。赵树理也是熟悉农民的，他基本上是批判现实主义，他写的是农村中典型的中间人物，只有《套不住的手》冒了个火星，一闪就没了。在《卖烟叶》里有浪漫主义。

浩然说，写长的东西，要善于"埋线"。他说，我在《金光大道》里，为英雄人物的胜利埋下了十八条线，不是一条线。他写一个妇女，至今人们不大注意她有什么用，到第三部就要用这条线了。

【3月14日】 上午到浩然同志家，与他接着畅谈，从9点钟到11点钟，谈了两个小时。

说到文艺作品的典型化问题，浩然说：二十年前，我采访过一个农村信用合作社，当时是为了堵塞高利贷的。我想写一写这个信用合作社的成绩，它带来的变化，它的优越性。一天，我和信用合作社主任谈话，合作社对面就是乡政府。恰好来了一对小两口儿，闹离婚。两个人都二十来岁，不到三十岁。为什么要离婚？因为他们分得的几亩地，让虫子咬了，秋收收不上来，生活困难，日子过不下去，两人一商量，各过各的，离婚吧！各奔前程吧！信用社借他们点钱，他们买了点米，就回去了，不离婚了，把小两口儿成全了。搞创作的人碰到这件事，高兴得不得了。我就写了一篇小说，写信用社主任的热情，歌颂农村信用社的优越性。写完后，我拿给区干部看了，他回了一句，很妙的："这两口子真怪，要叫我，两个人感情上没什么别扭，没有信用社，宁可借高利贷去，我干吗离婚啊！"我听了，不大服气，觉得他不懂"眼"。回来，我给几个搞创作的同志看了，大家说，这个不典型，也不真实。明明是真事怎么不真实呢？他们说，即使没有信用合作社，仅仅因为生活上遇到一时的困难，就妻离子散，这典型？二十年了，我一想起这事就好笑。典型化的问题不是说说就可以解决的。为什么现在作品雷同的多？主要问题是不能在典型化原则下提炼和概括。

浩然说："文革"前，我发表短篇小说一百多个，没发的也有一倍。没有这一百个短篇的练笔，我没有把握写《艳阳天》。那时我写得很多，有人说我"粗制滥造"，我当时没有接受。没有那个时期的"粗制滥造"，就闯不出经验和教训来。初学写作者不多写多练，怎么出"真知"？

【3 月 15 日】 我来解放军文艺社帮助工作，第一件事就是参与筹备部队青年作者座谈会。这个会今天终于召开了。由胡奇社长和张文苑副社长主持。文艺社的编辑人员有纪鹏、韩瑞亭、吴之楠、范咏戈、黄浪华。来自各部队的有方全林、韩作荣、李本深、贺茂芝、穆静、杜志民、陈淀国、张勤、林玉华、史国

世、常贵田、王树和、张发良、高红、陶泰忠、崔洪昌、冯福嘉、胡昕、王彤华、曾凡华。

会议中间，张文苑副社长说已经请浩然同志来给会议讲一讲，让大家提出希望他讲点什么问题，有什么要求。穆静希望他谈谈对散文的理解；张勤希望他谈谈理论对创作的指导意义；高红希望他谈谈从生活到创作形成文字时如何传达得更真切些；陈淀国希望他谈自己如何坚持创作，如何刻苦与勤奋。张副社长让我把这些问题整理一下，通报给浩然同志，让他讲得更有的放矢一些。

【3月18日】上午，浩然来到总政西直门招待所小会议室，与部队青年作者座谈会的同志们见面并讲了话。他说，生活是创作的源泉，但并不是一切生活现象都能放在作品里。说到散文创作，浩然说他没有发言权，他说小说酝酿时间长，所以有些东西他用散文来写。他说散文也可深刻反映时代。他说柳宗元的散文就是对时代的概括，今天更需要及时反映新生活的散文作品。

【4月10日】浩然同志来电话，他说在西直门总政招待所与部队中青年作者的谈话，当时觉得谈得还可以的，怎么一看校样全不是那么回事了。他说早上范咏戈同志送来了校样，当时他急着去二七厂，回来才看样子，有几处需要改动。他具体说了他要改动的意见。他还说到人民日报的杨扬来约他写一篇文章，谈《金光大道》的创作体会。他让我帮助他考虑一下提纲，明天，后天，或星期天，在一起研究一下。

【4月12日】晚上应邀到浩然同志家，从5时谈到8时45分。

浩然谈到做歌手和做战士的问题。谈到“初生牛犊不怕虎”的问题，他说这句话是个褒词，也不全是，因为还有个无知，不知道老虎能吃人呢。他说到雷锋，既不是堵枪眼的，又不是扑炸药的。星期天给人家补鞋，做好事，看人家有病去帮忙，与人为善。这种典型是经久不衰的。人们发自内心地觉得他好，永远不会过时。

说到一个作者的东西是有规律性的。他说，写一个人，写他的一天、一年，要了解他的一生。他说：我一直讲这个观点。我写马连福，写他被抓兵，那个烙印。他为什么能被拉过去？金钱美女利诱，甚至烈属的抚恤金他都给花了。

浩然回忆起当年他在中苏友好协会办的《友好报》当记者，在《红旗》杂志当编辑时，北京日报文艺部的编辑田藏申给他在报上开“北京街头”专栏。他工作的报社头头见他在别的报上发了很多东西就不满，说：“你有两个脑袋？一个脑袋当记者，一个脑袋写小说？”浩然说：“按你这么说，不是就等于没有业余创作了吗？”那个时候，他天天晚上在灯底下写作。上班时，别人迟到没事，他晚几分钟都不行。他总是提前到办公室。别的记者写一篇稿，他写两三篇稿，有一点毛病就往他搞创作上推。他说那可真是“泰山压顶”啊！1961 年，有人评他的小说《中秋佳节》；1962 年《人民日报》发一篇一整版的评论文章评浩然短篇小说集《珍珠》和《蜜月》。在写《艳阳天》前，这是一种鼓舞力量。《艳阳天》最早发在上海《收获》上，是在上海大陆饭店改写的。“文革”前，读鲁迅的作品，感到遇到知音了。《艳阳天》第一部出来时，韦君宜握着浩然的手说：“祝贺你！我代表读者感谢你写出了好作品！”

浩然说，作品标题很重要，写《金光大道》时，从酝酿到写完，一直想的是这个标题，很顺畅。写《艳阳天》开始叫“云火录”，根据扉页上两句谚语：“乌云遮不住太阳”，“真金不怕火炼”起的，后来改为“艳阳天”了。

【6月15日】又到月坛北街浩然家与他交谈，与他一起吃了他家自己包的绿豆红枣沙糖粽子。我们谈了一个上午。

见浩然桌子上放着日本作家上个月赠送给他的七八本书，

浩然谈到前一段经杨啸建议到河南辉县去了，去“燃烧燃烧”，结果在那里大病一场，患了重感冒。省委宣传部有三个人陪着，《河南文艺》约写散文，接见作者，讲话。本来带着写电影剧本的任务去的，可是从早上6点到晚上12点，访问者络绎不绝，脱不开身，又不好不接待。说让他参加一个座谈会，说只有几个作者，到会上一看，一百多！回北京不给买火车票，不让走！后来还是电影制片厂的同志给买了票，这才脱了身。回到北京，河南还有两个同志追到北京呢！电影架子搞出来。在辉县，两三个电影制片厂在那里搞剧本，题材内容大体上差不多。半年过去了，也没整出来。电影剧本作废了，可改成小说，已写十四万字，名叫《闯将》。这个小说和《西沙儿女》风格上有所不同，尽力通俗，故事性强，改改就能说评书。《西沙儿女》是散文诗风格，有的地方有点意思，但时间太紧，没有很好打磨。

浩然说自己搞东西主张拼，要快，一鼓作气把它搞出来。《西沙儿女》从采访到完成八个月，写的时间只有三个星期。《艳阳天》也是，从1963年到1965年12月26日全写完了，刚刚出版就遇上了“文革”。到现在出版已十年了，出版社出了精装插图本，里面有二十多幅彩色插图，作者是画《毛竹丰收》、《颗颗皆辛苦》和《故事员》的方增先，画得非常好。出版社说从没有过这样好的插图，但印出来就不及原画了，可是看了还是很好的。昨天他们送来给他看，很不错。浩然指着墙上挂的一幅浓淡相宜的水墨画《毛竹》，告诉我说这就是方增先的作品。他说计划6月底电影剧本脱稿，然后把儿童文学中篇《草原》和这个《闯将》改出来，今年算有个交代了。

接着，浩然谈到上海工人作家胡万春，刚刚收到胡万春的一篇小说，发在《朝霞》丛刊上，征求他的意见，还没看呢。

浩然回顾了从1955年发第一个短篇《喜鹊登枝》到1965年出版《艳阳天》，十年间写了一百万字。大部分作品是业余创作，只有写《艳阳天》请了创作假。从1965年到1975年，又是十年。浩然说："文革"初期，给我贴大字报，但我心里有底，一是我的作品打不成"毒草"，二是我没有生活作风问题，三是历史上找不出我什么。只是说我"骄傲"，有"自来红"思想，说我是周扬的"亲信"、"宠儿"，真是怪了！从1971年到现在的四年里，我写了一百五十万字，两部长篇，两个中篇，一个儿童中篇，一个短篇集，一个散文集。比起前一个十年，写得不算少，但那时我是业余啊，而现在是干专业了。他说：我的体会是，往往是搞得越快越顺利时，质量也越好，相反，那些很费时费劲搞出来的东西，质量往往也不大好，这就是个激情问题。写《艳阳天》和《西沙儿女》都很快，《西沙儿女》一天写七到八千字。他说：写《金光大道》给我两个月就够了。我问："够吗？"他肯定地回答："足够了。没有别的干扰的话，一天一章，有时一天可以写两章。时间长主要在酝酿时，酝酿好了，写就快了。电影剧本的挫折让我的情绪受到影响，血压都上来了，170到120。"

北京一个创作会议让他去讲，他说：我实在不愿意去讲，老讲老讲，没有新东西。特别是现在我自己正处在"难产"阶段，好比一个牙疼病人去卖消炎片，说能治牙疼，这不是笑话吗！往往出东西时，再累兴致也高，也好讲。一个作者最重要的还是老老实实拿作品。天津编了我一个创作谈话集，北京出了一个散文集。在南京师院学报上发了一个"通信"。《杨柳风》以后，编第二个短篇集就难了。

浩然和我谈话时，他的三个儿子红野、蓝天、秋川都在屋里。

【6月19日】我就要外出去黑龙江省，到浩然家告诉一声。恰好李学鳌征求浩然对他长诗的意见，浩然说：我一句话也说不出来，不知道是好还是不好，没的可说。浩然说他要去写《金光大道》，到密云一个公社，找个山区“猫”起来写。

他告诉我到了黑龙江给他写封信来。

1976 年日记

【1 月 5 日】收到浩然同志 1 月 3 日写来的信，信上说："许久不见你的面，亦不见你的信，此时在何方？又在做什么？我很想知道。有便请写个短信来。"他说："另外，你曾帮我整理的那篇谈话记录稿，一直无暇再整理。如果你能挤出一点时间的话，还想麻烦你。"他还说："我被创作任务和杂事压头、缠身，一言难尽。等有机会见到再谈吧。"这信是从蓟县 52891 部队政治部寄来的。

【1 月 17 日】下午，接到浩然电话，他约我到他家叙谈。我是在晚饭后 6 点半到他家的，直到 10 点半才告辞。

浩然和大嫂都臂戴黑纱，在悼念周总理。红野和春水在厨房忙着炒菜，蓝天和秋川在看天津出版社同志带来的一堆连环画书。

我来时，浩然正同天津出版社的同志谈他的中篇小说《三把火》。我在人民日报社吃了晚饭来的，浩然让我陪着喝了半盅酒。饭罢，浩然把天津三同志甩在屋里，与我一起上四楼的书房谈话。他的书房新添了一排八层槅、带玻璃拉门的书柜，满满一面墙，书都粗粗分了类。原有的两个小书柜在南墙靠着，里面还有南海的珊瑚。屋里新添了一张大写字台，在通县打完送来的。两把藤椅间有个小床头柜。隔壁居室有一大沙发床，一大衣柜，大衣柜是新的。

浩然送我两本书：《小猎手》、《火红的战旗》。

浩然兴奋地告诉我，他的《金光大道》第三部已经拉出来了，还待细加工。他说第三部拉出来后，感觉还远远没写完，还得写两部。第三部写1953年社会主义建设总路线，统购统销，普选。现在故事有了，思想上还须进一步提炼，在表现上，细节还不清晰。

浩然说，一个人要有主见。什么叫“主见”？像树枝，下雨就发芽，刮风就落叶，怎么能行？一棵树，要有根部，不能随风转。

他说我在人民日报编辑部学习是个好条件，老婆孩儿也不在跟前，下力多学点东西。他说如果他没有在《红旗》待过一段，《艳阳天》是搞不出来的。他告诫我，要抓紧时间，千万不要“油”，一“油”就“油”过去了。

浩然家的书房墙壁上挂着一个镜框，里面有一幅周总理的遗像，四边空白很大。在下首，有浩然同志写的六个大字：“我的人生榜样”，下面一行小字是：“浩然 1976 年 1 月 15 日参加追悼会归来。”接着，我们谈到周总理。他说：总理去世，让人非常悲痛，我听一次广播哭一场；看段报纸哭一场；自己想起来，也哭一场。哭得孩子们不敢做声。我们这么大国家的“老管家”不在了。我长这么大，死过父亲，死过母亲，但没有这么哭过。我这些天确实明白了，什么叫“悲痛化为力量”。说着，浩然从抽屉里拿出一张“周恩来同志治丧委员会”通知参加追悼会的信笺，在那印着黑字的背面，有以下几行字：“化悲痛为力量，以周恩来同志为榜样。决心把生命当做油，一直燃烧到死：给无产阶级革命文学史的征途，增加光亮！浩然 1976 年 1 月 15 日参加追悼会归来，于北京月坛北街一门八号寓所。”他说：总理本身就是一部近代革命史，我参加追悼会回来，立下雄心壮志，以总理为人生榜样。我们大家都应该立这个雄心，几百个，几千个，写小说的，写诗的，写戏剧的，写评论的，都把自己当做油去燃烧，无产阶级文学的征途就照亮了！总理真是太伟大了！人类史上引起这么大的由衷的悲哀，有过吗？没有过！有也是局部的。我们每个人都应该立大志学习总理，总理是一个巨大的油源，我们每个人只有豆粒大的油，芝麻粒大的、花生粒大的油，也要挤出来，燃烧！“撒到祖国的江河、大地上！”这是壮烈的诗，不得了啊！有了总理，我觉得有了人生榜样，怎么当一个革命者，怎么当一个战士，怎么做人，怎么做丈夫……这些都在升华，无比高尚！总理是最高最完美的典型，是一面镜子。接着他说到他从蓟县那个部队回来时，部队派了个面包车送他，车上只有浩然和送他的一个首长。有一个科长及其爱人孩子要搭车，说什么不让人家上来。最后那个首长下了车，说：“好吧，让你们上吧，我不走了！”作为一个客人，浩然在车上特别难为情，也实在气愤。科长说：“我们不坐了，去坐公共汽车。”最后是司机追上他们，让他们上车了。在车上，双方一路没好气。浩然说：“我今天见到了一个最丑恶的灵魂！”

浩然说到我的事情。他说，他想跟我谈一个事情，好好想一想，今后到底是搞创作还是搞评论？搞创作的话，是写诗还是写小说？要想好。现在三十几岁，正是时候，心里要有数。如果搞评论，要搞点基本功，要打好哲学的基础，没有哲学基础的人，怎能搞评论？还要研究外国文学，研究中外文学的差别，尤其是当代文学。在这个基础上，有系统地往里进，代表性的作品要看。如果搞创作，写诗要从研究《诗经》、屈原开始。写小说也要读代表作。再一个功夫，当代文学要广泛浏览，选最好的和最坏的。研究作品本身和作品产生的条件，选自己喜欢的。集中别人的精华，创造自己的风格。我比较喜欢孙犁、柳青、赵树理。孙犁的优美、抒情，柳青的深沉，赵树理的故事性。不是套他那个，套是没有出息的，好比都画虾，你能画过齐白石吗？有选择，有侧重，不是不搞别的了。没有主次，就什么也没有了。没有主次，就都是零。人体也有主次，心脏、大脑是主，其余的是次。锯个胳膊，行；锯个脑袋就不行。

浩然到楼下接待人民文学出版社的许显卿同志。春水和秋川都拿他们自己写的诗给我看。

【1月25日】今天是周日，我到北太平庄总政宿舍去，下午4点多回到报社，李春成告诉我，浩然同志下午两点来电话，让我去一趟，说有几个人等着我呢！我赶到月坛，见有北京装甲兵部队的马贵民等四人在，另有北京文化局的方南。浩然见到我来了就笑着说："你再不来，大伙要骂你了！"他们等着我来共进晚餐，有白酒、葡萄酒，菜和水饺。又说到学习周总理，浩然说他从不到百货公司逛，没那个时间，也不知道什么季节该穿什么衣服，捡一件就穿上，人家说这是夏天的衣服！再脱下来换上一件。他说，搞事业的人就该这样。他说：原来觉得自己没有特殊的地方，实际上有许多特殊，比如不习惯坐公共汽车。文化局党组织开会还和他商量，说，下午过组织生活，看你有时间没有？他说，这不应该商量，只要他在家，都要参加！写出作品来，连出版社的编辑都不给提意见，听到一点意见可难了。下乡不坐轿车，坐吉普车，而且到村头挺远就打发车子回去，走到村子里头。你又不是领导干部，坐轿车去，人家支部书记怎么和你谈话？他说，为人要正直，凡能在背后议论的，当面也同样讲，时间长了大家就知道他是什么人了。不抱粗腿，他写的书，传达室的，车库的，管收发信件的，他都送了，领导干部很少送。"文革"中，戚本禹正红，他和他都在红旗杂志社当编辑，找他很容易，他不去找。就是现在的领导干部，除了工作关系，没有私人来往。吴德同志很关心他，但他没去过他家，不知他家

住哪儿。他家的生活很俭朴，不要求存款，不赊账就行了。在文化局，工资是最低的，但交的党费多。有人以为他拿稿费多，还不得存万把的。《艳阳天》的稿费，出版社扣除了给他书以及他在出版社用的稿纸钱，全部让他交了党费。他告诉出版社直接转账，不要经过他的手。他也不想让人家知道交了多少党费。“文革”中，有人来揪斗他，因为他不同意他们揪斗批判杨沫同志，他们就冲他来了。以为一揪他就害怕了。他们揪他的脖领子，他也揪他们的脖领子。他们骂他一句，他也骂他们一句。他们骂他什么，他骂他们什么。他们吓坏了，没见过这样的作家。在这之前，他真的没骂过人。他说：“小子，咱们把骨灰烧出来，扒拉扒拉，看看谁干净？你就是工人了？我不相信，你代表不了工人。他寻思我拿多少稿费存了一大笔钱呢，说我是‘稿费资本家’。他吵吵的时候，我们‘对立面’的人就扯他，提醒他‘别提这个’。‘对立面’也知道我这个底。”浩然说，这次到蓟县坦克部队去，二十五天里，用一周时间写出了小说《三把火》，用半个月时间，拉出了《金光大道》第三部的初稿。最近准备出国到日本访问，是一个艺术家代表团，有画家关山月，还有几个演员，大约出去一个月。浩然让我帮他看看几篇讲话稿的打印稿，让我大胆勾一勾，共五篇。

【3月14日】早8点，与王栋同志会齐乘地铁到五棵松，到三〇一医院高干病房13病室24号床看望浩然。他身穿病号服，在走廊迎上我们。房间里两张床只住他一人。桌上堆满了书刊材料，其中有一本厚厚的唐诗。铺开的大稿纸上只有“第六十八章”的字样儿，这是写《金光大道》第三部的末尾。一张沙发，两把椅子。我们坐下，浩然给王栋拿烟，给我拿糖果。

浩然讲了住院经过。春节前，北京市评剧团改编了浩然的《三把火》，请他去审查讨论。当时他就觉得不好受，头晕。评剧团恳请他多留了一个小时，结果他愈发不好受了。被送进朝阳区医院一量血压，高压193，低压130，非常危险，弄不好就血管破裂，得脑溢血了，诊断为“高血压”和“高血压性心脏病”。当时给他安排在一个有八张床的病房里，有一个单间是给一个干部留着的。这个干部回家过春节去了，别人不准住。浩然坚决回家，在这儿根本休息不好。回家后，冰心大姐知道后，派儿子、女儿、媳妇来看望，并帮助联系住院。

浩然说有三件事让他心绪不宁，瘦了下来。一是让他去搞井冈山的电影，这个组有王树元，又把陆柱国拉上了。长征组有王愿坚等，赤水组有马烽、张永枚。他说《金光大道》只要给半个月时间就搞完了，可是就是没有这个时间。《三把火》和《勇敢的草原》等都需要好好改一改，但坐不下来。二是二儿子蓝天去当兵，走时他在医院，没送上，本来想让我代劳的，我不在北京。蓝天一走，他妈妈想得厉害，把他从小到大的照片全拿出来一张张看，边看边掉泪。蓝天来信，调子悲哀，环境不如愿，周围人都是南方人，口音不同，兴趣不一样。三是约稿多，费心不少，怕写不好。

说起一次到小山沟躲着写东西，浩然化名为“梁同志”，他本名叫梁金广嘛。有一次市里有急事打长途电话找他，公社说浩然没来呀！有一个梁同志在这儿。市里说梁同志就是他。公社就用大喇叭找到了他，弄得全公社都知道浩然来了，许多小青年连夜顶雨跑十几里路来看他……

浩然告诉我，《金光大道》第三部的校样已出来三百页了，还有二百页就完了。他说“三把火”这个书名不好，征求我意见，想改为“百花川”，里面的“梨园”因与犯忌的“桃园”相像，全改为“百花川”了。他把将译成六种文字的外文版的《艳阳天》的序和为北京大学中文系七三届工农兵学员散文集《北京抒情》写的序，两个打印稿交给我，让我给“过”一遍。另外还送给我一套连载《三把火》的《北京文艺》。

【3 月 22 日】去西苑宾馆九号楼看望郭澄清同志，他来京参加国家文化部召开的创作座谈会。我与他谈了两个小时。这位写出了三卷《大刀记》的山东作者，外表很壮实，其实身体很弱，主要是他干什么太拼命了。他谈到他原来做教师时的一些事情。

【3 月 27 日】今天从下午 4 点半到浩然家，直待到晚上 9 点 15 分。他老伴儿杨朴桥大嫂和春水、秋川都在家，后来红野下了班也回来了。说到蓝天当兵的部队要移至包头，是空军地勤。浩然不赞成他学开车。说到蓝天一走，朴桥大嫂精神受到很大刺激，病得不轻，头总是晕的。浩然拿血压计给老伴儿量了量，80 至 110，不高。

今天浩然会见日本朋友伊藤克。伊藤克夫妇来北京已久，丈夫回日本了，伊藤克一直等着见浩然，她在外文出版社也有工作。今天见面在首都饭庄，外文出版社两个编辑和一个翻译在场。浩然说中国话，她听得懂，她说话要翻译翻成汉语。伊藤克把《艳阳天》翻成日文在日本出版了，现在正翻《杨柳风》。伊译本是许多日译本中最好的。《金光大道》已有别人翻译了。伊藤克说她翻译《杨柳风》时被作品感动得掉了眼泪。伊夫妇等四个人在日本办了一个出版社。在回来的车上，伊藤克说，见到浩然，简直像做梦一样。她说在日本文艺界把浩然说成神了。伊藤克送给浩然一个小玩具，转泥人，一个泥塑的小姑娘手提红灯，上好弦就转，同时发出叮叮咚咚悦耳的声响。

浩然说到叶圣陶对青年作者的关心和帮助。在人民文学编辑部召开的毛主席词二首的座谈会上，叶圣陶用诗发言，浩然请他写下来，叶用工整楷书写了一个一二尺长的宣纸的条幅，并加盖了红印章。浩然拿出来给我看，字写得很好。浩然说，“文革”前，叶还曾送给他一幅字画，书写的是胡乔木的诗。叶曾表示愿给浩然的书做校对。还谈到冰心对他的关怀，冰心说浩然“树小根深，风吹不动”。还谈到巴人对他的特别关照。他说一个有成就的作家应该多关心青年作者的成长，哪怕是一封信，一次谈话。

他还跟我谈起李瑛和纪鹏的诗。他对李瑛的诗称赞有加。

临别时，浩然送给我两张照片，一张是他在自家书房写作，一张是和老伴儿及小秋川的合影。两张照片很大，他细心地用一本《北京文艺》夹着。还送我一本北京出版的《浩然作品评论选》，一本天津出的《出版通讯》，一本打印得很好的中篇小说《勇敢的草原》，一本马联玉以辛文彤为名写的评浩然创作的文章，还有一本三月号《革命接班人》杂志，上面有浩然小说《静静的中午》，这个小说全篇没有一句对话或自白，全是心理活动。

在浩然家吃过晚饭，他想留我住下，在书房再谈谈，我告辞了。

【4月1日】 浩然来电话，说南京师院又寄来一些资料，准备编印《浩然创作资料续编》，他嘱我把改好的在密云的讲话稿寄给他，也编到书里去。

【4月7日】 今天收到昨天浩然寄来的信，信上说：“我明日晨去长沙。那几份材料红野忘了发出，正好寄到沈阳吧。等我有了固定的地点，再写信给你。”他说的“几份材料”，是指创作《金光大道》的一点体会《紧跟时代的脚步前进》，在北京大学文学专业师生座谈会上的发言《写矛盾冲突的点滴体会》，在北

京音乐堂创作报告会上的发言《谈吸取生活素材》等。

【6月30日】浩然连着打来三次电话，我都没有接到。陈冠柏告诉我说“北京市文化局”有人打电话找我。我立即给浩然挂了电话，他约我到他家去。

晚5点半，我赶到月坛北街，浩然家有四位客人，除一位长篇小说作者外，另三人是延庆、顺义做文化工作的同志。几位客人走后，他同我谈起这次外出的情形。与王树元、陆柱国一起执行任务，写出了电影文学剧本初稿《井冈山》。在一起研究一个非常细的提纲后，陆柱国写出第一稿。一起搞了两稿。

谈到《金光大道》第三部，浩然说，很可能电影和小说同时出来，也可能电影在前头。他说不准备赶，尽力把质量搞好，准备打出样子后大改。下半年力争搞出来。明年一年把第四部搞出来，就了却了一桩心事了，再拖拖不起了。他说他想写一篇关于中长篇小说创作体会的文章，从素材到手后谈起，谈到创作过程，如何写人物传，如何抓住主要矛盾的线索……

春水焖了一锅大米饭，炒了豆角肉片、西红柿茄子，秋川切的黄瓜丝。浩然和我都喝了两杯啤酒。饭后，我急着赶路到北展剧场观看天津曲艺代表队的演出。

【7月1日】浩然打电话来，约我再去一次，他主要谈《金光大道》第三部创作上遇到的一些情况、想法。还谈到新近人民文学出版社出的《艳阳天》普及本，方增先设计的封面。出版社共送给他三套，他要送给我一套。

【7月2日】应约去浩然家，从晚7点到10点半，与之交谈。

说到《金光大道》第三部，浩然说，他准备打几份样子就拆版，以后重新排字，这样可以放手地改。他准备把第三部改一遍，抄一遍，放下写第四部。第四部写到合作化高潮，尾声写到大跃进。估计第三部书还没出来，电影就出来了。他说想电影出来后，过一段，大家淡漠了，再出小说。不着急，第三部和第四部的书一块儿出。

说到《勇敢的草原》，浩然说要改改。他感到调子不好改，只能写成《欢乐的海》和《西沙儿女》那种调子的，而不能写成《金光大道》那种调子。现在要加小伙伴，否则英雄少年有一点孤单。

说到我的工作问题，浩然说：在人民日报干一段可以，不要老待下去。在军区创作组不错。大军区，上面精神知道的也不算晚，下去一直可以到连队。你现在和我那时不一样。我到红旗时已有十六年的生活积累，当了八年农村基层干部，当了八年地方小报的记者，一直没脱离生活。你还年轻，这不只是在年龄上，这也指经历的生活风浪少。到了沈阳，还可以照顾家，我在这点上不唱高调儿。两地分居，再分十年，四十几岁了。也许回去会有什么动荡，后悔还不如留在这里了，这个问题你自己定，但我的意见是有倾向性的。

蓝天为部队图书馆买书回家来了。

临别，浩然赠我一套方增先设计封面的新版本的《艳阳天》。

【7 月 15 日】 与浩然谈到创作上的一些问题。他说："发生和发展着的新生活，是滔滔奔流的清泉，是馨香美味的米粮。一个人如果不经常地喝水、吃饭，借以供给和促使新陈代谢，胃囊再大，储存也是有限度的，肉体生命肯定要完结。那么用头脑和笔反映生活的作家，如果中断了新生活素材的来源，生活底子再丰厚，也要囤干仓尽，艺术生活也要画上句号了！"浩然说："作者置身在长满生活素材的花果山上，却不知道哪种果子酸，

哪种果子苦，哪种果子香，哪种果子甜。站在树下，空着两手徘徊，这能是艺术技巧问题吗？或者，他对那些果子，不论其酸的、苦的、香的和甜的，没有分辨，也不会分辨，全都兼收并蓄地采到筐子里，这是采摘技巧问题吗？以创作素材说，记录了满满几本子，却是原始的、芜杂的，真与伪，丑与美，新与旧，本质与现象，全都混在了一起，这能是艺术技巧问题吗？艺术技巧的存在价值和主要作用，是帮助作者把他从现实生活中体验、感受的创作素材，集中和概括地再现出来。它不能把作者没有体验和感受的东西变成有，也不能把作者体验、感受不深刻的东西变成深刻，更不能把作者体验、感受不正确的东西变成正确。"他还说："一个文学作者，他的观察力一定要十分敏锐。首先要'敏'，就是敏捷，反应快。在生活中，一般人没有留神的现象，你一触就看到了；一般人虽然看到了，但还没有摸清头脑的时候，你一把就抓住了。同时还要'锐'，就是锐利。遇到事物现象，像针一样，噌的一声扎到底，触到生活的神经上；像透视机一样，嚓的一响就照亮，看到事物的内脏。他又应当像镜头那样，及时地把事物摄取下来，又如同化学分解液那样，准确地把事物区别清楚——这样，为艺术表现生活就备下了原料。"他还把作家比做木匠，他说："写作经验丰富的同志，就如同老木匠下料一样，他会在一边选择原材料的时候就一边考虑它们的实际用途：眼前是长的、短的、直的、弯的杨、柳、榆、槐各种木料，脑子里却同时闪动着柁、梁、檩、柱以及小板凳和切菜板了。学习别人的成功的创作经验，是丰满我们智囊的一条支渠。但是，读别人的作品，不能作为补充自己生活素材的手段，只能当成提高观察生活能力的一种协作力量，学习人家正确地吸取生活和准确地表现生活的方法和规律。"他说："一个革命作家，他应当是一棵大树，耸立在大地之上，耸立在森林之中。树木，它在下面的根须伸延多远，它的树冠就多么大。根深才能叶茂。”

【7月27日】下午4时半，传达室电话通知我北京文化局有人找我。我心想可能是浩然来了。下楼一看，果然是他，跟他来的还有春水、秋川。他们乘坐的那辆豆绿色上海牌小轿车，停在人民日报社大楼门前。浩然告诉我，他在办去朝鲜访问的出国手续，今晚赶到通县，那里有一个创作会议，请他去讲一讲。我请他上楼谈，他不愿意去，就在大门口站着唠了一会儿。我收到了王子夫寄给我的《晨光曲》，我请他向子夫问候。我目送他乘坐的小车在繁华喧闹的王府井大街里消失了。

【7月29日】在浩然离开我的次日凌晨，唐山发生了大地震，北京有强烈震感。今天是地震的第二天。不知浩然及一家人会怎么样，我打电话，没人接听。我担心着，就去了月坛北街他的寓所。敲门后，我等一会儿，没有反应，就想离去。这时门开了，开门的正是浩然。除蓝天外，一家人都在北京，只是秋川和朴桥大嫂没在屋，而是到十字路口的一家新盖起的商店下层避震去了。红野和春水在忙着做晚餐。

浩然与我谈起在通县招待所的遭遇，幸好两个孩子都和自己住在一楼的一个房间。大地一摇晃，就摇晃醒了，全跑到外面来了。小秋川被吓病了，当天中午就坐车回北京了。浩然领我到避震的那个商店下层看了看，挤了许多家，秋川在那里无精打采地坐着，几口人只有一张小行军床，晚上可怎么休息呢?

【8月1日】下午4点25分接到浩然电话，他告诉我，他们全家被北京市文化局用车接到长安街六部口邮电大楼东边，局里给搭了一个简易的防震棚，接着来了一台小面包车，棚里有四五张床，同李学鳌全家住在一处。当时晚7点半，我赶到六部口看望浩然一家人，恰好杨啸与管桦两位同志也在，浩然用啤酒

和春水从局食堂打来的菜招待我，大嫂还洗了桃子，切了西瓜。看到他们在地震威胁中这样安全地生活，虽零乱一些，总算让人放心了。

【8月2日】和昨天一样，晚上我又赶到六部口，整个长安街两边，全是各种各样的防震棚，一个连着一个，成了一个长长的居民生活区。在浩然家的简易棚里，我们谈起地震及其他事。王主玉来看望浩然。他的长诗即将出版。我告辞时，他们二人送我到大街上。

【8月4日】上午，在北京市文化局，浩然与我谈起地震后他采访的几件感人事。一件是居民委员会的赤脚医生，在居民分散在大街上住的情况下，仍坚持到简易棚中为病人送药打针医病；一件是户籍警察，当邮局为许多信件无法投递而发愁时，警察把散居在大街上的人们按原来的门牌号码编了队，他们想到北京连着全国，把亲人们关心的电报和信件退回去将在亲人心中引起什么，他们让每一封电报每一封信都有着落；还有一个小饭馆，地震后经检查不能在屋里营业了，他们想方设法在室外坚持开店，每天比平常要多做几倍的食物，还免费供给开水……浩然打算写一篇散文，标题就叫《写自西长安街的报告》，我请他快写，早一点在《人民日报》副刊上发出来。

我回到报社，把浩然的想法和袁鹰说了，他说好啊，请浩然快点写出来。下午，我打电话给浩然，他说许多缠身的事要办，散文再推迟两天。

【8月5日】上午11点，我在防震棚里见到浩然，他那个记着采访材料的本子丢了，我和他在几个地方找了半天，最后在小面包车上的一个提兜里找到了。

【8月8日】上午，浩然来电话说，陆柱国这几天找了他，

催他去上海。另外访问朝鲜的代表团又要集中，散文就不写了。

【8 月 12 日】上午与浩然在防震的简易棚里见面，他一家人和李学鳌一家人都在。秋川买来了冰棍，春水切了个西瓜，结果冰棍化了，西瓜也摔了。浩然说这是在防震棚见的最后一面，马上要搬新地方了。

【9 月 16 日】晚 6 时，我赶到北京市文化局紧里头的一间屋子，这是浩然的临时住房。浩然谈到毛主席逝世所引起的极大悲痛。他是毛泽东治丧委员会成员，在听广播之前并不知道。他已为主席守了两次灵，最后一次守灵时间是 17 日下午的 3 时至 6 时。他说他准备到蓟县盖几间简易房，全家搬到那里去，住上两三年，把《金光大道》三部、四部一起完成。

临别，浩然送给我一本选载了第三部《金光大道》的第九期《北京文艺》，并一直送我出院儿，到长安街上。

【10 月 21 日】上午，与浩然交谈。他谈到“四人帮”之可恶，特别是谈到江青的一些丑事，谈到他四次见到江青的情况。每一次都是市委、局党委通知他，去之后，他对市委、局党委有汇报。

我们在交谈中，马联玉同志来，又一起谈了一会儿。

1977 年日记

【7 月 18 日】接到通知，到解放军文艺社帮助工作。今晨达京，在宋世琦、刘梦岚家吃了早点。

上午到解放军文艺社报到，分配我到诗歌戏剧组，组长是我熟悉和敬仰的诗人李瑛，为此我很高兴。

军里的王同富副处长和柴全径干事随军政委华山来到国务院文化部，华山任部长，王同富及柴全径做具体秘书工作。下午我到他们那里去了一下。

晚上观摩空政话剧团演出的《穿云破雾》。

【7 月 20 日】接徐刚电话，他说老田（袁鹰）约我给《人民日报》赶写一首诗，歌颂十届三中全会的。下午写出，标题为《北疆哨所喜气浓》，写战士欢呼十届三中全会的召开。

【7 月 21 日】上午到人民日报社送稿子，同姜德明、傅冬、老田谈了文艺部近况，也谈了文艺社这边的情况。

【7 月 22 日】晚上，与柴全径等军里的战友到天安门广场度过了一个喜庆之夜、不眠之夜。到处灯火通明，彩灯攒动。人们为十届三中全会的召开，表达着自己的欢喜之情。

【7 月 23 日】上午冒雨参加总政机关的队伍游行，庆祝十届三中全会的召开。

下午，在总政礼堂出席庆祝大会，总政领导梁必业、徐立清、黄玉昆、傅钟等出席。梁必业讲了话。

【7月25日】去工程兵礼堂观看海军歌舞表演。

李瑛给我看了他给一位语文教师写的信的手稿，谈了他对自己的作品《一月的哀思》创作中的一些想法。其中谈到“我不能到医院去瞻仰你，只好攥一张冰冷的报纸”句，因当时自然季节是1月，而政治气候正是寒流紧袭的时刻。说报纸是“冰冷”的有三层含意：一是有总理逝世的消息，这个噩耗自然是严酷、冰冷的；二是“四人帮”把持控制的报纸，对总理逝世的报道是压制的、冷漠的；三是自然时令又正是冬天，所以用了“冰冷的报纸”这一句。“四人帮”不许人民悼念总理，报纸上除发了简单的公报，面对亿万人民的深沉怀念和无尽哀思，电台不广播，报纸不刊载，这样在心头只有对总理逝世的巨大悲痛和对“四人帮”倒行逆施的愤恨了，这样的报纸算什么报纸！这里选用了一个“攥”字，是用以表达作者（也是全国人民）的愤怒心情的，想用这个字，同在夕阳里，国旗低垂，万民伫立，一任冷风撩起头发等情景一起，完成一个又悲痛又愤怒的典型形象和典型情绪。“把一个前线战士的崇敬献给你”，是打算用这句诗表示出作者的身份。此外，全诗中再没有表示作者身份的笔墨了。我想，从广义来讲，我是军人，自然是一名战士，而战士的岗位永远应该是站在前线的；其次，我又是一个诗歌作者，我认为一个作者就该是一个战士，当他拿起笔来写作、来歌唱、来战斗时，应该永远像一名革命士兵拿起枪进入阵地一样，无论是在边防、海防对敌的火线，还是在国内党内阶级斗争的前沿，他都应该是一名革命的士兵。“车队像一条河，缓缓地流在深冬的风里”，反复出现了四次，我的设想是：一、以此对全诗的结构起调剂作用，否则，全诗大段排下，是否容易显得平板和呆滞？二、因反复四次中间的各段，内容均是相互联系又各自相对独立的，反复一次，用以本章中各段层次的清晰程度；三、给读者造成一种灵车缓缓流动的实感；四、是多次反复，也可显示因感情悲痛而使长安街变成很长，灵车的流动是缓慢的这样一种庄严、肃穆、沉重、悲痛的气氛和情绪。“一双眼——一道冲决的大堤”和上句“一颗心——一片翻腾的大海”是一个句组。这两句都是表达人们汹涌奔腾的心潮和哀思的。这种动势又和上句“长街肃穆，万民伫立”的静的状态成为对比，静中有动，动中有静，统一在一个有典型意义的环境之中，用以加强形象的塑造和气氛的渲染。“一辆车，碾过了一个峥嵘的世纪”一句，因灵车上置有周总理的遗体，敬爱的周总理为人民战斗到八十高龄，经历了中国历史最不平凡的年代，想起他伟大、光辉的一生，不能不想起这近一个世纪以来的峥嵘岁月，他的名字和我们，甚至和我们这个世纪的每一个人的命运都是紧紧连在一起的。今天总理作为一个人的一生岁月，是结束了，但我们所处的这个风雷震荡、云水翻腾的革命历史，仍在向前胜利发展。这句诗是对总理一生概括的歌颂，也是对近百年来革命斗争胜利发展的大好形势的礼赞。“只有一枚你戴了十年的像章”句，后来的定稿改为“只有一枚你长年佩戴的像章”了，这样改，并没有更多原因，只是出于想来似可不必拘泥于具体的年数（十年），十年，自然指的是“文化大革命”的十年，但觉得写十年，过实了。周总理从“文化大革命”开始佩戴像章起，一直把它戴在胸前，从未换过，直到临终。总理的一生确实是无条件地踏实地执行毛主席全心全意为人民服务教导的一生，我选用这一枚像章，既表示出总理和毛主席的关系，对毛主席的态度，又作为本章的结束。

【7月26日】 读贺敬之的《“八·一”之歌》，这首长诗以一个“地方同志”也是一个老兵对部队的饱满激情，歌颂了人民子弟兵走过的战斗历程。

【7月27日至29日】连续几天读各地的诗歌来稿，处理稿件。把自己认为不错的稿子送给李瑛看，由他定夺取舍。

看沈阳军区的话剧《雷锋》。

【7月30日】在总政礼堂参加总政机关庆祝建军节大会，总政黄玉昆副主任主持，李真等同志发言，徐立清副主任讲了话。会后观看了电影《延河战火》。

下午在总政食堂会餐，梁必业、徐立清、黄玉昆副主任出席，田维新副主任也出席了。

去首都工人体育场，看八一队与苏丹军队队的一场足球赛。

【7月31日】读黎汝清的长篇小说《万山红遍》，这是要组稿评论的一部书。

【8月1日】王中才去武汉组稿，中午我送他到火车站。

晚上去人民日报社宿舍，与宋世琦、刘梦岚夫妇谈近期文艺动态。

【8月2日】晚上持票冒雨到首都体育馆，在北台八排，观看一场部队的篮球赛。今天幸福地见到了华国锋主席、叶剑英副主席、邓小平副主席和中央政治局其他领导同志。观众大都是部队的，成建制地坐在观众席上，大家见到久违的邓副主席，都不顾纪律地站起身来，向主席台张望，并热烈地鼓掌。中央领导同志以与部队指战员们一起观看部队之间的球赛的形式，与大家共度了这个难忘的节日。邓副主席也以这样一个特殊的方式在公开的场合“亮相”。

【8月5日】李瑛又一次同我谈《一月的哀思》。他强调地说到那一句“冰冷的报纸”，自然季节1月天是冷的，政治气候

正是寒流紧袭的时刻。有三层含意：一是总理逝世消息是严酷冰冷的；二是当时把持控制报纸的“四人帮”及其爪牙，他们对总理逝世及人民群众的悼念的报道是压制的，态度是冷漠的；三是自然时令是冬天。“一个前线的战士”这一句，广义地指军人，战士就是在前线的，另外诗作者就是前线的战士。“车队像一条河……”一是对全诗起调剂作用，二是加强章节间的清晰程度。

【8月6日】下午去人民文学出版社小说北组，见到了老熟人李景峰和孟伟哉的长篇小说《昨天的战争》的责任编辑老李。他们送我新出版的《林海雪原》、《雁塞游击队》和内蒙古三十年短篇小说选《草原集》。

晚上，到中央人民广播电台文艺部宋家玲家，谈起他在干校的生活，他胖得好像变成了另外一个人。想起十二年前，他到长春找我和王中才约写广播剧的情形，如在昨天。

【8月7日】上午，南京军区方全林来谈写黎汝清的《万山红遍》评论稿的事，我和他在景山公园墙外树下人行道内侧的路边坐下来。编辑部让我和他两个人完成这部长篇小说的评论文章。我们在一起谈得很愉快，也很顺畅。

下午去袁鹰家，谈到他的散文《长街赋》、《江声赋》和《山色赋》，受益匪浅。

【8月9日】晚上，在人民日报社传达室，与徐刚闲聊，我们一起谈起“十一大”，谈到他写的长诗《鲁迅歌》，他还打算写一首长诗《毛泽东之歌》。应约为“十一大”赶写诗作，熬了半宿。

【8月11日】约方全林到人民日报社，见到蒋荫安、黄保真二位编辑，与他们一起谈《万山红遍》评论文章之事。从程光锐处取来他给《解放军文艺》的诗稿。回到编辑部时，李瑛已抄出叶挺《囚歌》，他让我找一下歌颂方志敏烈士的诗，要在刊物

上发表。

李瑛让我把光未然写的《英雄钻井队》长诗，送到张光年（即光未然）的家里。张光年住在东总部胡同60号。我去时，他恰好在家，正与《人民文学》的一位副主编在谈工作。光年同志谈到与刘白羽同志一起去了任丘，身体还可以，回来觉得乏了。我问他写《黄河大合唱》时多大年纪，他回答："二十五岁。"他说那时候民族处于危亡时期，年轻人成熟得早。光年同志恢复工作后到国家出版局，管两个刊物：《人民文学》和《诗刊》。光年亲切地问我多大年龄，还问了我爱人和孩子的情况。在他那里我坐了一会儿就告辞出来了。

【8月13日】浩然与我通电话，他昨天从密云回到北京，接待日本中岛健藏率领的文化代表团。今天晚上他有宴会，宴会过后，他说到我住的总政地安门家属宿舍来看我。

差10分9点钟，我正在传达室打电话，一辆蓝色"上海"小车开进了院子。车停下，我追上，正是浩然。他穿着白衬衣浅灰裤，同我上楼，在我的宿舍里坐了四十五分钟。他说今天是陪同廖承志同志在北京饭店接待日本文化代表团，今天高兴的是周立波第一次露面，也参加了这个外事活动。他说今天高兴，喝了三小杯茅台酒。我要给他倒水，他说不用了。他问我的近况，说"无所求，无所得，无所失"。他说北京作家协会让他和杨沫、李学鳌三个分别出席党的"十一大"、五届人大和五届全国政协会议。他说他在古北口有四间房子，有煤气炉，菜也充足，可以在那里写东西。《金光大道》第三部正在改，第四部的架子搭起来了。提纲寄给了电影厂，同时在改电影剧本，准备建国三十周年大庆时捧献出来。

【8月21日】上午参加大游行，行走了二十多里路。

下午参加在总政礼堂召开的庆祝大会，梁必业副主任主持，徐立清副主任讲话，还有几个代表发言。

晚上去看宋家玲同志。

【8月22日】中央人民广播电台文艺部的华斌来电话告诉我，我的那首长诗，今天下午2点25分配乐播出，请我收听。

全天在修改沈阳军区歌舞团的一篇纪念毛主席的稿子。

【8月23日】张文苑副社长让我为董辰生的一幅画配诗，并校正了沈阳军区歌舞团稿子中回忆《蝶恋花》的文章的错处。毛主席的《蝶恋花》到底是二十年前发表的还是十八年前发表的，我问了前进歌舞团来京的同志，他们也说不很准。张文苑说你问问人民日报吧。我电话找到袁鹰，他记得十分清楚，因为这首诗当时发表他是责任编辑。那时毛主席的诗发表也不轰天动地，也不是发表在一版上，就当做作品发表在副刊上，只不过放在头题。这首诗是二十年前写的，十九年前发的。袁鹰记忆犹新。

晚上观看广州军区战士业余演出队的演出。

【8月25日】我打电话给人民文学出版社找李景峰，接电话的是韦君宜同志，她说景峰外出了，人不在。她听说我是解放军文艺社的，便问起邓小平副主席过问的几十部长篇小说的事。她是一个干练的人，讲话利落，问话简洁："如何？""如何？"给我印象很深。

李瑛给张光年打电话，问那首我送回去的长诗《英雄钻井队》改好了么？光年同志把稿子要回去，说是自己还要改改的。光年说已经发在《诗刊》九月号了。

张志民打电话来说身体不怎么好，正在写长些的东西。

陈其通写了一首庆祝"十一大"的诗，质量不敢恭维。如果是群众来稿，就不会用了，许多来稿比这首要好。李瑛说，这首诗还是要发。

·晚6点零5分，收听到中央人民广播电台重播的我的长诗《新的进军》。

看电影《瓦尔特保卫萨拉热窝》，情节紧张，人物形象生动。

【8月28日】 国家文化部有票看电影《王子复仇记》，柴全径给我弄了两张票，我和中才去民族文化宫观看了这个著名的影片。

下午在人民日报宿舍，看望了袁茂余，他在家打电脑游戏。他的小女儿小辉已是红小兵了，上了小学一年级。他与我谈了文艺部的一些情况。他说到浩然和李学鳌是怎么“出来”的。当时“文化大革命”，浩然和李学鳌都下乡了，人民日报组织稿件，一般都不署个人的名字，落款都是某某公社、某某大队贫下中农写作组。那次约了浩然和李学鳌写稿子，稿子带回报社后，编辑就署上了他们个人的名字，这在《人民日报》上发表后，引起了极大震动，读者都认为他们没问题了，获得“解放”了，于是他们在书店封存的书就拿出来卖了，根据就是《人民日报》上发表了他们的署名文章。

【9月2日】 昨天观看了福州军区话剧团演出的反映台湾“二·二八”起义的话剧《台湾儿女》。今天晚上观看了南京军区话剧团演出的话剧《城下城》，剧中人物周恩来总理一出场，台下就报以热烈的掌声。人们第一次在话剧舞台上看到心爱的总理形象，感到非常亲切。

【9月6日】 李瑛写了长诗《毛主席，我向您汇报》，让我看了他的草稿。我建议他改一下标题。写周总理的题为《一月的哀思》，这首不如就叫《九月的汇报》，他认为可以。

下午，李瑛让我把他这首诗送到光明日报，光明日报社楼里正放电影《瓦尔特保卫萨拉热窝》，我等了一会儿，见到了许兆焕和韩嗣仪两位编辑。

晚上去首都体育馆，观看纪念毛主席逝世一周年的文艺演出。有周正朗诵李瑛的诗，另有李维康、郭兰英、王昆、李双江、加米拉等人的演唱，我喜欢看舞蹈《绣金匾》。

收到惠娟寄来的信和海英、海泉的照片。

【9月8日】光明日报社打来电话，说李瑛的诗排出大样了，我替李瑛到光明日报社把样子取了回来。

沈阳军区前进歌舞团给我十张《蝶恋花》的票，我请黄浪华、刘家驹、陈作犁、耕夫等一起去观看了晚上的演出。今天主演是葛莉，比白淑妹年轻，形象和体力都有优势。白淑妹和葛莉分别为杨开慧的AB角。

【9月9日】总政机关召开纪念毛主席逝世一周年大会，梁必业副主任讲话，徐立清副主任主持，会后放映纪录片《东方红》。

天安门前召开纪念毛主席逝世一周年的大会。

晚上观看中国京剧团的《红灯照》，刘长瑜饰演田小燕。此戏是近年来我看过的最好的一个戏剧。

今天的天安门是不夜的城门，今天的长安街是不夜的长街。到处灯明花香，人群不散，都是纪念毛主席的。我回到宿舍已是后半夜了。

【9月13日】看校样，准备明天的汇编会。

晚上骑车去浩然家，我到他家，他刚从外面回来。春水与红野的对象在厨房忙着做饭菜。浩然说，他今天是和杨沫一起同一法国客人在郑律成夫人丁雪松陪同下，谈了几个小时。这位法国客人提出许多新的问题。谈到我国的对外宣传。两三年前，郭沫若请她吃饭，她问起，中国除浩然外，其他老作家是否都受到压制？郭老予以否定。那时西方报刊说中国文艺界如何如何，这位法国客人来华访问后发表了与西方报刊说得不一样的报道。现在又反过来了，当时西方报刊说的确是事实。法国客人还问起毛主席"洞察一切"为什么没有"洞察"出"四人帮"？她问的问题很尖锐。

浩然说："文化大革命"前的作品和文章是喜悦，是感情的自然流露；"文化大革命"中的作品和谈体会的文章，有使我红脸的，但没有大红脸的。今后创作要变一变。当然还是以歌颂为主，对歌颂的理解有所不同。如果仍是以前的调子，那就是麻痹群众了。过去写东西也有担子，现在担子更重了。有一种责任，现在需要青霉素，需要消炎粉，需要维生素。在体育馆开大会，谢冰心老人紧紧握住我的手，她说那个时候可担心了，儿子儿媳都说浩然可别卷进去，她说不能。她说一是树小根深，风吹不动；二是任何时候都不当大树，任何时候都要把根子扎得深深的。这两句话令浩然感动，并记得很牢。他说这些年有两个东西盛行，一是理论与实践公然脱节，二是煞有介事地搞形式主义。

我与浩然谈到夜里10点10分，与他告别。下着濛濛小雨，柏油路像冰面的路，映出路灯的光亮……

【9月14日】 一天开汇编会，对《三做病号饭》等有不同看法，有争论，会开得很认真。

晚上去给刘梦岚还自行车，恰她家来客人，是天津师范学院的王老师和一个青年，参加教育部写作班子来京。刘梦岚炒菜备酒，老宋不准我走，留我陪客。不一会儿，天津大学的王树榕老师也来了。彼王是刘梦岚的老师，此王是宋世琦的老师。大家在一起谈京津变化。

【9 月 15 日】下午参观革命历史博物馆内的周恩来同志纪念展览，看了三个小时，深受教育。参观的群众在每一件实物和照片前停留细看，表达了对总理的深切怀念。

中午，王中才带杨金亭来地安门我的住处“挂霜”（即喝冰镇啤酒）。

【9 月 16 日】细读《古诗源》。

【9 月 17 日】晚去民族文化宫观看中国歌剧团演出的歌剧《刘胡兰》，感觉比海政那出《刘胡兰》要好，但仍不理想。

【9 月 18 日】与陈作犁、刘占斌去天安门广场照相，然后去大栅栏给海英买罩衣。借宋世琦的自行车去李景峰家，恰好他和夫人小刘都在，家中有一客人，是鄂温克公社党委副书记，他在写长篇小说，景峰让我留下包饺子陪客人。景峰讲到曲波许多事。

晚与中才一起去圆恩寺观看彩色宽银幕电影《音乐之声》，写修道院一修女玛丽娅，到海军上校家任家庭教师，如何用音乐教育好了七个孩子，上校与玛丽娅结了婚。德奥“合作”，上校爱国，全家参加赛会，巧妙地逃出了卖国贼的追捕。影片令人激动，音乐美妙无比。

【9 月 19 日】雷抒雁来上班了。张文苑副社长让我写一评论文章，并从此到韩瑞亭任组长的评论组帮助工作。李瑛认真地为我送行。

赶写出了《一个好样子》的评论稿子。

晚上应邀去宋家玲家，他去干校途中把腰扭了，回家看病。他写了一首长诗《天安门之歌》，拿给我看，让我提意见。

【9 月 22 日】宋世琦告诉我报社内有相声晚会，让我去看，我和他们夫妇俩同到人民日报社大楼五层大会议室，晚会刚刚

开场。海政的常宝华、常贵田连说了三个相声，一个是胡思升参与写作的《瞎总编》，一个是《狗头军师张》，一个是《百花争艳》。五楼会议室内座无虚席，在人民日报社任社长的迟浩田等领导同志也在座。

看过相声，我到袁鹰那里唠了一个多小时。他谈到对黎汝清《万山红遍》的看法及许多有关文艺创作的见解。

【9月23日】 曾被“四人帮”封锁打入冷宫的许多电影都在悄悄开禁。上午去公安部礼堂观看了由赵丹主演的彩色故事片《林则徐》。晚上又观看了《白痴》和《阿诗玛》。中午在宋世琦家吃了面条。

【9月24日】 一早去文化部会同柴全径到火车站去接张绍文处长。

晚上去二机部礼堂观看电影《叶塞妮娅》。这是一部歌颂真挚爱情的影片，写了吉普赛人的粗犷、热烈的性格，故事婉转曲折，结局很出人意料。“四人帮”不让搞误会法，这部影片根本上就是依靠误会和巧合，非常成功。

【9月26日】 上午接到李景峰的电话，他转达了孟伟哉请我“十一”到他家吃饭的邀请，景峰说他作陪。我首先表示感谢，但“十一”我回沈阳过，今天就离京了。

雷抒雁给我生动地讲述了《不速之客》的故事梗概。与李瑛、刘家驹谈对外国影片的观感。

【10月13日】 去京西宾馆观看话剧《红旗飘飘》，双腿残疾的罗瑞卿秘书长也来了，他就坐在我的后面，许多人前来与他打招呼，向他敬礼。这位令人尊敬的首长，曾为军队建设作出过多么大的贡献啊！

【10月15日】文艺社开汇编会。

晚上去浩然家，从6点多到9点多。他们一家人都在。春水放四天假，从通县回来了；蓝天在体院打篮球；红野下班回来晚一点。朴桥大嫂给我端来红瓤地瓜，春水给我拿糖，蓝天给我送来刚沏的茶水。

浩然谈国庆回来几天的活动，谈最近一段在焦庄户的情况，他拿给我两篇新写的稿子看，一篇是写许家坞的《榜样的力量》，一篇是写黄土坎的《四季飘香》。这次他去了一周，下一步准备到黄土坎长住。我谈了对作品的几处看法，前一篇标题太一般，后半部文学性差一点。浩然让我帮他想一个标题，我也没想出来合适的。他说他曾用"盘山"这个笔名，因在同一期刊物上有他的长篇连载。

正说着话，张家口来两个人开车给他家送土豆，浩然忙招待，叫我作陪，我喝了一杯北京鲜啤酒，一盅新产的白酒，很香，据说全国工业学大庆会议每人限购一瓶，春水他们包了白菜肉馅水饺。

客人走后，浩然又同我谈起小说创作方面的一些体会，说《金光大道》一、二部写个体引入集体，三部写粮食统购统销，四部写巩固提高。三部已改毕，只要有十来天时间再改改就可发排了。第四部已写完初稿，觉得还可以，一直写到1965年。

说到长短篇小说的区别，浩然说，按理说越短越需要含蓄，短篇要求含量大。

我问浩然，最喜欢自己的短篇是哪几个。他回答："文革"前的《一匹瘦红马》、《彩霞》，"文革"后的《一担水》、《铁面无私》。他说《杨柳风》集子里整个比较整齐。他说他喜欢自己写的儿童文学作品是《蝈蝈》、《红果蜜》。

浩然说他要写一点关于创作体会的文章，包括谈读别人作品的体会。我劝他先干长篇，等体力和精力都不允许时，再写这种文章不迟。他说怕到时脑子不好使了，写不了了。他说写这种东西是业余作者渴望看到的。

接着，他谈到如何摆脱公式化、概念化的问题。他说即使是很有生活的作者，也有个摆脱公式化和概念化的问题。他谈到最近读柳青的《创业史》第二部上，十六万字，满意而不满足。他说，也许是一直对柳青有好感，读了他的作品，还是很喜欢、崇拜。从柳青的《创业史》学到的东西比较多。主要有两点：第一点是关于人物身世的设计不落俗套，姚士杰的一家，他爸爸是怎么发家的，浩然给我讲了很长一段小说的描写后说，都写地主阶级剥削贫农而发家，有各种各样的，姚家是独特的，不仅人物有个性，人物性格形成的基础也有个性，是他这一个，而不是别的一个。第二点是大量用误会法，有些严肃问题也用，比如县委书记对梁生宝的误会……

【10 月 16 日】 去红星胡同人民文学出版社宿舍，景峰家正在翻修，搞地板、夹壁，忙了一小阵。在这院，见到了孙可中，她是黎汝清长篇小说的责编，与她谈了对《万山红遍》的印象。

下午应邀去浩然家，浩然不在家，我欲告辞时，红野和大嫂神秘地挽留我，说蓝天的对象要来。大嫂在厨房炒菜，红野在屋里沏茶。一会儿浩然和春水回来了，买回了酒、糖及塑料盒，秋川又买回了啤酒。浩然打扫屋子，边扫边说最不喜欢不干净，地面、桌面，写东西时要干干净净，若不心里乱乱的，写不下去。

放好了大圆桌，蓝天和那个孩子般的姓张的女孩从楼上下来了。此前一直保密。蓝天曾说他有对象了，浩然问过蓝天是谁，追清楚后，让他领家来看看。浩然说，红野、蓝天都这样，认识一个就这个了，不挑。加上我共九人，中间红野的对象小张下班回来，拎一兜梨，两个小张面面相觑。红野张问：“谁？”有人说："小妹同学。"红野张问："下乡在一块儿的？""啊。"过了好长时间才弄清楚。浩然把凳子往后挪挪，说："圈大人薄。"

席间说到吃苦问题，浩然说，就春水下乡吃的苦多，红野说他到工厂当徒工，在太阳底下挥铲劳动，一天干八个小时，干了三五个月，蓝天说他当兵怎么也吃了些苦。最后都说到吃苦有益处。

蓝天急着回体院，和小张同走。我拎包要走，浩然让我再留一下，晚走一步。

【10月18日】一早到诗刊的龙汉山处拿回一套书。

到人民文学出版社，同孙可中继续谈评论《万山红遍》稿子的事。

在人民日报社，见到李希凡和姜德明，徐刚领我到文艺部会议室，见到杨开慧的养母及其在当地图书馆工作的女儿，还有一个调皮、聪明的外孙女。

到国际部胡思升那里，请他帮助我审阅郭德申的一篇文章。

晚到军政大学观看南京军区话剧团的话剧《淮海大战》，此剧采取了电影和话剧相结合的手法，战争大背景、大场面都在舞台的屏幕上显示出来，颇有气势，生动地概括了那一场历史性大战的面貌。

【10月20日】在总政办公大楼，休息时，登平台，望北海，心旷神怡。

晚去北展剧场观看空政文工团的歌剧《江姐》，韦国清主任出席观看。总政大庆参观团归来，都来看戏了。除韦主任外，黄玉昆、梁必业、徐立清副主任和廖汉生同志都出席观看了歌剧。

【10月23日】在胡奇社长家，谈起对任斌武、林雨等老作者的态度问题。胡社长讲起他的《五彩路》和《绿色的远方》是

如何创作出来的。我在他家看到了他十七岁的孩子画的画，挺棒的。

【10 月 26 日】 孟伟哉电话，约我 11 月 1 日到他家。11 月 2 日，他与东城区中学教师们谈《昨天的战争》，在一起座谈，希望我参加这个会。

晚去军政大学观看电影《牛虻》和《前面是急转弯》。

【11 月 5 日】 浩然让我去他家。他在楼上抄完最后一页稿子下来。

浩然与我一起喝了红粱曲酒，煮了花生豆儿，切了咸鸡蛋，炖了倭瓜。

市里通知浩然，准备参加 7 日、8 日北京市人民代表大会。他说他最近在读外国文学名著，正读德国歌德的《浮士德》。他说他看了自己的《金光大道》第三部，八百多页，越看越觉得不怎么样，个别地方比第二部强。他说搞这么多年的创作了，仍觉得不满足，感到才华没有很好地发挥，生活储存没有很好地调动，一些创作上的主张也没有讲出来。

浩然感叹地说：人不服气不行。《艳阳天》可能就是我的顶峰了！我原想突破它，怎么就突不破？他说：写《艳阳天》之前，读过的外国文学只有几本：《只不过是爱情》、《钢铁是怎样炼成的》、《百万富翁》、《被开垦的处女地》（上部），只这么几部，大家都看了的，大家没有看过的，他也没看，他主要的营养是民间文学、民间戏曲。

浩然说他写儿童文学的有四本：《欢乐的海》、《勇敢的草原》、《小猎手》、《一本小字典》，准备搞第五本。

浩然说：短篇难写，他写了这么多短篇，自己满意一点的，只有《一担水》、《铁面无私》。教育局让他给小学三、四年级语文课本写一篇散文，一直没写出来。他说，长篇和短篇，短篇写得好更难。比如建筑，人民大会堂雄伟，容易讨好，这部分不讨好，那部分讨好，可是放在手掌心上的一件工艺品，要别人赞叹就不容易了。

说到将来，他说：将来不能搞创作了，就去当编辑，专搞小说，评论也要评小说的。我专门编青年人的作品，很想干这个活儿。他顺便跟我说，写苏莉的那篇散文寄给袁鹰两周了，没有音信。我答应给问问。

红野拿起中华烟，笑嘻嘻地说："抽我爸一根好烟！"

【11 月 6 日】单天佑、柴全径来我这儿，共进晚餐。之后，我随单天佑去首都体育馆观看相声大会，侯宝林等十几位老艺术家，包括天津的高英培都出来了，这是一个欢笑之夜。

【11 月 16 日】这些天连着观看电影《乡村女教师》、《熊迹》、《难忘的人》、《忠诚的朋友》、《伟大的公民》（上、下集）。

今天晚上去浩然家，恰遇上海的费礼文来做客。他是上海柴油机厂工人，现借到上影搞电影剧本——治理长江有关水利方面的题材，今年四十九岁，看上去比实际年龄要年轻些。他说三十年来进京三次，十年一次，1956 年、1967 年和今年这次。他谈到工人作家胡万春、唐克文等人的状况。浩然说光明日报约他写一个五千字的短篇尚未脱手。

浩然愉快地谈到去通县三关庙农村安家落户的事，房子还没搞好，怕是年前走不了。他与那个地方有二十年的交情了，人熟地也熟。

【11 月 18 日】昨晚在黄寺观看电影《保尔 · 柯察金》，影片还是禁得住看。

上午给魏巍、刘伍、秦牧、峻青、沈西蒙、沈亚威、丁毅发出了约稿信。

改二校清样。

【11 月 19 日】去王朝闻家约稿，他去广州了，月底才能回来。

在人民日报社见到傅冬、袁鹰、李叔方、徐刚、刘梦岚、朱宝蓁、叶幼琴等人，得知曾岛（易和元）因病住进了首都医院。

【11 月 20 日】急着赶到首都医院八楼探望曾岛，见他鼻孔插了氧气管儿，胳膊上打着滴流。这位讽刺诗老诗人，一生是那么正直而淳朴！

【11 月 26 日】上午顶着大风与纪鹏一起骑自行车到天安门广场。我们将车子存在前门处，步行到毛主席纪念堂外门。总政瞻仰办公室现场指挥组，安排机关干部队伍序列，十人一行，四行一伍，一行的前名为"班长"，尾名为"副班长"，防止混进外人。在北门前空场，一个人站一个方砖的地位，静静等候。10点整，缓缓踏矮矮的石阶进入大门，铁栅外两侧有成百上千盆各色菊花，不由想起主席诗句："战地黄花分外香"。在北大厅，有主席塑像，他身后山河彩绣大画金边闪亮，脚踏着厚厚的红地毯，坐像两边分别是中央领导人和中共中央、国务院、中央军委、人大常委会送的花圈。走一过道，入瞻仰厅，这里灯光不是很亮，地毯是土黄色，如同祖国的土地。迎面墙壁"伟大的领袖和导师毛泽东主席永垂不朽"几个大型金字，两侧有四个战士持枪而立。那水晶棺透明度强，终于看到了主席长睡的面容，十分清晰，队伍里有低沉的咽泣之声。南大厅墙壁上是"满江红"词的手书："小小寰球，有几个苍蝇碰壁……"

【11 月 27 日】去天桥剧场观看苏联电影、列夫 · 托尔斯泰的名著《战争与和平》第三集和第四集。

石祥给我一本他和刘薇合作的歌词选《我们的队伍向太

阳》，我给人民日报写了篇“文艺新书”的小稿。

晚饭后去袁鹰家，谈了一个多小时，谈到“文艺黑线专政论”，谈到散文写作。

至今夜，读完了《新儿女英雄传》，这真是一本血浇铁铸的英雄传，看了令人感奋。

【11月29日】处理来稿。

晚，观看日本松山芭蕾舞团应东方歌舞团邀请所作的内部交流演出。他们共演出了《天鹅湖》、《红战袍》、《红桥》、《堂吉诃德》中的许多片断。观众为之热烈鼓掌，演员的技巧很高，特别是该团秘书长松山哲一郎，更为纯熟。

【12月1日】从昨天开始，在总政文化部会议室召开部队作家批判“黑线专政论”的座谈会，胡奇社长主持，刘白羽部长讲了话，到会的有时乐蒙、丁毅、魏巍、杜烽、严寄洲、陆柱国、黄宗江、黎明、唐诃、钱树榕等，解放军文艺社内部的有李瑛、田光参加，都发言了，张文苑副社长到会。总政文化部文艺处王传洪副处长和张澄寰等写批判文章的同志也出席了，会议让我做记录。我同陆柱国谈到军里一些情况。他曾到我们军红九连所在团代职。

【12月3日】叶幼琴给我电影票，在广和剧场放映朝鲜宽银幕彩色故事片《在灿烂的阳光下》，我坐下后，见到李希凡就坐在我身边。我同他说到各自的近况。

【12月7日】晚上应邀去孟伟哉家，从6点钟谈到10点钟，谈了四个多小时，主要谈他《昨天的战争》第二部的写作情况，他十分热情、健谈。

深夜了，李培森回到地安门宿舍，我还没睡，他兴奋地向我介绍“郑律成音乐会”空前热烈的盛况。

【12月8日】黎汝清打电话来，谈对评论《万山红遍》稿子的意见，他约我到他那里去谈谈。

去人民文学出版社，见到孙可中、李景峰、杨匡满。

叶幼琴给我一张票，到民族文化宫观看话剧《杨开慧》，是中央“五七”艺术大学演出的，非常之好。

【12月9日】应约到总政西直门招待所9号楼204房间会见黎汝清同志，与他谈了两个多小时，他是参加中国作家代表团出国访问之前报到集中来的，代表团还有曲波、杨沫、冯苓植和《朝阳沟》的编剧，说是明年1月6日访问巴基斯坦，为期两周。

晚上去浩然家，与他谈了三个多小时，谈了他的童年和目前心态。我见到在总理逝世发讣告当天他用铅笔写的一首诗的底稿，感情真挚、深沉。

【12月10日】上午间休时，李瑛同我谈起他正在新写的四首小诗:《红场大钟》，历史的时针，拨开乌云，庄严地跋涉;《枞树针》，是在红场墙边摘下来的，已夹在本子里有二十多年，常青的树，象征不屈的人民，有终年冰雪覆盖的烈士墓;《中国士兵》，在一个小站，一个老布尔什维克，见到中国同志表示由衷的感谢，当年十八位中国战士去堵敌人的枪眼，全部牺牲在俄罗斯的土地上;《冰面下面》，涅瓦河流向芬兰湾，裹挟着冰块，冰面下面，人民像江流一样照样流进着……

【12月13日】下午乘车分别给八一厂的严寄洲，海军的石国仕，总政宣传队的时乐蒙，北京军区的魏巍、唐诃、杜烽，北京装甲兵的刘革文，总政话剧队的丁毅，北影招待所住着的陆柱国等人送样子，请他们审阅。

魏巍住北京军区西山19号楼一单元101房间，他正在家里改他的长篇小说《东方》校样。他把我让到客厅的沙发上，给我倒了杯茶水，我们唠了一会儿，谈到他在 1938 年入党时的介绍人、我妹妹惠君的老公公张立达（原名张绍闵），谈到朱德总司令晚饭后打篮球。我告辞时，他戴上帽子，把我送出门，还同司机迟黎昕握了手。

我到唐诃家时他还没回来，他夫人热情招待我，我留下字条儿便告辞了。

【12 月 15 日】 开一天汇编会，中午抽时间抄出评《万山红遍》的稿子。

晚上去文化部招待所 406 房间，黎汝清用梨和糖块热情招待我。他读了稿子，显得异常高兴，十分满意，连连称赞。我们一起谈了天才和形象思维的问题，他谈得热情洋溢。

【12 月 16 日】 早起觉得腮部不适，一早到三〇一医院口腔科检查，说是腮腺导管不通畅，让我休息。

下午，韩瑞亭骑自行车来我住处看望，说胡奇社长和张文苑副社长批准我年底休假。王中才也骑车子看望我来了。中才见我还可以，便约我去燃化部和平里俱乐部观看苏联彩色故事片《奥罗里》和英国经典的黑白故事片《魂断蓝桥》。

【12 月 18 日】 在刘梦岚处，谈及上海文学艺术界的一些人和事，把她给海英买的泡泡糖带回来了。

10 点前曾去孟伟哉家，他正在给《人民日报》赶写一篇关于“形象思维”的文章，见我来，热情地谈起主席信事，并把有关“形象思维”的所有材料拿出给我看，从头至尾给我讲这桩事的来龙去脉。

下午两点到袁鹰家，他正在床上躺着，压着一个大厚被，额头沁满了细小的汗珠儿。原来他病了一场，高血压动脉硬化，去上海劳累是主要原因，此时他刚喝了面汤。他叫我坐在他的床边，谈了约半个小时。

【12月22日】三〇一医院排除了我患甲亢的可能性。

在人民日报社同姜德明谈文艺部的人和事，见到刘甲、蒋荫安、李希凡、刘梦岚、朱宝蓁、吴培华等人。苗地给我画了一幅孟加拉脚铃舞的国画，十分生动。

处理一大堆自然来稿。

校对清样，主要是核实文中的语录。

去人民文学出版社，取孟伟哉的稿子。老孟尚未来，在对面小说北组坐了一会儿，张栏让我给黄浪华捎两本新书。另一位女士是邢菁子。老孟来后我们谈了一会儿，他送我下了楼便参加劳动去了。

【12月24日】昨晚去李景峰家说话。

上午去人民文学出版社取《东方》第四部清样。又同孙可中谈《万山红遍》，黎汝清在电话里与我深谈这部书。

晚8点去孟伟哉家，谈及对主席关于诗的信的理解。

【12月25日】中午在首都剧场观看了意大利宽银幕彩色故事片《一个警察局长对政府检察官的自白》，一个极现代化的社会，也是一个极不安全的恐怖社会。

【12月28日】高尔基诞辰一百一十周年，《解放军文艺》要发一篇重头文章，撰写任务落在我的肩头上。张文苑副社长谈了他对写这篇文章的意见和要求。

听说我要去沈阳，刘炳增特意送来一块猪肉，让我带回家去。

【12月29日】袁鹰让我给他在沈阳工厂工作的弟弟捎东西，共三小包。袁鹰送我一本挂历，并给我一支人民大会堂的铅笔留作纪念。这是12·26他在大会堂开会给的，他转给我了。

1978 年日记

【2 月 24 日】下午 2 时，到国家出版事业局三楼会议室出席一个报告会。报告会由国家文化部对外司、人民文学编辑部和诗刊社主办。报告人是杨沫和曲波。

葛洛主持了报告会，他说以杨沫为团长、曲波为副团长的中国作家代表团访问了巴基斯坦，访问很成功，收获很大，经验和体会很多，请他们谈一谈，在作家间进行一下交流。

杨沫首先声明不能算作报告，她说：去巴基斯坦十七天，起了个友好代表团的作用，作家的作用不大。交了许多新朋友，帮助大使馆打开了两国间文化接触的门路。巴基斯坦是诗歌之乡，走访了六个城市，从早到晚，安排得满满的，一天安排五六个单位，一个单位待上半个钟头，多的有两个钟头左右，见了好多诗人、作家、艺术家，见的时间短，没有深谈。从位置最高的哈克将军到普通老百姓，对我们非常友好。周恩来总理在巴基斯坦的影响非常大，那里的人民对他非常敬爱，影响深远。总理逝世的消息传到巴基斯坦，半夜，天不亮，许多巴基斯坦人从四面八方来到大使馆，砸铁门，边砸边痛哭失声，很快全国下半旗。从这儿看出“四人帮”的罪过，陆大使请示，不让下半旗，全国都下了半旗，大使馆请示不让下半旗，大使不等指示就下了半旗，没设灵堂，没有总理大照片，人家来吊唁，弄得很被动。哀悼的信多极了，大使馆给我们看了看，摘录了一些：“我从不知死亡的打击是这么沉重，父亲去世时也没有这样。”“我拒绝相信伟大的周恩来已不在人间，离开我们而去。”“我为什么不能以死亡代替周恩来的逝世？”总理四次访巴，影响巨大。在伊斯兰堡，有个公园，有各国首脑种的树，其中有总理种的乌楸树，叶子已脱落，大家在那里照相留念。有一个老头，常来看这棵树，老头说：“我刨的坑，我亲自看着周总理种的这棵树。”听了很感动。总理为什么得到这样深的爱戴？在印巴战争中，苏联怂恿印度侵巴，总理奉主席指示坚决支持巴基斯坦，迫使印度停止了侵略。无论走到什么地方，巴基斯坦人都异口同声地感激周总理。他们说：美国也是我们的朋友，在我们困难时，根本不管；苏联也是我们的朋友，但在我们困难时，拆我们的台。只有中国这个朋友，在我们困难时支持我们。

杨沫说：我们代表团到巴基斯坦，受到规格很高的接待，不是虚伪的客套，而是真诚的感情。到巴第三天，陆军参谋长齐亚·哈克将军就接见我们，他谈笑风生，刚访问中国回来，送了许多礼物，他问中国文字起源，他听说乔羽作了首诗，让他朗诵，当场就朗诵了。参观民族工艺服装展览，有两个音乐家穿破鞋破袜子，盘腿，边说边唱，唱情歌，歌词大意是：我身上有无数个毛孔，每个毛孔都有一双眼睛，在看着你！在拉合尔拜见总督，总督本人是一个艺术家，讲了动人的话：“你们还没有完全体会巴中友谊是多么深厚，它比蜜还甜！”参观语言学院中文系，有五六个中国教师，二、三、四年级，学生派代表讲话，自己写的中文稿，自己来念，比如：我们巴中友谊比喜马拉雅山还要高，比印度洋还要深！有一个到中国留过学的女学生玛季卡，千方百计跟着我们，走到哪儿追到哪儿，她非常想念中国，想念同学，她赶到飞机场为我们送行，机场不让她进去……有一个老作家苏菲哈巴桑姆，八十多岁，从1966年到1967年写了五本书，他一辈子已写了三十五本书，德高望重。我经常看见他，一次他摸着我的头顶：“孩子，我爱你。”他对中国和中国人民非常友好。拉合尔是巴国的文化中心，普遍用英语，这里是本民族语的中心，在这儿会见了许多作家、诗人。有一作家 1966 年到过中国，见到了主席和总理，总理给他一块手表，回国后被儿子抢了去。儿子说："你老了，做不了多少事了，我要拿这块表，继承毛泽东的事业。"他说："毛主席使中国起了巨大变化，我特别爱中国，想到中国去。"协会主席请我们到他家去，他家里有大幅毛主席照片，还有总理和他的合影，他儿子自称"小红卫兵"，说长大了哪国也不去，就到中国去。这个国家诗歌盛行，在什么场合讲话有了诗意，底下就"喔！喔！"鼓掌叫好，上下气氛热烈。到一所大学参观，撒花瓣儿，戴花环，学生列队；到幼儿园参观，孩子们唱歌："宁舍金子，不舍巴中友谊……"参观一个最大的清真寺，能容几万人同时祈祷。有一位已故诗人享有盛名，仅次于国父。他的墓就在寺边，人们路过这里，都要默哀一分钟。不能穿鞋，穿大套鞋可以。曲波的脚受过伤，一脚高一脚低，脱了鞋，两个同志架着，否则不能走路，弄得他满头大汗，给巴方印象很好，陪同的人到处讲。在巴基斯坦，如光靠写书不能活命，养不起老婆孩子。诗人只好做个小官。在巴基斯坦，知道林语堂、赛珍珠，还知道茅盾、郭沫若，不知道中华人民共和国成立后十七年的文学还有这些年的文学，美国设了个文化中心，他们从美国报刊了解中国，苏联也想搞个文化中心，巴基斯坦人民对它不感兴趣。苏联经常派人在街上摆小摊儿，白送，搞文化渗透。巴基斯坦朋友对我们说："你们怎么不多带来点东西给我们？你们是文化古国，中巴友谊历史悠久，玄奘来过，16 世纪以来有八个作家来过。你们继承了你们的祖先。"令人哭笑不得。有一个作家正在翻译《青春之歌》，看了许多大学的图书馆和文化中心，没有一本中国的刊物和书籍。

曲波对大家说：我是个老粗。7 月通知我参加代表团，我少年打仗，中年搞工业，业余时间写点东西。到巴基斯坦访问，马拉松一样疲于奔命。在巴基斯坦，民间往往挂两张照片，一个是国父，一个是思想奠基者伊克巴尔。伊克巴尔的思想是民族的主体思想，他的哲学思想："呼谛"，抽象化的自我，这是世界的本质，生活的源泉和历史发展的动力。近似唯心论。它有积极一面，用民族的力量使民族独立，如果你向西方低头，你是最无耻的！民族自珍，爱国主义，比方音乐，我们听了三个地方的音乐，全是民族音乐。只有一个地方配八把小提琴，用时拉两下，不用时站着不动。在巴基斯坦，很好的艺术家，地位低下，袜子露小脚指头。他们诗歌发达，戏剧不发达，电视发达，话剧几乎没有。诗歌普及到群众中，像今天这个会至少有十个八个念诗的。有一位退休老将军，在一个小学里给我们朗诵一首《红旗——绿旗》，诗的内容表现爱国主义和中巴友谊。文化表示一个国家的政治和思想倾向。原以为他们的文化不知被西方文化冲击到什么程度，其实没有那么严重。工艺美术，铜器银器的制造，纱绸刺绣，绣得精巧，全是家庭手工业，机器绣的差，还贵。服装除上层人物外，全穿民族服装，特别是妇女，没看到西方文化的影响。陈列的商品也是民族化的。在知识分子的集会上，非用乌尔都语不可。《巴基斯坦时报》总编乔杜谈了四条：一是敬仰中国革命，全国穿一样的衣服，从国家领导人到百姓，是平等的；中巴友谊是真诚的；游览过长城，中国是伟大的文化古国；中国自力更生，奋发图强。在巴基斯坦，有一个土医名流，他说：我不知政府，不是官员，不参加党派，只靠自己办的事业为人类服务。他办了七八种刊物，十九岁获博士学位，陈毅元帅接见过他，他藏了一万本书，有他著的《中国的医学》，书里有二十四位老医学家的彩色图片。巴基斯坦诗歌发达，朗诵比我们广泛；小说不发达，特别是长篇，戏剧叫电视剧代替了。作家、诗人的地位很高，可是音乐家的地位很低。哈克的秘书是中校军官，他问我："您写作品能够吃够用吗？"我说："作家和业余的作者都有工资，登了作品还有稿费，我三八式的老干部就更够了。"他说："我们不行，我正在写小说，如不当这个官，就不够吃饭的。"曲波说他在访问中没看到一本中国书，唯一在那个老医学家里看到两本《中国文学》。巴基斯坦这个诗歌之乡没翻译中国诗。文化交流是怎么回事呢？十恶不赦的"四人帮"，凡中国不让看的十七年的作品，在国外一律停发，发到的也烧毁掉，摧残文化交流，在市场上美国的、英国的、苏联的书都有，就是看不见中国的。

听了杨沫和曲波两个人的介绍，眼界开阔了许多。

【3月1日】到人民日报社看望袁鹰，他说下午请徐迟来谈报告文学，让我和徐刚去接一下徐迟同志。下午1点半，徐刚和我乘人民日报社"上海"小车到北新桥三条伍修权住处。伍修权是徐迟的姐夫。徐迟到京住在他姐家，在主房后面有小平房，徐迟就在那儿。我们去后，他刮了刮脸，便同我们出发了。

在人民日报五楼会议室，坐满了报社的编辑、记者，有二三百人。袁鹰主持了报告会。他说，文艺部想在小范围请徐迟讲讲，可是各部都要求扩大，表明了大家对报告文学的重视。徐迟同志的两篇报告文学在社会上反响强烈，方毅同志带话让感谢徐迟同志，因为他写了陈景润，希望他继续写出好作品，也欢迎其他作家、记者写科学家。徐迟最近又写了两篇，一篇写一个植物学家，一篇写周培源。徐迟是老作家，是我们报社的老作者，1956年，他就以特邀记者的身份给我们写了合作化的稿子。

徐迟说：我和人民日报关系深，1956年我拿了人民日报的介绍信，跑了好多地方，多次拿人民日报介绍信活动。如果和袁鹰同志我什么都可以讲，今天这么多人来听，也想和同袁鹰一个人讲一样，不写提纲，想很放肆地讲一讲。

徐迟讲："文革"前，我写过不少东西，《人民日报》发了不少。所有作品思想的根扎得不稳。"文革"期间，接受群众审查批判，光批判作品的会开了十天，人家很用心的，很有道理，我的三四十本书，五六百篇报上发的作品，思想性是没有的或是不深的，完全是艺术挂帅不是政治挂帅。"文革"中在干校加强理论学习，70年代在马列教研室工作的闺女刚收到马恩选集四卷本就给我寄来了。我就读。"9·13"之后，忽然看到可以学了，批巴枯宁两面派，看得很顺。又看《史记》、前后汉书、《古文观止》。我一天三顿饭，加上一顿——精神的饭，马列毛泽东著作，是空气，是没有污染的空气。"文革"中最狼狈时也有劲，劲从何来？马列毛泽东著作。半夜两点我要醒一醒的，学经典著作。我的生命，我的思想，我的作品，都是从这里来的，报告文学也是从这儿来的。我认为马恩是最伟大的报告文学家，他们写过报告文学。我自己有两句诗："诗崇毛主席，文崇马克思。"这个人狂啊，狂妄，狂妄，狂而不妄。狂是好的，妄不好。马克思的文章写得最好，主席的诗是古今中外最好的。我就是要学他的，许多引他的，概念从他那里来的。去年写《地质之光》，把列宁的"经验批判主义"放在床头，每天晚上看。不管你做什么工作，不能离开它。从一百多年来国际共产主义的十二卷到毛主席的五卷，是生命之源，作品源泉，满腔沸腾热血的源泉。马克思1895年逝世后，恩格斯接上了，《列宁选集》第一卷出版，毛主席以《沁园春·雪》1936年接上了列宁。一百三十多年的国际共运历史，在这十三卷加上《资本论》，是必读书，是早餐、午餐、晚餐。我觉得我是活在这上面的。读书一定要做笔记，不一定做很多。我做的马克思笔记本已用到第二十本，还有列宁哲学笔记，毛主席政治经济学笔记，没出版的毛主席文章我都有手抄本。一定要钻到经典著作中去，学不好，坚持学。

谈到关于生活，徐迟说：1956 年拿着人民日报介绍信首先到武汉，在长江大桥上待了一个多月，写了几篇东西，到武钢，写了报道，发了。总之是受党报的培养。以后搞长江规划，从武汉到重庆、成都、都江堰，到宜宾，回重庆，同方纪一起。然后从重庆到昆明，到东川，再转到西北，从兰州到酒泉和玉门油矿，柴达木盆地，到西宁，共花了七个多月的时间。回北京坐下，写得极流畅。后来让我到诗刊工作，就断了。那时从思想上考虑问题少，只想着写得漂亮、动人。但没有多大意义，深刻性很不够。在干校走马观花，也在一个点上生活过一两年，在武钢基建公司待过，有长期积累，但很肤浅。

放了四十天牛，早上去，在外头吃野餐，傍晚回来，住在真正的牛棚，三十天后，每头牛的性情、爱好，都比较了解了，是听懂牛话的。在那个时候，什么事也不让干，笑也是不允许的。我一笑，人家说，看，反动权威还在笑呢！

我觉得积累生活是最重要的，不要丢掉，哪怕是星星点点，包括科学家，也是长期积累的结果，二十年，三十年。有些稿子，好像没什么用处的，笔记本，不常翻的。有的人记了些东西不再看了，但这也是积累，生活的积累，资料的积累。

年轻的同志不要觉得自己积累单薄，只要积累下去，你会发现你越来越丰富，到年纪大时就更多了。

搞报道，搞创作，第二个条件是生活。一定要有丰富的积累。

谈到语言时，徐迟说：语言，很少有人谈。从来的文学理论都是谈语言的，而我们谈得很少。把语言写清楚来变成了文字。一般的报刊，语言很贫乏，太贫乏了！这是“四人帮”的罪过。语言贫乏，万马齐喑。报纸上的语言看不下去，这是过去的情况，现在好多了。有一次，大寨的报道，写得好，我很高兴，给人民日报写了封信，希望所有报道都像这篇报道的语言那么好，要对语言千锤百炼，要做好语言的工具。劳动人民的语言、外国的语言、中国古代还有生命的语言。主席语言是中国语言发展到现在的最高峰，在他的诗词当中，有人民大众的语言，尤其是中国古代的大量的还有生命力的语言。主席是语言大师，近代三个语言大师，还有曹雪芹，现在的北京话是他那里的；鲁迅，他克服了许多困难去炼语言。他试图把马克思哲学语言变成我们现代的语言，他翻译了，有的不那么流畅。主席解决了，中国语言经主席集中、提高，达到最高峰。

我现在人民群众的语言很差，知识分子的语言很多，但我还在学。二月号《上海文学》我有一篇文章试图运用好群众语言。

写《地质之光》用了许多李四光的话，都是用英文写的学术论文。他的中文也好，自己翻译的。我写《地质之光》，有地质学的东西，我不懂，但我大量照抄李四光的。除学机械力学的，很少人看了他的东西，我仔细看了，大段大段抄了。书出后，给他女儿林聪同志，她回信批了，材料是否符合……我看了信笑了，他姑娘没看他父亲的文章。

我翻译过很多书，喜欢倒装句，喜欢主语前写一大段形容词，那么读者能否接受呢？出乎我的意料之外，能接受。另外是古典语言，我原来是洋包子，学英文专业，小时没上过私塾，古典很差，但年纪大了，总读了不少。在干校六年，“留级生”，后三年全部读书，看了许多古典，读了《昭明文选》，前后汉书，古代散文等，比较用功。我也抄，也“偷”，照抄古典的，效果很不错。汉赋名誉不大好的，说是堆砌。主席很注意汉赋，在庐山写了大段批语，讲从《离骚》到汉赋。后来“文革”中许多流传出，我自己抄了，编了文学语录。主席很重视木华，《昭明文选》里，可以读一读。找到读了，确是了不得。里头有两句我最欣赏：“轻尘不飞，纤萝不动”，写大海的。在写李四光时也“偷”了，写主席会见李四光时用了。有些人反映用得好，但他不知出处，是“偷”来的。

在《哥德巴赫猜想》里，写了一大段公式后，写仙鹤飞翔，“既散魂而荡目，迷不知其所之”——是赋，鲍照的，他是中古时期作家。我胆子很大，木华也“偷”，鲍照也“偷”。自己底子很差，就这么写，反映不错。

另外，写有的人如何，有的人如何。古代两把宝剑，古代炼剑，打扁，打一千锤，打一万次，打出最好的钢来。拂钟无声，削铁如泥。我在后记里解释一下，粉碎“四人帮”后，我写了首诗，寄诗刊，退回来了，是拂钟无声，他没看懂。怎么形容粉碎“四人帮”？一把宝剑打到钟上无声，但断了。党中央粉碎“四人帮”没走漏一点消息，没流一滴血，乾坤倒过来了，现在整个国家欣欣向荣，向2000年进军，都是从这开始的，在那一刹那。我写周培源写了这个。

我每写一篇文章都要歌颂、赞扬1976年10月6日那个时刻，粉碎“四人帮”，从这儿起，我们得救了，向前迈进了。我要用全部生命来歌颂这个时刻。

古代有很多很精彩的语言，有那么多大师。外国语言也要学。我们在座的是做语言工作的，但不大注意语言。“四人帮”时，根本不谈语言。要收集、提高、锻炼自己的语言。报纸是用语言来执行命题的，怎么能不注意语言呢？党报转《猜想》后，各地都转载了。我曾怀疑我的语言会不会被接受。我以为只在知识分子圈子、文学青年的圈子里，有公社副书记，说干部和社员都看了。读给全体社员听了。不要存在一种顾虑，读者不懂。读者远远超过我们的才能，厉害极了。文章中一点点痕迹都看得出来。我的老底，有现代派，现代派的东西混了一点进去。有的读者指出了，我也不怕它。因为有思想统帅。我们现在的年轻人太谨慎了，看到文章中与现代流行的语言不同，就改。《湖北文艺》让我改，不能不改啊！他的刊物啊！改是应该改的，改的时候要手下留情，编辑不改，我心里不安。最近一篇给袁鹰同志，他不改，我很不安。编辑同志了解一个时期重大意义，当然要改，要改得作者高兴，让作者佩服，改得好。这是文学一般都要讲的，报告文学一般也包括进去了。

接着徐迟谈了构思问题。他说：这是很费脑筋的，大家都有经验。都写文章的，有个腹稿。我最近给人民日报写的文章，要经中国科学院和本人同意，很花了一点工夫。

我写李四光时，我先找了湖北省地质局的同志谈，他说：噢，太大了，这个题怎么写呀？他是李四光的学生，给我一些资料。到北京，看李夫人回忆录，原想写从国外回来，写到总理会见，集中点写这个，中心点回到国内，一万多字。后来，他女儿说，人家要问一生贡献的。不准备写一生，因为很麻烦，后来加了这一条。我到华北油田住了十天。石油部很高兴，地质部也不是很不高兴。两个部领导没意见，工作人员有意见。为了不得罪任何一个部也费了不少力的，动脑筋。构思要花很大工夫。我讲这个，毫无保留，毫无顾虑，毫无余悸。在执笔之前要多下工夫，要打腹稿。写陈景润时，有两个问题：一是能不能写？白专道路，定了的，很多人劝我：算了，何必呢？二是“文革”写不写？我都作了肯定。写这个人并在写这个人时写“文革”，后来还是写了，担风险。写“文革”更麻烦了，写了几次写不下去。后来靠马克思《路易 · 波拿巴的雾月十八》第二段，讲让敌人强大起来，自己后退，退到无路……两句诗，从这里展开写“文革”的。

有人写信说，你写李四光为什么接近“文革”时止笔了？是不是“禁区”？我决心要写。第三个写周培源，一访问，很难写。和林彪、陈伯达斗争，和“四人帮”斗争，目前和北京市委斗争，很难写。你还想不想在北京住？30、40、50、60、70年代的周培源，觉得不行，重新构思，没有好办法。写李、陈二文不够美，不够漂亮。“老毛病”犯了。写完周的初稿，到云南写一植物学家，写了十天，一个月，植物学家的文章写完了。我就转到周文章来了。我给臧克家打个电话，多长？两万三？你的文章越写越长了，我早有感觉这样子不行了。他叫我到他家，他选了两篇古文给我，都不超过三百字，亲自给我讲解。人家写三百字，这么流畅，这么深刻，而你一写两万！当然也是可以的，你总得精练精练啊，你回去研究研究。正要写周培源，他给我个启发。我回来琢磨，又到北大去，找到周培源，谈了话，他夫人说，算了，不要写了，有什么好写呢？一个人说一顿。他三姑娘说徐迟再来我把他轰出去，不赞成嘛！第二天又找周培源谈两个小时。在哲学系、文学系各谈几个小时。哲学家是很不错的，他提供一个细节，10月8日得到消息去报到，全国人民都有这个经历，兴奋情绪，将信将疑。想起《左忠毅公逸事》的记叙：左公夜里出去散步，没带人到古庙，一个房子里有灯光，有一读书人—— 一个知识分子睡着了。边上有篇文章，看了一遍，把裘装解下，轻轻盖到读书人身上。第一段五十字，极精练，写当时环境和情绪。历代文选都有这篇。第二段考状元，考完了，卷子评定了，主考听名字，闭目，突然而起，听名字，拿笔：第一名！当天晚上看读书人。然后昏君把左公抓起，打得要死，听说恩师被打，拿很多钱买通官老爷进去一看，打得一塌糊涂。老师站起：你来干什么？国家这个时候，你跑来干什么？你不走，打死你！第四段，到士兵中看望，人家劝他，不要来了，我们很好。他说：我老师叮嘱我这样做，我就这样做……构思启发了我。哲学系，有回忆，有展望，构思完成了，写一个晚上，所有过去的事情，都是回忆，没得到消息前，写四千字，怎么受“四人帮”压，受气。然后，小顾跑来送好消息，暂时进入个人回忆。四十七岁，周带北大队伍迎接解放军，七十四岁的周怎么带队伍在天安门会师，党旗、国旗、校旗……文章是要构思的。

谈到细节，徐迟说，你要动笔写了，有个关键的东西就是细节。细节有时很小，《地质之光》结尾，地球仪转动，急速地转动……《猜想》里，过春节，领导送水果，很小，似乎没必要。但大量东西展开了，送他，他不收，又追上，关门，激动，搞一加二，都是要有细节。现在写总理的文章比较多，都回忆，往往该写点细节的地方没有写。廖承志的文章写得细，王炳南写抓蒋介石的文章也有细节。细节不需要多，过去梅兰芳讲过，我只要做三个动作就让你相信我是个女人，他找到古代妇女典型化动作了。比如上面的左公逸事，解裘，是一个细节，第一名；枷锁要砸他，冒严寒到士兵中去……要说总理，感人细节太多了。但现在悼念总理的文章，明明有细节却没有用。有的文章就是因写了细节而感人的。

我决心不写悼念总理的文章，我每篇文章都要写到总理。我讲三个细节：

开国时，总理请宋庆龄从上海到北京来，做准备工作。总理先到她住的房子检查准备工作，把吃西餐的刀叉等餐具拿来看看，一盒子一盒子。周说：不行，你们还有好的没有？就去找了。从饭店找来最好的，看中了。说明事无巨细，他管那么大事情，细到那个程度，不知怎么描写总理的内心。孙中山去世后，宋庆龄和蒋介石斗争，为党保存了许多人，这是一种感情。

车要到了，要去接人了，总理不放心，又到住的地方去检查，有剪刀没有？买把给我。总理走到一个花盆面前，用剪子修整这盆花，不知怎么写总理内心，尽善尽美。

开过会，住一段时间，宋要回上海，总理送行，宋上了车，车门口，车开了，车向前走了，总理跟车走，疾步走，车开得快了，总理跑步，后来跑得很快……

真正写文章的要写细节。采访时你不能对采访对象说，你给我两个细节。要与被采访者建立感情，到这个程度，他不回答你的问题，他忘了，讲出细节来了，不要笔记，只用耳朵听，用心记。

构思完成，全部工作精力放到细节上，把别的挖去，让人物活在纸面上。

我和陈景润建立了感情，第一次见面就像认识他，见过，仿佛贾宝玉第一次见林黛玉，关系很好，通信，我去看他，要爱上他。

我写植物学家，一般谈话要建立感情。浑身解数、全部功夫都在建立感情上。和他闲聊，扶着他回去，不要他谈。然后说好去热带植物园看，然后谈。我给省科委打电话，有个桌子，有灯，门能关上就行。他病了，进医院了，昏迷三四天了。他好了，恢复很快，怎么能采访呢？我和周围人都谈了，植物学家拄个棍，我和他谈了。我不仅爱他，而且崇敬他。

要采访一个对象，熟悉他，合得来，建立感情，要用最快速度捉住他谈话中的细节。

《资本论》第八章是最伟大的报告文学，正如毛主席《湖南农民运动考察报告》，但不能这样说，因是经典作家，有伟大的思想。读《资本论》许多人读不下去，恩格斯问马克思，这么难懂怎么办？马克思说，可以先读第八章。从第三段二百七十二页读起，保证你读得下去，动人得不得了！最好的最深刻的报告，最宝贵的细节。没有人让我讲，我不讲，有人邀请我讲，我要讲，我要“贩卖”这个（徐迟举起手中的《资本论》）。

谈到科学，徐迟说：怎么能写科学？让人害怕。而且科学种类这么多，怎么钻进去？那里面有人，有科学家啊，我们主要是报道科学家的，人我们懂啊。我们都是好朋友。对好朋友是最理解的。人是可以理解的。数学，大偶数，我一点点也不懂。李四光的地质学也不懂。我当然有点积累。1954 年在天山谈了几天，包头一个工程师也和我谈。石油部门，大庆，找地质指挥所谈地质问题。《地质之光》多少纪，多少纪，我现在还晕头转向。先找科学家，然后才谈他一点科学。心理积累。看马克思数学手稿，原以他的话作导语，后来改用元旦社论，就更好了。做一点研究，不懂不要紧，有很多资料，印好的猜想，看一点，用一点就够了。主要写人。不搞那门科学，写那个科学家。写那个人，写他的贡献，如果大量写他的研究成果，写多了，读者当然不高兴了，写他的经历，某些有趣味的细节。没有问题的，肯定没有问题的，大家都来写吧！我希望报上的文章再多写一点人的细节，我保证读者会高兴。

科学院送我一堆堆材料，看了后，感到不实现四个现代化不得了。现在科学发展了，就像我讲了话，袁鹰讲了话，不必记，散会后走到门口就可以一个人给一本印好了的记录。一个计算机，第二代的，第三代的，一秒钟几百万次运算。这样一个领域，你还不去怎么行呢？电子计算机哪儿都要用，连厨房炒菜也要用。是电脑时代了，人脑指挥电脑的时代。神圣的职责要到 2000 年去。科学技术界有这个雄心壮志，很可能变成现实的。这个领域非常广阔，到天文台看月亮，大望远镜，四米直径，没看见嫦娥吴刚，但看到了某某山，想过不了多少年，就可以去遨游了，再活十二年，我七十五岁，2000年，平均寿命可以一百岁。

1940年我很糊涂，已接触马克思主义，非常荒唐、幼稚。现在好一些了，到2000年，我一百零五岁，豁出命也要干这个。打倒“四人帮”就有奔头有信心。科学领域一定要进去，一定能进去。

徐迟最后感谢主人的邀请，他说：我只讲这一次，说了算数。陈景润是数学家，他的逻辑钢铁般坚硬。他说了是算数的。陈景润不坐小汽车，乘公交汽车，国务院、科学院给他一套房子，他不去，仍住那个六平方米。

袁鹰说徐迟讲了思想、学习、业务，生动而丰富。说他年岁比我们都大，但劲头那么足，值得我们大家学习。

在接徐迟来时的小车上，我问他：《猜想》前面引那数学公式你怎么学习的？他说他一点也不懂，全是照搬来的。

【10月12日】 接到方冰同志电话，让我到辽宁大厦出席一个座谈会，说是中国作家代表团从黑龙江访问结束后到达辽宁，在这三十多位作家中有一半是诗人，辽宁的诗人们与代表团的诗人们聚会一下。

粉碎“四人帮”之后，被禁锢多年的新诗开始梳理自己的羽毛。一些诗人重返诗坛，大家向往交流，向往团聚。我赶到辽宁大厦，在一个宽敞的大会议室里已坐满了人。来辽宁的有艾青、苏金伞、公木、公刘、刘剑青、包玉堂、莎红、苗得雨、石英、郭宝申、李小雨、吴超、孙绍振；参加座谈的辽宁诗人有方冰、阿红、晓凡、厉风、解明、刘文玉、路地、高广成、柳清波、陈秀庭、姚莹、孙日成、丁晓翁、徐光荣、荆鸿、陈进化、李荔等。

方冰在开场白中讲道，诗歌是文艺的一部分，被“四人帮”搞得一塌糊涂，一团混乱。凡是不符合“样板戏”标准的都给否定掉了，说假话成风。文艺作品中诗最多，诗如何接受遗产，怎样在中国旧诗和民歌的基础上发展新诗，怎样创新，都有赖大家探讨。阿红首先发言，他说，解放思想，怎样解放？“四人帮”打倒了，还是感到影响不小。肃清流毒是长期的工作，诗歌要不要有真情实感？要不要有真切感受？有很多诗看起来是借来的材料，从报纸上找材料，把散文缩了一下，于是产生“诗”。还有的叙的事，抒的情，都是仿制品。许多诗生活气息浅薄，不像在座的老诗人的作品那样生活气息扑面而来。另外什么是时代精神？是不是用大话、玄话、高话喊出报纸上的话，时代精神就强了？如何理解时代精神？如何在作品中表现时代精神？打倒了“四人帮”，向四个现代化进军，国家和人民都充满了希望，同时我们也看到生活中一些不符合党的十一届三中全会路线的东西，看不胜看，数不胜数，诗能不能接触？小说提出破禁区的问题，诗有没有禁区？能不能突破？新诗如何创作？如何发展？十年二十年后，一百年过后，新诗的形式会怎样？

方冰说：诗为政治服务怎么服务？刊物上纪念日特集，为什么不“打”人儿？我常常不愿看。阿红说：《诗论》里面写的是启蒙的东西。艾青说：“放毒”不少。方冰对艾青说：你的诗启蒙不小，我到延河就背着你的《大堰河》。艾青见没有人接着发言，便开玩笑说，这么多人，压场，干脆散会吧！他说，我们也希望听一听，脑子活动活动，否则僵化了。点名讲话是最僵化的办法，点到谁谁头疼，自由发言最好。每个人脑子里至少有十个问题吧，但为什么不拿出来？总是有原因的，或者没抽烟，没喝水，早饭大约都吃了吧？不要把写诗的同志、写诗的朋友叫“老前辈”！公刘认为，阿红提的问题扼要、准确。路地说，目前诗歌不大活跃，将来一定会活跃。“比较勇敢”的人才能成为诗人。都是写应该说的话，而不是写想说的话，一百年、一千年也不能繁荣。中央提出了解放思想，但下面步履艰难。总是“没见过，这行吗？”包括一些编辑，一些地方领导，所以省内文艺状况不能令人满意，拿出的作品不招人读，不如去读唐诗。

晓凡说，这些年诗把读者的胃口败坏了，也把诗的威信扫地了。文艺不反映生活，我们不主张诗专门去鞭挞阴暗面，但不去战斗，爱憎都不鲜明，要诗干什么？公刘的《哀诗魂》是战斗的。

辽宁的诗人们都希望客人们、诗坛“老前辈”们多讲讲。艾青笑笑说，你们，我们，咱们，老前辈，太可怕了！这个会开得活跃，提出的问题深刻。只有政治民主的制度下才能达到百花齐放。写诗的人这么多，一人放一朵花，千百万朵花就出来了。诗没有特点，没有个性，就不可能百花齐放。歪曲，造成文化专制主义，当然不止是诗歌，结果是文化凋零，纸做的花，塑料花都出来了。看起来很繁荣，但有一个好处，不会凋谢，不需要种子，泥土也不要。统治文坛多少年？不只是从江青开始，姚文元、张春桥早就经营了。更多的考据是历史学家的事。我们受害者沉默吧！沉默是一种抗议，也是一种怯懦。实践是检验真理的唯一标准，这唯一很重要。为什么帮气、帮风，每逢纪念日汹涌而来？主要观点不出社论范围。诗，社论，分工不同，一个逻辑思维，一个形象思维。如何经形象思维解决问题？我没有回答。既没这个魄力，也没这个勇气。我们没提倡所有人写风景，也没提倡所有人写爱情。但写风景、写爱情应允许。千人一面，似曾相识的东西太多。为什么不能画自己的东西？上海有个画家没东西画了，画梅花，她在丛中笑。熊猫到处有，白猫，两个黑眼睛，动作像一条虫在爬。物以稀为贵，这样的艺术！艺术应是自己看也喜欢，别人看也喜欢。这里包含着对美学的认识。我认为，自己认为美的东西，不要放弃，不要人云亦云。不要像戏里的“平安无事啊”。自己要坚持自己的美学观点，一个诗人不坚持自己的美学观点，他不可能写出好东西。他这样写当然“平安无事”了，但浪费纸张。坚持观点，是不是不谦虚？不是的。这样才能避免公式化、概念化、形而上学。这些年吃了猛药、烈性药，醒过来了。感谢中央粉碎“四人帮”，刀不刃血，一弹不发，这个漂亮仗打的。如没这个事情，还能在辽宁在辽宁大厦，当贵客接待，抽中华烟？别做梦了！老老实实在牛棚待着吧，当然不一定吃草。几个元帅生命都被夺走了。前年的 10 月 6 日以前，他们神气得可以伤害总理，我们算什么？蚂蚁一样。当然现在过来了，“俱往矣”！

老诗人苏金伞说，见到许多写诗的同志，很高兴。大家都想解放思想，怎么解放？敢不敢解放？不仅从“四人帮”开始，假“左”真右，宁“左”勿右，早就成为条条，怎么来突破？这不是一个小问题。一两个勇士也不行。这是多年形成的思想状况，需要大家共同努力，敢于突破，敢于解放。

曾经在 1932 年听过鲁迅讲课的《中国人民解放军军歌》歌词作者公木说，诗要战斗，义愤出诗人，困难的是敌人是谁，怎么认识他。写诗总得要有才、有胆、有识、有力。过去反帝、反封建、反蒋介石，总要代表人民说话。代表人民说话，就抄社论？那不行。要抒自己之情，能做到什么程度就做到什么程度。这时艾青插话：力所能及。公木说，自己觉得对的就应坚持，有人反对，可以不考虑。好多作者主张形象思维，但写起来就不按这个办了。3 月份编辑约“五一”稿子，书生也知道“五一”的意义，找一点形象，就写了。现在我自己还不能完全拒绝此类约稿。

公刘说，我好多年没写诗了，粉碎“四人帮”给了我歌唱的权利和责任，自己经历得多了一点，想的也就多了一点。他说，我们这样大的国家，不可能一帆风顺。也许将来有一天，批判到这个深度，明白产生“四人帮”的历史原因。东方大国，背着沉重的历史包袱的大国，特殊的历史现象。如果不是把“四人帮”本来面目揭批深透，就会停留在表面的现象，就不可能写出代表亿万人的诗。必须把事情看得深一点，否则对“四人帮”的批判无法入木三分。什么样的爱情诗可以写，什么样的爱情诗不可以写，没有正面提出，也没有正面回答。也不知等什么人登高一呼。艾青插话：等你嘛！公刘说，整个历史大潮流汹涌澎湃，只要我们为社会主义歌唱，为四个现代化歌唱，何罪之有？我们的诗歌作者不管走过什么道路，走到一起来了，我们都为四个现代化歌唱。

苗得雨讲到应以源为源，不要以流为源，现在有些人写作不从生活出发。他说，“深水有肥鱼”，要到水的深处去捉鱼。这些年不仅不去深水，浅水池也不去，就在水边捉两条。还有的有一点生活就写很多东西。据说五百吨矿石才炼出两斤金子。文艺作品如何提炼？一斤豆子想轧出一斤油是不可能的。我们既要有生活基地，又要跑些地方充实，加强自己。诗要含蓄，“明白文章糊涂诗”，诗不能太实，太实不为诗。要向民歌学习。民歌是一切文艺形式最早的。古今中外的大诗人都从民歌吸取过营养。

在座谈会上，还有许多诗人发言。座谈没有固定的话题，真正是畅所欲言，好像春风里自由飘荡的一只风筝。座谈之后，大家兴致极高，在辽宁大厦门前随意地排了四排，合了一个影，留作永久纪念。

【10月14日】 到辽宁大厦听吉林大学教授杨公骥的报告，他主要讲“四人帮”的阶级和历史根源。他说了文学工作者应如何看待这一历史事件和这场浩劫。他讲了“四人帮”出现的必然

性，讲了空想社会主义的核心是平均主义、平等主义、禁欲主义，这三点这些年兴妖作怪。他说，定盘星定错了，全盘皆错。

【10月24日】从沈阳站分别接到刘白羽、魏巍及总政、北京军区文化部门的同志，下午3点，军区首长李德生、甘渭汉、张午、傅奎清等到宾馆会见了客人。会见时，军区文化部张云晓部长、李英华副部长等在座。

刘白羽部长介绍了这次来沈阳的宗旨。他说，全军政工会后，要开全军的宣传工作、文化工作会议。后来宣传会议推迟了，韦国清主任和梁必业副主任指示，先开文化工作会议，分期分批开，有个抓建国三十周年文艺献礼问题。李德生司令说：早早抓！白羽部长说，要研究新的历史条件下文化工作对象和内容。还要批“文艺黑线专政论”。用抓献礼带动文化工作。还要征求文化工作规划意见，讨论一下。临来总政机关副部长以上干部学了邓副主席的讲话。李德生说：我们保证物质条件给你们。

身为北京军区文化部长的魏巍说：向老大哥部队学习。与李司令员好几年没见面了。李德生说：你们那里很活跃。魏巍问李司令身体怎么样，李司令说：没有什么大毛病，可以熬夜。刘白羽说：听说您到沈阳来，还没有进过医院。李司令说：你现在身体还可以吧？刘白羽说：可以跑一跑。李德生感慨地说：二十多年没见了！刘白羽说：刚出来，有人拄棍儿。魏巍说：白羽部长的通讯《光明照耀着沈阳》，当时得到主席的称赞。刘白羽说：发在11月3号的报纸上，沈阳刚刚解放。李德生称赞地说：火线上的文艺工作者。刘白羽说：我们是描写者，主要的是战争胜利的创造者。李德生说：魏巍，你是国内外有名啊，在火车上看画报还看到了你。魏巍谦逊地说：鼓励吧！李德生问：你们那个部的人比这里多一点吧？魏巍说：一样，都是十五个。

李德生回忆他在总政当主任时的情形，他说：解放军画报，解放军文艺，八一厂，仅八一厂就一千多人。刘白羽说：一千八，文工团编制八百人，现在不满。甘渭汉说：我们这里超。刘白羽说：正好支援我们。张午说：支援不了，水平不够啊。甘渭汉说：人数是超了。李德生说：杂技去柬埔寨，深入部队也比其他团多。刘白羽说：它轻便，不需要几卡车东西。李英华说：曲艺队下两次边防。李德生说：每年春节，都到哨所和战士一块儿过。刘白羽说：今后文工团队都下去，掀起高潮。

李德生说：边防比较苦，没有人烟，眼看的是对方军队，瞭望台对瞭望台，对着的。刘白羽问：离居民点远吧？李德生说：人烟少。刘白羽说：我到新疆哨卡看了看，也是一样。我来之前，梁副主任说，什么时候总政文工团派个团到东北前线。李德生说：那欢迎啊！去年都搞汇演去了，从准备汇演到汇演，汇演回来还汇报，这个东西要适当。不可不搞，不可多搞，搞多了脱离群众，到不了基层。刘白羽说：看起来到前线，到前哨，也只是小分队。李德生说：能大能小，能前能后，没舞台、道具也能演，一般都自己发电。刘白羽说：十几个人可以吧？李德生说：可以。傅奎清说：到前线只有小的。李德生说：边防比较需要。刘白羽说：到边防对文工团也是个教育。李德生说：那是。本身是个锻炼。傅奎清说：小咬咬一身包，1973 年我去过一趟。李德生说：小牛虻，小蠓蠓，大的也有，有的戴口罩，冬天边防又冷得很，零下 30 度，有时零下 40 度还多。9 月份就下雪了，大兴安岭有的战士冻坏了。夏天夜晚三个小时就亮天，夜里 12 点钟还打球，一场电影就醒了，中国的北极。刘白羽诗意地说：战士枕着太阳睡觉。李德生说：那是，买了一批荷兰的半导体。刘白羽说：军用的熊猫牌还算好的。李德生说：连队一般有个放映机，有个片子供应问题。李英华说：一个片子问题，一个经费问题。李德生说：我们部队的片子订得少，多搞点才行。刘白羽说：好。边海防生活太艰苦。李德生说：打开收音机就是苏联的，眼睛里看的也是苏联的，车子来，车子去，红红绿绿，我们边防和新疆军区、北京军区边防不一样。他们远东边防驻得多。我们战士的文化生活应改善一点。文化生活比以前好一点，以前没有电影，广大农村也需要、边防也需要小型的放映机，方便，轻便。刘白羽问：这种小型的，几个人弄得走？李英华回答：一个人。李德生说：这个问题国家并不难，好解决。刘白羽问：什么问题？李德生说：拷贝太少了，应分两种，一种城市的，一种边防与农村的。越是边防少数民族越多，在这个问题上不要卡得太死了。光靠文工团哪有那么多。多拍点片子，容易嘛。刘白羽说：看起来，电影最需要，文工团你多少时候去一次。李德生说：不光边防，还有群众。几十里路他也来，有的坐马车，有的什么车，零下几十度，因电影和群众引起的矛盾很多，无论城市，无论农村。刘白羽说：过去部队放电影，让群众看，现在不让看。李德生说：军队去不了多少地方。刘白羽说：新疆也提出这个问题，部队在房子里放电影，群众在外头看。李德生说：几起打群架，拦也拦不住。魏巍说，国务院有文件。刘白羽说：规定很严，不准给群众看。因为地方电影部门要收费，部队不收费，部队放映完了，地方再来放，没有人看了。李德生说：最近我们走访地方，一部分三支两军人员犯错误，再就是部队和群众打架。因为什么打架？就是看电影。有的地方不让看，群众要看，你拦不了，就打架。刘白羽说：城市里也有？李德生说：少一点。农村不能在房子里边演，城市不能在露天演。李英华说：在房子里演，玻璃都给你打坏了。刘白羽噢了一声说：这个问题得解决。他发文件主要考虑收入问题。来新片先给地方，后给部队，他卡着我们。傅奎清说：大队拿钱。李英华说：大队拿钱，地方来了，部队也看；部队来了，地方也看，解决得好一点。李德生说：现在搞战备，遍地山沟都是仓库、医院，照顾不到。刘白羽说：起码前线、边海防要特殊，可以一起看，否则发生摩擦，影响战备。李德生说：你们明天开会吧，我们条件可不好，不像你们北京军区条件好，北京西山比这儿好。西山又叫八大处，很好啊，我还不知道啊？魏巍说：地方开会也借，北京军区招待所紧张得很，是全国性会议的一个点儿。李德生说：怎么样？我们就是看望大家一下，我们就是做后勤保障工作。刘白羽说：我个人是学习，离开军队时间太长了！李德生说：有老传统嘛！

【10月25日】上午开会，首先是白羽部长讲话，他讲了会议的由来，他讲到邓小平副主席听国务院文化部负责同志汇报后，指示要求大力发展文艺创作，满足群众的需要。邓副主席说，现在文艺生活很贫乏，大家上班前、下班后缺少文艺生活，电影不够，读物也少。我这个书架上看“文化大革命”后和“文化大革命”期间出的小说，思想性、艺术性都谈不上，看了头就知道尾，题材单调，看了令人讨厌，电影镜头，手法单调，有的还不如香港的。题材很狭窄，不敢写恋爱。恋爱为什么不能写？只要不写成低级、黄色的就行。白羽部长讲到关于相声、关于漫画：现在有些同志还心有余悸，哎呀，这个东西又来了！甚至有人说讽刺“四人帮”的相声是“暴露文学”。魏巍说：我们的《闹而优则仕》，有人说不要拿出去了。白羽说，我们来沈阳前，看了工会九大的文艺晚会，掌声最热烈的是侯宝林的相声，反映了亿万群众对“四人帮”的憎根。魏巍说：毛主席在延安就讲了，不一般地废除讽刺，只是废除讽刺的滥用。白羽说：邓副主席问到文化队伍时说，文化队伍不是太大，而是太小，要实现四化，需要庞大的文艺队伍，要培养新的作家、艺术家，现在许多作家、艺术家老了，画家老了还可以画画，至于作家老了，写

长篇小说的精力就不那么够了。邓副主席对《李自成》的创作是鼓励的，他让下面同志看《李自成》，《李自成》第二卷写得还好，但不如第一卷，年纪大了，精力就差些。现在各个协会都成立了，特别要调动创作人员的积极性。我们部队不叫协会，要靠文化部门调动积极性。邓副主席还说，有些国际活动要让一些文艺界的同志多出面。邓副主席指示，文化部门要搞个规划。我到新疆去，星期天，一个战士几十里跑到县城书店去买书，结果扑空，买不到。我们做文化工作，搞创作，不考虑部队广大指战员的需要是不行的，一年之后、三年、十年之后会是什么样子，要考虑到，在座的都是干这个“服务行业”的。邓副主席对理论问题也作了指示，现在有些理论问题已涉及文化部门了，你们考虑没有？有两篇好文章，一是《实践是检验真理的唯一标准》，再一篇是《贯彻按劳分配的社会主义原则》。现在这个问题讨论很热烈，特别是“唯一标准”，我在报纸上看到李司令员也讲了这个问题。到了下面，这个问题既是理论问题，又是实践问题。实事求是是恢复党的传统最大、最根本的问题。

【10月27日】 我与兆林早上陪魏巍部长在院内院外散步，魏巍披着个棉军大衣，我们走到宾馆外的老道口大铁桥，魏部长问皇姑屯火车站在哪儿，说到张作霖等历史人物。我把《黎明风景》等以前买到的魏巍的书拿给他，请他题签。

【10月28日】 早上我陪魏巍部长在院内散步，我背诵了他的《登雅典卫城》和《最美好的晚餐》，他很兴奋。我问到他写的《好夫妻歌》，他说这是在易县张官铺反“扫荡”时写的，写这首诗时二十三岁。我真羡慕他那么年轻就写出这么好的诗。他说是时势造成的。

【10月30日】 晚5点40分，在谈到小说《伤痕》时，白

羽部长说：我觉得，我们部队不要写那样的作品，调子比较低，好像一百年后也解决不了，遗恨终生。女儿可以对母亲那样子！运动高潮时可以理解。“文化大革命”后期，我们的儿女还相信“四人帮”那一套吗？不相信了。拖那么久，那么多年！特别是写信告诉了她，组织上有了结论，她还不相信，简直不是现实主义的。我的女儿听到我有了结论，解放了，飞一样地回来了！那时我们一家人分四下。我女儿十四岁，只是在日记上写：我爸爸是好爸爸，我妈妈是好妈妈。我们孩子跟了我们那么多年，难道还不了解自己的爸爸妈妈？最后妈妈死掉了，那个女孩子还可爱吗？不可爱了。倒是应该那样子，时间缩短，结论收到赶紧往回赶，赶到了，母亲死了，好像还可以。开始不相信，有了结论，还不相信，这就涉及“四人帮”的创伤，我们党能否愈好？回答是党中央领导我们能够医好创伤。一种回答不是愈好，遗恨万年，那还行？有一点，伤痕还是伤痕，这是很深的。在总政就有一种人，那个灵魂，和他面对面坐着，不能不愤恨！灵魂是那么丑！那些人，在艺术上就要“枪毙”（指不要写他转变过来）。如果有一个作家敢写老一点的出卖灵魂，我还是拥护！

晚饭后，与魏巍部长在院里散步，谈到诗怎么样才能写好的问题，他谈到他怎样参军，怎样到延安等经历；谈了郭小川及他与郭小川的亲密友谊。辽宁作家思基、韶华来，又一起谈到9点多，谈到“文艺黑线专政论”的由来。后来，朱光斗、王德英在走廊里见到送客归来的魏巍部长，又到大会议室交谈，到10点半才散。

【10月31日】中午，朱文斌、刘兆林和我忙着下午合影事，三十人，前面是十五张椅子，先摆好，并用红纸条子写好名字贴在椅子上。合影后，会议人员分乘两辆小轿车和一辆大客车去北陵和故宫参观。我和张澄寰陪同魏巍部长乘一北京吉普去沈

阳市第六中学周总理少年读书旧址参观。六中在兴工修建，沙土、青砖摆了满院子。一位女教师说在相片上看过魏部长，她的一个同学的爸爸曾与魏部长合过影，是在同学家里见的。魏部长问她同学爸爸的名字，她说不上来。

接待人员把我们热情地让到了休息室，当他们得知魏巍部长的名字和张澄寰的身份（郭沫若的女婿）时都惊喜万分，加倍热情。是张澄寰首先介绍了“这是《谁是最可爱的人》的作者魏巍”。接待室的桌子上，放着两块黑色大理石，上面刻有“沈阳市第六中学”和“周恩来同志少年读书旧址”，均为郭老题写。六中同志说，这是郭老病重期间题写的。张澄寰说，郭老对周总理的感情太深了！安兴亚校长曾在六中工作十五年，总理 1910 年秋到 1913 年夏在这里读了三年书，恰好是十二岁到十四岁。

1910 年春，少年周恩来随伯父来辽，开始在铁岭银州镇银冈书院念了半年书，1910 年秋到沈阳，在东关模范学堂后改东关模范学校（当时沈阳有四个模范学校）的丁班读书，他在这儿念了三年书，相当于高小。1913 年考入南开中学就去了天津。在周总理逝世一周年时，省市委关怀，修建起了这个读书旧址。两座楼按原样修复，只是当时没电灯和暖气。

我们参观了“读书室”和“教室”。教室前排南起第三个位置就是周恩来的。全教室共有四十个座位。当老师问为谁而读书时，有的回答：“为家父而读书。”周恩来回答：“为中华之崛起而读书。”魏巍部长给纠正一个错别字，书桌上一行小字，周恩来的“来”，繁体字多了一横。

安兴亚讲到，1962 年夏，他当教导主任。头一天，宋光副部长派人来，后宋自己又来。某一天晚上 8 点左右，周恩来总理派陪来的卫士长和邓大姐向沈阳市公安局长张洪钧要了一张沈阳老地图，说要出去走一走。总理从宾馆开始指挥，通过金银胡同、小河沿，路过六中。他叫司机慢点开，开到学校门口，停了车，指了指，说他在这儿念过书。这时大家才恍然大悟。总理是南方人，在学校边上的绍兴会馆包了饭，找了找，没找到，就走了。周总理说是办私事，自己付给了汽油钱。两周年校庆时，周总理写过文章《感言》，有诺言，说是要回来的。

总理少年读书时，在图画临摹课，他将秃山添上树木，表达了改造祖国山河的决心。

魏部长细看总理少年文章，指给我看两句："求整顿宜重实际，务外观先察内容。"魏部长说，总理小时就注重实际，实事求是。当年的老师对总理文章的评论是："能为非常之人，必有非常之才。"我看魏部长用小小的蓝皮解放军报采访本记得很详细。周恩来当年写的："教不如此不足以言教，学不如此不足以言学。"他当年写给他的同学的"愿相会于中华腾飞世界时"，"志在四方"，"同心努力万里前程指日登"。

我们参观过程中，六中老师请来了区委宣传组的蔡友，照了一些相。魏巍部长十分随和，对学校工作人员十分亲切，让合影就合影。

回来路上，车拐到省政法干校，魏部长见他一位老同志，是考他并批准了他参军的一个人，曾杀一千个反革命最后被打成"反革命"的任过十三年高级法院院长，后被"专政"七年，现为政法干校顾问的王敏求。他们四十年没见面了，王住在一间教室里，老伴儿冠心病，在床上躺着。书桌上有《剑南诗笺》，正摊开，是一本线装书。老人今年七十七岁，身体非常之好，每天打"八段锦"，用热水洗脚，坚持了四十年，连行军打仗都坚持。他上午看《资本论》，下午读诗。他有许多书，我看到桌上有《诗韵新编》和《海涅诗选》。在老人房里，他问魏巍挨整没有，魏巍笑笑，没有多说什么。魏部长坚持把老人拉回招待所。

在路上，与老人热情交谈。

晚饭后，辽宁作协的方冰、石光在前，思基、韶华在后，他们来看望刘白羽部长，我到大门口把他们迎进来，领到刘部长房间。我到魏巍部长的房间，告诉他，方冰同志来了，请他到刘部长房间去坐坐。他让我要了一个车送他的客人。下楼时，魏部长要搀王敏求，王说：你别搀，一搀我就不得劲了。他乐观地说：我还准备活二十年、三十年，我要看看四个现代化！

【11 月 1 日】这个小型座谈会开了九天了，会议开得很好。刘白羽部长兴奋地讲了一上午的话，前头许多话是讲基层文化工作，专业文工团工作，也挺重要，但我觉得“解渴”的还是他讲文艺创作，这是他的老本行啊！他说，要发掘生活中的矛盾，不是照搬，不是把一般人看到的简单的矛盾，剪下一段放到戏剧里，要抓到矛盾的特殊性，把矛盾加以典型化，这就需要我们从实际出发。他说，对主题了解得深刻不深刻，非常重要。我们常常把主题和题材混为一谈，一问，你写什么？某某战役。这是不是主题？不是。一个战争仅是你一幅油画的背景，要通过你的形象，你的寓意，表达主题，你不能从头写到尾就完了。主题是生活本质的概括，主题要贯穿作品全局。主题是作者从复杂的生活中提炼出来的一个自己的独特的思想、看法，甚至是一个哲学。是感性认识的一次飞跃，是从生活现象中概括生活本质的概念。现在作品好多主题都差不多，同一个战役可以写出多种不同的作品。我写《无敌三勇士》，写诉苦运动，这不是主题。我和魏部长谈到，写《血缘》，是长期观察部队张三李四,五湖四海来到一起，火线上用生命互救，这是崇高的追求和探索。是什么把我们结合在一起？阶级的血缘关系。我抓到了这个主题，就写了三个人，三个人都是有缺点的。高尔基讲，作品是人物成长、典型性格发展的历史。现在有的作品一开始就“高大全”，马克思、恩

格斯早就说过："如果用伦勃朗的强烈色彩把革命派的领导人——无论是革命前的秘密组织里的或是报刊上的，或是革命时期中的正式领导人——终于栩栩如生地描绘出来，那就太理想了。在现有的一切绘画中，始终没有把这些人物真实地描绘出来，而只是把他们画成一种官场人物，脚穿厚底靴，头上绕着灵光圈。在这些形象被夸张了的拉斐尔式的画像中，一切绘画的真实性都消失了。"在《政治委员》中，我写了一个一只胳膊的政委，写一个营的干部不想打仗了，他流过血。如说一个政委改造一个营长，这不是主题。我的主题是，一个革命战士要永葆青春。如把这一点抓住了，就不同于其他人写的了。我掌握了"血缘"，就不怕同别人重复了。

白羽说，有人形容契诃夫的眼睛像钻头一样。钻什么呢？不是钻木头，而是钻生活，钻人的灵魂。如果有人问你，你这主题是什么？你讲了半天讲不清楚，说明你对生活深入观察和理解不够。要深入到生活的内层去，提炼出属于自己的主题思想。一个戏、一个小说是这样，散文也是这样。《谁是最可爱的人》，钻得深，通过这个时代的生活，传达这个时代的精神。说到人物个性，白羽说，科学上有一句话，没有两片完全相同的树叶。难道有完全相同的两个人吗？写人物，张三就是张三，李四就是李四，不要张三李四掰不开。双胞胎顶多是面容相似。

说到情节，白羽说，情节存在于生活之中。一个真正的艺术家，不应回避现实生活的矛盾。他说，他不主张凭头脑主观瞎编的、伪造的情节，主张发掘生活中引人入胜的、丰富感人的情节。

听君一席谈，胜读十年书！

【11月2日】上午，刘白羽部长对座谈会作了总结。

下午3点，白羽部长等总政同志在张云晓部长、李英华副部长陪同下，到军区歌剧团检查工作，到了演员的宿舍和乐手的琴房，同大家见面。

晚上在政治部餐厅，由军区傅奎清副政委、成泽民副主任及政治部党委委员一起宴请了总政和北京军区的客人。菜肴丰盛，前所未见。

宴会后，我陪刘部长回招待所，一位来沈阳开会的新疆大学的杨先觉老师，在那儿等候着。他曾是刘部长的部下。他穿一身深色呢制服，敲门而入。他戴着眼镜，坐在刘部长旁边的一个沙发上，诚恳地讲了参加会议同志们要见刘部长这个要求。他汇报了讨论的不同意见：十七年对不对？“文革”中对不对？白羽微笑着听着。杨先觉说：我是从部队来的，四野一次会演，我写了一个剧本，得了二等奖，由此调出搞创作，当创作员。他郑重地从上衣右口袋里掏出一个小红本本，说：刘部长，这就是你那时发给我们的，至今我保存着。这就是我工作的珍宝。我到他跟前看了看，是一本一盒烟大小的红漆布皮小书，封面落款是“中国人民解放军第四野战军政治部文化部制”，里边是竖排小字，纸页已十分发黄了。扉页上还有四野一个单位盖章发给某某创作员杨先觉的款头。杨先觉几次请刘部长到会讲讲。刘部长几次说，不讲。后来端起眼镜盒说，我到会上看看，不讲。后来又说不去了。杨先觉再三说还是去看看。刘部长让我叫一下张澄寰，张澄寰来了。刘白羽说，你来是客人，留下吧，让小胡跟我去一趟。张澄寰坚持要去。

辽宁大学中文系我熟悉的老师也曾给我打电话，他们听说刘白羽部长来沈阳了，想请他去一下，说最近由东北九所大专院校出头召开了一个全国性的文艺问题讨论会，主要讨论文艺的真实性和典型性问题。现在已近尾声，多数同志回去了，留下的是编写教材的同志。想请白羽给讲一讲。我也和刘部长说了。我和张澄寰陪着刘部长赶到辽宁大厦，在六楼会议室，见到有五十几位各校的中文系的老师。首先由辽宁大学中文系张教授开场讲了一下，辽宁大学党委书记陈北辰非常客气和诚恳地说向刘部长求教，请刘部长给上个“夜校”！

张澄寰借我的笔，从我本子上撕下一张纸，写了几句话，请刘部长考虑，可按在新疆讲的文艺为四化服务问题讲一下。刘部长按此讲了。你打你的，我打我的。没回答所谓真实性、典型性等问题。

刘部长说：你们是教员，我是学生。我从来没做过教员。部队开会，我来看看大家，有言在先，不讲话，只见面。我一不搞创作，二不研究创作，目前全国争论的作品，我一篇也没看过。地方的事，我只是挂名，恢复作协副主席。我们的“真实性”就是打仗，真理的标准，是打仗要打胜。

张教授介绍说，这个会是学术讨论会，中心议题是艺术的真实性和典型性问题。来了六十个单位的九十多人，讨论了十天。编一本马列主义文艺理论教材，想把“四人帮”搞乱的问题弄清。说到真实性的概念、地位、作用，与政治性关系、歌颂与暴露无遗、以光明为主等问题。赖应棠老师说到关于典型的概念、典型的共性、典型的共名问题。他们恳切地请刘白羽部长给他们讲一讲。

白羽说：同志们是搞理论研究的，我不是，因此对许多概念，我搞不清楚。他说：一次开会，曹禺坐在我身边，一个搞理论的同志讲文学艺术一些概念。我问曹禺：你听得懂吗？我听不懂。曹禺说：我也不懂。我们是搞形象思维的，不是搞理论的。你们这个会提出的一些问题，我没有调查，没有研究，我只能交白卷，但不是张铁生式的白卷。同志们对现实生活中提出的问题进行理论研究，我很拥护，但我没有发言权。接着，白羽讲了文学工作怎样为四化服务的问题，讲到解放思想，打碎精神枷锁的问题。他说：让我讲什么“性”，这个概念那个概念的关系，我脑子里没有。我们做工作总要从实际出发。毛主席的延安讲话，不是从定义出发，而是从实际出发。这个讲话，并不是要发一篇文章，而是要解决当时在延安文艺界存在的一些实际问题，解决好了，才能为抗日战争服务。白羽在讲话中批驳了“主题先行”论。再三强调要研究服务对象。他说：历史在前进，事物在发展，不能停滞，没有一个现成的公式。我们文学工作者是搞形象思维的。文学不可能离开实际而存在。一个文学创作者，我就不相信，把他放在真空的容器里，能写出作品。不接触生活，你创作什么？形象存在哪儿？形象在生活之中。文学对作家的最大考验是你的作品形象从哪里来。唯心主义者也能写出作品来，但不能写出感奋人、鼓舞人前进的作品。粉碎“四人帮”两年了，“四人帮”残痕还有没有？我看是有的。邓副主席说文化也是一个服务行业。这话说透了。脱离了人民，人民就不要你了。你不写任丘，任丘也在打井出油。你写了，可能使之干劲更大了。白羽深情地说：理论家们，你们要站到前面来，你们做这个工作，推动文艺创作，砸碎“四人帮”给的框框，为新的一代开辟道路，在这个道路上，写出适应四化要求的英雄人物，鼓舞我们的人民前进！

回来的车上，白羽部长仍在兴奋中。他说不讲不讲还是讲了，他问讲得怎样。我和张澄寰都说讲得很好。在路上，还说了三十年前刘部长进沈阳，写了战地通讯《光明照耀着沈阳》。三十年后，又来沈阳。张澄寰鼓动刘部长写一点东西，沈阳第一次解放，来了，写了东西；这里沈阳第二次解放，又来了，也写一点吧！刘部长今天的兴致很高。回到招待所上楼时，笑着问：“那边电影完了没有？”我马上打电话问电影发行站，电话还没打完，张云晓部长、魏巍部长等已从大门进来了，原来电影已放映完了。我到 209 房间告诉刘部长电影演完了。刘部长见随同进屋的张云晓部长，说：“噢，都回来了？”张部长说：“刘部长忙得电影都没看上。刘部长该休息了。”刘部长笑着说：“整理整理东西。”他把《马恩列斯论文艺》交给我说：“今天我讲话引的语录都在这里，你查一查吧。”接着他对张部长说：“你们要下决心培养新生力量，年轻人脑子反应快，能深入生活。五十多岁深入生活就有困难了。”

张澄寰的姐姐张秀荣和姐夫刘光远从黎明厂赶来看望。带来一些吃的。他们蹬自行车前来的，我们从辽宁大厦回来，他们仍在 204 房间等着。我也同他们唠了唠。非常抱歉的是，他们走时，张部长领着开会，没能派车送送。

【11 月 3 日】临时决定联系参观，北京军区的同志们今天要候机。我先打电话给羽毛厂，羽毛厂说停工，无法参观。他们介绍到玉器厂。玉器厂的李书记立即答应。然后又想到省里正举办的美术展览。我给王文里打电话，请他开个去玉器厂参观的介绍信。队伍到玉器厂，果然受到了热烈的欢迎。厂人武部王部长给大家介绍了工厂的历史和生产、产品销售情况。然后到各个车间参观，这是半机械化的生产流程，手刻、脚蹬，用电带动。魏巍看得很细，时常俯身相问。生产玉器工艺品，在中国已有两千多年的历史了，玉佛、天女散花、嫦娥奔月、各种花鸟兽、花瓶等。原料是岫岩玉，出国叫新山玉。由国家外贸收购，在广州交易会展销，一年生产价值三百多万元。去欧洲较多，亚洲有一部分，现在非洲也有了。

从玉器厂，到省工业展览馆，观看了辽宁省新长征美术展览和摄影展览。其中有一幅周总理和邓大姐并肩行走在梅花丛中的国画作品特别吸引人的目光。

归来的路上，在中山广场停车，大家下车参观了雄伟的群雕。

下午，我根据录音和笔记整理刘白羽部长的讲话。

晚上，马加、方冰来看望魏巍，我陪着在一起说话，他们说到在延安在晋察冀的许多趣事。

【11月4日】一早去东塔机场送魏巍等一行人回北京，回来继续整理刘部长的讲话。

【11月7日】乘202次快车到大连。旅大警备区杨旭等人到车站接我，住黑石礁5号楼。欣喜地读《于无声处》。

晚在小饭堂观看电影《借年》和严凤英主演的黄梅戏《女驸马》。

杨旭给我讲他被“触”的经历，十分生动。他拿出三十里铺九园的苹果招待大家。

【11月8日】一早就爬起来，到海边，天还未亮。海鸟像谙熟音乐旋律的孩子打着有鲜明节奏的口哨，海浪不停息地拍击着堤岸。我不知这是在涨潮还是在落潮，出神地看了好一会儿。因为一早阴天，等着看到壮观的海上日出。待太阳升起一竿子高时，海面的尽头有一条红绸飘带样的倒影，美极了！

早饭后，到海运学院看了看二师同班的老同学江涛。

下午，杨旭、张振清、于宪东来5号楼看我。张澄寰和我同他们谈到开晚饭，他们谈了许多闻所未闻的奇人奇事。

晚上读苏联长篇小说《岸》。

【11月9日】上午，我和杨旭陪张澄寰和在大连化学研究所工作的郭沫若的大儿子一起去大连文物店。张澄寰选中了三方砚台，物美价廉。文物店的书记和几位工作人员忙得不亦乐乎。司机去买鱼钩，据说他一个星期天可钓上黑鱼几十斤！

晚去海港四码头接刘白羽一行。刘部长去了海洋岛和獐子岛，他为海洋岛题写了“黄海前哨巍如泰山”几个大字。

回到黑石礁，刘白羽部长让我通知高玉宝，明天或后天晚上可来招待所谈谈。据说，高玉宝相约刘部长谈一谈。王传洪副处长叫我给刘部长找《伤痕》小说，他要再细看看。

晚上，朱文斌搞来一盆海虹，煮熟了，大家吃得很香，特别是张澄寰。

【11 月 10 日】 刘白羽部长要看近些日子的报纸，我到解放广场旅大警备区政治部取了来。

【11 月 11 日】 上午，陪刘部长去大连文物店，总政的夏湘平、毛振彦同去。这个店的王经理是老“四野”的，曾听过刘部长的报告。另外，当年批准这个文物店，还是刘部长在国家文化部当副部长时办的呢。近中午才回来。

刘部长在餐桌上，讲江青到大港油田，指人唱样板戏。江青破口大骂，点一个老工人唱，老工人开口唱了一句：“这个女人不寻常”，江青拂袖而去。支部书记紧张坏了，一问老工人，他只会这么一句。这个故事把大家讲得开心大笑，一直笑着走出餐厅。

在 49 号楼门口，张澄寰问白羽部长买了几件什么花瓶，白羽微笑着挥手：“保密！”还是因为高兴，使他并不能彻底保密，他告诉大家，一个是埃及的，一个是阿拉伯的。

由去旅顺的车引起，白羽讲到他第一次见到“面包车”，实际叫旅游车，是 1950 年去印度访问，过香港，坐在这车里看得远，很亮堂，那时国内还没有，现在就太普及了。他讲去旅顺从南路去，一路都是好风景，坐在面包车上比坐吉普好多了。一个是车位高，一个是窗子多而大。

夏湘平讲普兰店老百姓用汉砖砌猪圈。刘部长明天要到普兰店去。

我到刘部长房间去，见桌上摆着《火光在前》精装本，还有一部小说选正在校改。有大小十三个药瓶，有玻璃的，有塑料的，有纸盒的。“冠心苏合丸”、“蜂皇精”、“合维素片”、“多酶片”、“安定片”、“海生丁”，还有一小瓶美国药片，写着英文。他爱用比日历稍大一点的总政治部的“便笺”，有一个册子封面上写着“外长山纪行”，下边有年月日，一册册用曲别针别着。

晚上，旅大文化局、文联的柯夫、陈淼等来看望刘部长，稍前还有李荒书记。他们共同谈到了周桓这个大家都熟知的老同志。

高玉宝来过了，他苦于写不出东西，写长篇没有生活，“文革”支左的生活又不好写。刘部长劝他写短篇，写不出短篇，写散文，一年写四五篇也好。王传洪处长说，这是最中肯的忠告。

在楼上会客室，王传洪正坐在沙发上读《旅大日报》转载的《伤痕》。我向他请教了几个问题，关于赵一曼的。一、中日友好，写抗日战争如何？张澄寰曾表示最好不写。二、是否可用真名字？他讲了为什么引起叫我写赵一曼。在沈阳，在来的火车上，王传洪对张云晓部长讲到可以叫胡世宗写赵一曼的长诗，刘白羽部长就说了也可以让胡世宗搞一部赵一曼的歌剧，写好了会是很感人的。

1979 年日记

【1 月 11 日】晨达北京。

与刘兆林去解放军文艺社，早餐时，见到胡奇社长；上班时，陆续见到各室编辑。

上午去人民文学出版社，联系军区作者诗集的出版，不巧的是，编辑部的同志们全去看电影《驯火记》，在小说北组给徐刚打一电话，他让我立即到他家。

在徐刚处，见到天津百花文艺出版社的谢大光和铁道兵的李武兵，我们坐了几分钟，徐刚便穿上灰呢大衣，领我们穿过几个小巷，到一家沙锅饭店的楼上吃午饭。回徐刚处时，诗刊社的王燕生和工程兵叶文福来了，在一起谈诗，谈彼此新的见闻。

我去看过杨金亭和龙汉山之后，又去人民文学出版社，见到匡满谈军区诗集出版事，又同景峰谈了谈。孟伟哉回来后，便领我到他家里唠了一个多小时。

回到文艺社，约了刘兆林、孙旭辉一起到天安门广场看了看纪念碑四周的油印刊物、悼诗和大小字报，回来时，夜已深了。

【1 月 12 日】上午，同兆林去西单“民主墙”看了看，不知不觉中过去了四个小时，冻得我们很不自在，在一个小吃部里，两个人要了一斤刚出锅的煮元宵，吃得浑身热乎乎的。

【1 月 13 日】一早到西苑旅社报到，王燕生、李小雨接待。与七十三岁老诗人冈夫，还有松涛同住 689 号房间。严辰、柯

岩、邵燕祥等到房间看望。刘章、徐刚等也到房间小坐。

晚上开预备会，严辰主持，柯岩、冯牧分别传达了胡耀邦、胡乔木的几次重要讲话。会后，叶文福、徐刚、邵燕祥、黄声笑、师日新等到房间闲聊，到深夜11点多。

会议将开一周，发下来一个与会者分组名单，一组有赵朴初、严辰、贺敬之、朱子奇、刘岚山、程光锐、金近、丁力、叶文福、雁翼、孙静轩、陆棨、梁上泉、贺星寒、唐大同、晓雪、周良沛、张昆华、李发模、廖公弦、师日新、玉杲、白渔、赵福顺、张往、肖川；二组有艾青、林林、张光年、柯岩、李季、朔望、魏巍、冰心、雷抒雁、徐迟、白桦、黄声笑、管用和、芦芒、王宁宇、景晓东、鲁兵、肖岗、金瑞华、未央、李元洛、苏金伞、刘镇、胡昭、公木；三组有臧克家、克里木·霍加、邹荻帆、李舟生、徐刚、张僖、卞之琳、韩瀚、柴德森、田间、刘章、布林贝赫、贾漫、鲁歌、冈夫、满锐、李世昌、苗得雨、丁庆友、沙白、孙友田、李松涛和我，还有一位是“五·四”诗社的代表；四组有冯至、冯牧、张志民、阮章竞、袁鹰、李瑛、葛洛、韩忆萍、邵燕祥、李先辉、韦其麟、于力、蔡其矫、公刘、刘祖慈、姜秀珍、张万舒、铁依甫江、郑兴富、洪三泰、周艳炀、韦丘、柯原、郭兆甄、赵春华。共计一百人。

【1月14日】乘车去新侨饭店，见到冰心、卞之琳、冯至等许多老前辈和陆棨、梁上泉等四川的诗人，臧克家身体很好，寒暄了几句。乔木同志来了，在准备出国访问的百忙中来与大家见面，并很精彩地讲了一番话。他讲到打破禁区的问题，首先肯定新诗是有成绩的。他说，谈新诗的成绩，要从实际出发，不能从权威人物的评判出发。不必因为主席对新诗说过不利的话，就感到一种困难、压抑、迷惘，完全不需要采取这种态度。他说毛主席称赞过冯雪峰年轻时写的《湖畔》，认为写得非常好。他说

不能因为有后来无产阶级新文学兴起，就抹杀新文学运动的功劳。如果新诗不承认自己的传统，不可想象。我们的基础不是零，如果我们不断从零开始，就会变成零。他说，历史上无论如何伟大的诗人，都从他的前人学得很多东西。今天的诗人要学的就更多了：现代的，古代的，外国的伟大作品，才能有丰富的营养，创造出珍珠一样的作品来。他强调地说，把这些营养加起来，也不能代替最主要的来源——生活。树从土壤里生长出来，但树不是土壤。古代、外国诗人的遗产变成今天的营养要有特殊的胃口，要有特殊的消化能力，不是所有人都能消化。他说，历史上长期存在下去的诗，太少了。历史要给我们选择，作许多无情的淘汰，这种淘汰是有标准的，不是哪个人的选择，是历史本身。

乔木讲话之后，周扬同志讲了近两个小时的话。他讲党要把工作着重点转变到四化上来，转变非常之困难，但是一定要转变，这关系到国家的强盛与否。他讲是非、功过、邪正问题，讲改革之风问题，最后讲提高诗歌水平问题，他强调作品不仅思想上而且艺术上要站得住。他说报刊上打油诗太多，打油诗也是革命的，但太多了，就没有艺术了。要把诗当做一种艺术。

见到谢冕，一起就餐，同艾青、公木、蔡其矫同桌。我对艾青说当新兵刚到连队开晚会，我就朗诵了他的《“自由”》和《有一个黑人姑娘》。艾青说：你好大胆啊，我那时已是右派。接着他给我讲了几起因保存或谈他的诗引起灾祸的人和事。

饭后，李瑛同我谈收入了《一月的哀思》的诗集《难忘的一九七六》的一些情况。谢冕、晓雪等到我们房间谈了一个中午。

下午，在卞之琳房间小组讨论，邹荻帆等人参加。

晚上集体看电影《巴顿将军》，上车前，松涛、抒雁和我决定不去看了，留下来谈诗。后来又有叶文福、吴家瑾、满锐、沙白、徐刚来谈，谈新诗的发展和当前的创作，至后半夜3点钟。

【1月15日】听大会发言。

冯至谈到转变时说，诗歌的转变还不够大，帮腔帮调还是存在，廉价的乐观主义、言不由衷的歌颂还存在。需要思想再解放一点，胆子再大一点。但丁的《神曲》中说走到地狱门口，这里必须根绝一切犹豫，这里任何的怯懦都无济于事。马克思曾以此鞭策搞社会科学的人。我们作诗的人更应该想到这两句话。他还谈到，一首诗写出来只完成一半任务，另一半任务，是被别人接受下来，经常被人们提起。

臧克家在发言中历数了新诗的历史，说现在诗歌界是“六世同堂”，从20年代直到70年代。

徐迟在发言中很前卫地讲了新诗与现代化的话题，讲到电脑的奥妙，可以说话，可以作曲，这个新的时代已经站到我们面前了。正像火车开进了田野，旧的田园诗要变成新的田园诗，田园诗人要对农业技术革命有所准备。

“童怀周”代表李先辉介绍了天安门诗抄是怎么写的，怎么抄的，怎么传的。

下午讨论。苗得雨说，写诗要跑，写小说要蹲。李白、杜甫跑遍全国；曹雪芹没跑，他是蹲。他若到处跑就写不出《红楼梦》了。

在餐桌上同严辰谈到老诗人诗的质量问题。向邵燕祥转达了阿红对《诗刊》的三点意见：一是应转载各地的好诗；二是“配合诗”要少发；三是“照顾诗”要少发。晚上看精彩的武打电影片《强盗罗宾汉》，与邻座公木同志谈起吉林省的几位诗友的近况。

【1 月 16 日】听大会发言。

贺敬之着重讲了贯彻“双百”方针，讲艺术民主的问题。他说他所以能活下来，所以能有信心，就是他在“首钢”被“监督劳动”时，在老师傅和年轻工人那里看到了真理和力量。1976 年清明节他病重，住医院的楼道，八张床，老师傅们围坐成人墙，还有人大声地说话作掩护，对着耳朵给他一句句读天安门诗抄。他强调要与人民群众站在一起。艺术的突破，首先是思想的突破。内容决定形式，诗人要有胆有识，有胆无识是傻大胆儿，有识无胆也是白费。

赵朴初主要讲了个古为今用的问题，他讲怎样吸取古典诗的表现手法、形式问题。他说自己写诗，后来写词，五十几岁才开始写曲，觉得新的字眼儿可以用上去。他主张僻典不可用，为了夸耀于人而用典不可取。他提倡题材要广泛一些，陶渊明不只是“悠然见南山”，也写了爱情，也有猛士的愤怒。他反对诗人有官气，他说：“我是做宗教工作的，一个牧师不能‘官气十足’，官气之下，念经都念不好，何谈作诗？”

中午邵燕祥来我们住室看望，同松涛和我谈辽宁诗人情况。

下午 3 点，大会组织去看西单“民主墙”，我去看望袁鹰、刘梦岚、宋世琦、蒋元明等熟人。晚上到首都工人体育馆观看美国故事片《春闺泪痕》和苏联故事片《乌克兰诗人谢甫琴柯》。

【1 月 17 日】早饭时，我和雷抒雁同艾青谈起《常林钻石》和《在浪尖上》，艾青征求我们意见，他今天讲点什么好。在小卖部出来时，我和雷抒雁一人开一扇门，请艾青先走，他执意不先走，让了好半天。出来后，他给我们讲了一个小笑话：一对双胞胎出生时都是长了白胡子的，原来是他们出生时，互相让的时间太长了……

艾青上午的发言极为机智、幽默。他说有的同志叫我谈谈诗，谈谈形象思维，我想不谈了，大家都是诗人，每天生活在形象思维之中，谈这个有点班门弄斧。他主要谈了政治民主和艺术民主的问题，讲了诗人要与人民一起思考问题、回答问题。强调诗人必须说真话，他说他不能劝别人说真话自己说假话。说假话一可以安全，二可以不惹是生非，三可以升官，这么多好处何乐而不为？真话是苦药，不好吃，但有病要吃，不要因苦而看成毒药。他说，春天来了好不好？好。但也有翻浆路，还会有沼泽地带。艾青说：今天多幸福，召开这个会，在灯火辉煌的礼堂里发言，我根本没想过。五年前，我还在一四四团，准备终老于世。我想起白居易的诗。我们生产建设兵团一四四团一个团五百多人，每年赔十几万元。我们的农业工人说：每年十几万元发给我们，我们不干活，也不会赔那么多钱啊！我们是“3892部队”每月发三十八块九角二分钱的工资，人民是有疾苦的，用不着隐瞒。老百姓有民谣：“要吃粮，找紫阳；要吃米，找万里；要吃鱼虾，找林乎加；要思想解放，找胡耀邦。”艾青回忆自己念小学时开始五四运动，接触文学，九岁读孙中山、蔡元培、梁启超，五花八门的。读胡适《尝试集》，他虽是资产阶级一个学阀，但他是写白话诗的，写的什么记不清了，但读起来平淡无味，如儿童诗般可笑，新诗从爬着到站起来，却不能不承认他的功绩，还有俞平伯。我读过郭沫若的《萍》，因激情，重复的句子多，重复无非是强调，如“一切的一,一的一切”，但这是历史，曲折、艰苦、斗争的历史。他说：我的《在浪尖上》，有人说写得好，有人说大白话。本来是白话诗，加个“大”岂不更好？只要不是“大右派”就行。（笑声）艾青说：诗歌有战斗传统，妇女刚放了脚的像民主派，后来慢慢放大了。别看徐志摩的诗，语言也有其解放。他不反对社会主义，那时没有社会主义。

香港出版情诗一百首，徐有五首。我不会写情诗，我这个人不懂得爱情。在内容上战斗传统就更突出了，革命烈士诗抄选许多中美合作所里的诗，都是临死时写的，很值得学习。不是每个诗人非得送死不可。“文革”中也有死了的，闻捷、郭小川……战斗传统内容上反帝反封建，反了多少年，仍有买卖婚姻，变相的，要三件五件才肯出嫁，革命真不易，重复又重复，迂回又迂回，几十斤粮票一个大姑娘，不是买卖婚姻吗？

艾青说到天安门诗抄，说我们没理由悲观。诗起了这么大的作用，古往今来有没有？没有。四五运动没有天安门事件，没有天安门诗抄，是不是“四人帮”会倒台那么快？抓人，禁止，关人，受刑罚，正是豺狼张牙舞爪时，竟敢去拔它的毛。睡觉肯定是最平安无事的，吃安眠药。你又要作诗，又要平安无事，也可以，写平安无事诗。30年代讲的“今天天气哈哈哈”。诗人要与人民一起思考问题。有人好像听天气预报在写诗，手忙脚乱的，下赌注又下错了。以为他要倒，打一棍子没打死，又站起来了，快跑，投机商。要有与人民在一起的坚定性，同人民一起回答问题，大体不会错。你连人民都不相信了，就糟了。“四人帮”查“谣言”，查“黑话”，人们是聪明的，比别的动物聪明，能适应各种环境，只有傻瓜才莫名其妙地死亡。他说，我活过来是有原因的，一只看不见的手在帮一点忙。总理是帮过忙的。“劳动改造”里面的两个词都是好的，劳动创造世界，改造，总理也讲。可是两个词一并起来就不好了。各地有土政策，各取所需。你取上条，我取下条。人类发展到中国人这样就算登峰造极了。

回忆被打成右派那段日子，艾青说，一位将军对他说，我又爱你，又恨你。你不反社会主义，你拥护毛主席。老婆问我：你不承认是右派，为什么签字？我说，你讲得多漂亮啊！不签字是极右派，第四类处理，送农场劳动改造。我有幸，人家没把我当顽固的敌人看待。不错，三年灾害过去了，我1961年“摘帽”了。总理说：摘了帽就不该叫“摘帽右派”，还有完没有？总理是按一般人的思维方法思维的。儿子跑了，我升级为大右派，是罪恶大，还是年龄大？我打扫厕所五六年，冬天棉衣都湿透了，有人问，你怎么不休息？我说，我休息了，人家的屁股不休息，拉的更多了，我才不上那个当呢！有人夸我，说你这个厕所打扫得我们愿意在这里会餐！世间好人多，我始终相信这一条。如果世上坏人多，人类就要绝灭了。

公刘说，艾青的发言是笑声里含着眼泪。

上午发言的还有白桦和姜秀珍。下午大会发言的有雁翼、晓雪、韦丘、景晓冬、韩瀚。

晚上严格点名登车到政协礼堂的三楼大会议室。王震同志拄着拐杖来看望大家。他讲到形势：国家大，人口多，困难也多。他希望诗人们在拨乱反正方面，在健全正确的民主集中制方面，在大治、安定团结方面，表现自己的热情和智慧，作出应有的贡献。他请大家和他一起观看了苏联电影《人与兽》和我国台湾片《一代猛龙》，至后半夜1点。

【1月18日】上午大会发言，由王作男介绍英美诗歌状况，由乌兰汗介绍苏联当代诗歌状况。王作男说英文诗的领域在扩大，美国诗坛比较活跃。有诗人翻译中国的《晚唐诗选》，杜甫的后期诗，李贺、李商隐的诗。50年代英国出了一个叫威尔士的人，慢慢恢复了浪漫派的传统，色彩浓艳，声调优美，内容讲人的本能、性与宗教情绪相结合。美国南方土地主义者，讲究诗的内部结构、意境、口气，主张诗的创造力和想象力。英美对法国的文学传统都是佩服的。乌兰汗说，苏联写诗的人多，有句打油诗说，每片树叶都有两个人去描绘。他们的作家协会，诗人占

40%。他们没有专门的诗刊，但全国报刊发诗非常多。他们诗坛，分高声派、细语派，讨论了一年多，没有结论。

在下午的小组会上，田间、卞之琳、贾漫等都发了言。

晚上，李瑛同我谈起西沙趣事，十分生动，至深夜 12 点。

【1 月 19 日】 在新侨饭店听取了胡耀邦同志的报告。大家四人一个小桌坐成茶座的形式，一边喝着茶水，一边听着报告。严辰主持会。耀邦报告没有稿子，只有一张像摊开的烟盒那样大的小纸片，上面写了几句提纲。他开场就说：我来者匆匆啊！你们这一行啊，我根本不懂。张光年马上插话，你在延安也写过诗，老诗友！耀邦说，我不懂。种种历史的偶然原因，把我推上宣传工作的前台，就是大喊大叫呗。你们开会，我有义务来。宣传工作我也不懂，上个月 18 日到中宣部报到，今天 19 号了。他说，我看了同志们的六份简报，看了同志们向我提出的那些问题，我昨天想了一想，在九个问题上，和同志们交换交换意见，不叫指示。三中全会提议，各级领导，你个人意见，叫什么指示？哪里来那么多指示？叫个人意见，叫交换意见，交流思想，讲的对的就采纳，讲得不对的，就靠边站。

耀邦讲的九个问题是：一是人民对我们的要求；二是我们中国共产党领导文学艺术的根本经验是什么；三是粉碎“四人帮”后三年来诗歌大发展好得很，好在哪里；四是创作题材和形式问题；五是要不要审查，可不可以审查；六是我们的诗歌作者可不可以组织起来；七是诗歌发表和出版问题；八是文学艺术工作者应有的风格；九是民主问题。

耀邦从 8 点半讲到 11 点 40 分，三个多点，讲得酣畅淋漓，大家听得津津有味。他说，我们研究诗，什么是永存的，什么是不朽的，什么是最好的，有些一年就朽了，有些十年就朽了，有些一百年，有些永垂不朽。为人民奋斗的人是永存的，同党、同国家、同社会主义的前途、同人民的命运紧密联系在一起的作品是不朽的。讲到形式多样时，耀邦说，人民喜欢的孙悟空会七十二变，我们哪一位会七百二十变，七千二百变，千变万化，万紫千红，好得很！讲到审查问题，他说，我们的辞典不发达，审查就是鉴别嘛，世界上一切事物都逃不脱审查或说鉴别。比如说松树，它逃不脱大雪的审查；墙上草，风能鉴别它；硬木头还是朽木头，虫子把它审查出来的。产品出厂也需要检验。“四人帮”不要这个检验了，到了市场，人民群众还是在检验，呀，这是个废品！为什么作品怕人家审查呢？我今天的讲话也要受审查，大会上不审查，背后偷偷议论：这家伙讲了一句错话！接着，耀邦讲了审查者要学会正确地审查。不能用对待敌人的办法对待自己的同志，不能动不动就用枪来审查，那叫“枪毙”，动不动拿刀来审查，砍掉它，一拿枪，二拿刀，叫什么本事呀！他提议多搞评论，多搞评奖，用专家和群众结合的办法来区别文艺作品的优劣。作品总有高低之分。干部有二十三级，作品有没有二十三级？人民去公议，这个是逃脱不了的。哪一个作品流传得久，我看就是最上乘的东西。这是不以个人意志和少数人的主观武断为转移的，而是以人民群众长期考察、鉴别、观赏为转移的。新中国成立以来许多好片子，如《阿诗玛》、《王贵与李香香》，不是打倒了吗？现在又复活了嘛！有人就不懂得这个复活。好东西打不倒！

第六个问题，耀邦说到我们的诗歌创作者可不可以组织起来。他问：你们诗刊发行多少份？严辰答：五十多万份。他又问：有什么组织没有？严答：没有。他说：散沙一盘。我的意见可以组织。叫什么名字？诗歌协会？总得有个名字嘛！不要叫什么“四五”，我不是轻视“四五”。每个省也可以组织，二十九个省市为什么不可以组织？张光年说：现在有的同志要组织同人诗社。耀邦说：你们分什么官方、民间，我不赞成。我们的政策还是讲团结。你是民就香？我是官就臭？民比官优越？讲团结嘛！你们不要制造矛盾嘛。全国组织一个。第一要有个名称。第二总有些条件吧！加入协会，总得有点条件。比如说，总要是中华人民共和国的公民吧！不能发展塔斯社的记者，不能要卡特，他没公民权呀。第二条总不能离开生产。踢开党委闹革命不对，踢开生产闹诗社总不行吧！第三，总得有点写诗的水平，你一点水平也没有，诗也不会作，到诗社干什么？出钱不赞成，出钱买个名誉？你组织很大，几千人，干什么？比如我，我不会作诗，你请我我也不去，找后台啊？我也没有《望江亭》那水平嘛！月儿弯弯照楼台，楼高就怕摔下来。这样的诗我也作不来。有人说打油诗不好，唐代有个张打油，江上一笼统，井上黑窟窿。黄狗身上白，白狗身上肿。这诗我看不错，我写不出。不会写诗，你拉他干什么？你们发展张铁生啊？交白卷啊？我希望不会写诗的不能加入这个协会，否则不是搞乱套了吗。至于三五个青年，搞个诗社，可能搞得好，也可能出问题。我初步表示这个态度。

谈到诗的发表和出版，耀邦说：诗人作了诗没地方发表就苦恼了。他说多想想办法，比如全国有个诗刊，全国可不可以有分刊，叫湖南诗刊……徐迟插话：四川叫《星星》。耀邦说：惺惺惜惺惺。可以嘛，要不了多少纸，回去跟省委宣传部长商量商量，这是可以的。叫什么名自己定，你们都是语言大师嘛。我主张赠送不要太多。你们赠送，一个妨碍经济核算，二有收买之嫌。我们当官的，东西很多人看不完，子女往往拿这个干坏事。报刊出版都要注意这个问题。把赠阅减少到最低限度，这也是不平等。要使刊物多到群众中去，在群众里生根去，在老爷们那里生不了根。他说，还可以多搞些形式，如诗歌朗诵会，诗广播，搞诗歌墙报、诗歌园地嘛！搞起来嘛！

讲到文学艺术工作者应有的风格，耀邦说，我这里不讲创作的风格，我是讲文艺工作者，人民的歌手，人民的诗人，人民的作家的品格、品德问题。我用风格两个字，或者叫精神状态。他讲到要正确对待自己，正确对待同行，正确对待兄弟单位。他说，对自己要求从严，总归是站得住脚的，任何时候对自己都不放松，使自己的创作精益求精。他说，前几天周扬同志讲郭小川，说对郭小川评价低了，的确，郭小川临死还搞创作，还写诗。老一辈诗人要老当益壮。我们有些同志受些委屈，“解放”以后，有几种不同情况，有的同志出来后，牢骚满腹不一定，牢骚半腹总是有的。谈过去十年的冤枉，再看过去几十年的功劳，一讲牢骚半腹，二讲过去的几十年过五关斩六将，又是半腹，半腹加半腹，就是满腹。牢骚满腹没用处。牢骚太盛，肠子要断。忆当年当然可以，太多就走麦城了。邓副主席讲向后看，是为了向前看。向后看是个方法，是为了更好地向前看，我赞成这种精神境界。

当严辰说回去大家好好讨论时，耀邦说，讨论主要评论我的讲话一不妥、二不足的地方，着重这两条。

耀邦的报告，我记了满满十七页纸。听耀邦的报告，顿开心扉，那种隐隐约约的不安感、迷惑感、压抑感消失了，解除了。他的讲话赢得了大家发自内心的热烈的掌声。讲话之后，与会全体诗人合了影。耀邦说，他就不参加合影了。

晚上在工人体育馆，参加外国诗歌朗诵演唱会，殷之光朗诵了马雅可夫斯基的《列宁主义者》，会上，还有人朗诵了泰戈尔的诗和高尔基的《海燕》，压轴的是张权等演唱的《茶花女》片断。

【1月20日】 上午在新侨饭店大会发言。因时间紧张，柯岩同志请李舟生做“掌时官”，卡住发言者预约的分秒。刘章五

分钟，孙友田五分钟，徐刚十二分钟……朱子奇介绍了访欧美的见闻；金近代表冰心等七人提出为孩子们——占全国人口四分之一的小读者写诗的倡议。

下午，张光年同志作了重要发言，他主要讲解放思想的问题。

严辰同志作了座谈会的小结。

【1月21日】到孟伟哉家做客。

晚上看美国故事片《等到天黑以后》。

【1月22日】整个上午和下午3点以前在浩然家谈他新作品的构思。

去孟伟哉家取书。

下午4点，应李松涛约，到晋阳饭庄赴宴。席上有王燕生、寇宗鄂、高洪波、雷霆、叶文福、师日新、肖川等人。之后，我和松涛到北太平庄看王中才，谈话中间，雷抒雁也来了，谈到晚10点多。

【1月23日】上午同松涛一起去看望克家同志，克家一人在家。他的会客厅的墙壁上悬挂着闻一多、许立群、茅盾、赵朴初等八九人写的条幅。克家热情地给我们讲他的身体状况及最近忙着什么。正谈着，文艺报的吴泰昌等二人来访，我们喝了一会儿茶，说了一会儿话，就告辞出来了。

回到西苑旅社，李晓桦等推着车往外走，我留下晓桦，一起上街购物。两点半，与东北的满锐、李世昌等分乘两个小车去火车站。我准时上了27次列车，而满锐他们的17次车却晚了点。

【7月22日】我带车到车站接浩然，晓凡骑车子也到了。

浩然在12日的信中说，将去长春、白城、哈尔滨走走。我16日打电话给他，请他路过沈阳下车，他立即答应了。昨晚他登车，来前给我发了电报，落款是“川”，到军区第一招待所住下后，轻装到我家。我准备了大米稀粥、油炸糕和煎鸡蛋。剩下的油炸糕浩然让留着中午吃。

浩然盘腿坐在我只有九平方米小屋搭起的小炕上，同我谈他新写的长篇《男婚女嫁》，还有《一个女人的故事》，从头讲到尾，我觉得人物命运很真实。我和浩然在小白楼附近转转，回来后，接着唠。我们一直谈到下午两点。浩然在炕上抱着发烧的海泉。他谈到王蒙、刘绍棠、刘心武等人对中国当代文学的贡献。他说加拿大一个华裔，正洽谈在香港出版《浩然文集》一至七卷。

晓凡两点40分到达，说岸冈、于单明到他家去了，没及时脱身。

凤权又来帮我炒菜，他买到了大王鱼。

浩然跟我们讲起江青等人的怪诞故事，他说他准备写文学回忆录，写后半辈子的，特别是“文革”十年，别人写如何受迫害，他写亲眼见到的这窝人的情况。他讲到胡万春和张永枚。他收到了《长城》的电报，要审改样子，他急得够戗，他请马贵民专程去石家庄取回样子，两天两夜审看改毕。他讲他带着《男婚女嫁》和《金光大道》的本子将到长影去。秋川在炕上静静地读《春风》和《花城》丛刊。

我带浩然父子到八一剧场观看吉剧《桃李梅》，晓凡因被胡景芳找去“统”稿子，来说了一声就走了。浩然父子都是近视，看不太清楚。他们都说吉剧不错。秋川是第一次看古装戏，以前只在电视上看过。

晚上回到家已经很晚了，海泉仍发着烧。

【7月23日】晓凡没买到啤酒，我买了三瓶，一早6点钟送到他家，然后到招待所看浩然。与他共进早餐后，在院子里散步，并到值班室预订了火车票。我带浩然到红旗广场参观了大型雕塑，又到太原街浏览了商店的物品。到新华书店，见有《艳阳天》和《金光大道》，外文书店里有朝文版的《艳阳天》前三卷，后两卷待出。

今天还带浩然父子参观了故宫、沈阳六中周总理读书旧址。我们一路谈不屈的张志新，对这位女英雄十分敬佩。

中午，浩然说什么不让去餐厅，硬让吃他带来的核桃酥和蛋糕。

两点半到晓凡家，晓凡夫妇待客周到，准备了广东二曲酒、樱桃酒和沙拉子。

晚上观看电影《尼罗河上的惨案》，晓凡也来了，英宗和丽明也来了。英宗把眼镜借给浩然戴。

我和浩然住在招待所，谈到后半夜了才关灯睡觉。对我今后的创作，他要求集中些，主要写诗，兼写散文，在吴伯箫和杨朔之间，取二者之长处。少写评论或不写评论。所写的内容要有特点，写东北边防，写战士，或专写新战士，写兴安岭和海岛、草原，写人民生活。他看了我发表在《春风》丛刊的《诗评〈东方〉》后说，这种诗不要写了！他说：要有站得住的作品，像李瑛，一本《静静的哨所》，一本《枣林村集》，李瑛就出来了；闻捷也是，发几组有影响的诗，就出来了；李松涛发了《第一缕炊烟》，就出来了。内容集中，写出特点。郭小川也是，几首好诗就站出来了。要照相，哪怕是半身相，不能叫人看了模模糊糊的。得真正是好东西，心里要有追求。我是写农村的，写北方农村，我只怕李准、王汶石，也怕柳青，简直不敢相比，差得太远了。我不怕马烽，尽管也很佩服他。浩然说，小海泉长到他姐姐那样大，你们就好过了。我看了你的斗室——九平方米的房子，我想了很多，物质上不能太追求，没有满足的时候。要写题材集中的诗，加上散文，形成阵势。他还嘱咐我，要创造条件离开文艺科，回创作组（我是 1978 年调到军区创作组的，因我在军里长年当文化干事，对机关业务熟悉，1979 年调到了文艺科），有专心搞创作的环境很宝贵。谈到关于买书，他说，要买有价值的书，有些书翻翻可以，不必买。他说到珍惜宝贵的精力，像金笔的那点金子，要用到笔尖上，不能乱用乱点。不能东割一镰刀，西割一镰刀。比如写一新兵，从报名、批准、参军，到学开车，而他家三代都是赶毛驴车……

浩然给我讲了他第一篇作品《喜鹊登枝》投稿、退稿、发表的经过。那时他在河北日报当记者，经常写大块报道，有时发两个整版。他听说省里召开文学作者大会，千方百计要去听会。找到会场后，人家不准他在会上吃住，听会可以。他每天骑自行车，早早到，中午赶回，参加小组会讨论。有一天，到了会场，各屋都没人，一推大门，见正在排队要照合影，进还是不进？他心想进，但迈不动腿，没人招呼他。这时，杨啸等人见到他，便喊他，他就排到队伍里了，照了张相，现在还保存着。

河北日报招待一些作者，他当工作人员。他把短篇小说《喜鹊登枝》装到信封里封了口托人捎到《河北文艺》编辑部。没几天打电话问，稿子怎么样？编辑说，问题是“肤浅”。他一急就骑车赶到杂志社，正好是星期天，没有人，他在编辑的抽屉里翻出了自己的稿子，信封还没打开呢！他要拿走，正好编辑来了，就说把稿子留下看看。第二天，他又打电话问，编辑说不能用，要给他退稿邮回去。他说别邮，我自己去取吧。他骑了车子到了杂志社，从编辑手里拿过稿子，只把信封上的《河北文艺》改成了《北京文艺》，就寄出去了，当时邮稿不贴邮票。从寄出到编辑部回信，没到八天。《北京文艺》的编辑热情地说，稿子要用，写得很好。他赶忙回信说，自己已经调到北京中苏友好报社了，回信请写新地址。很快，《喜鹊登枝》就发表了，这就是浩然发表小说处女作的经过。

我给长影总编室的肖尹宪打电话，告诉他浩然的车次是181次。

英宗来照相，晓凡来了，他说胡景芳三天三夜突击稿子，四万多字，稿面整洁，不可想象！

【9月20日】出席解放军文艺社在军事博物馆第二会议室召开的文学创作座谈会，到会的人员有刘白羽、胡可、魏巍、陆柱国、蓝曼、赵羽、张澄寰、王愿坚、王世阁、张雨生、冯复加、金江、顾工、麦辛、陈定兴、张俊南、杨肇林、穆静等，文艺社到会的有张文苑、吴之南、韩瑞亭、王中才、王耀武，总政文化部评论组到会的有王传洪、黄建中、段海燕。

张文苑副社长说，胡奇社长因身体不好，委托他主持这个会，说去年全军政工会上，邓副主席讲了实事求是和真理标准的问题，三中全会高度评价了真理标准的讨论和对两个“凡是”的批判，要把部队的思想统一到三中全会精神上来。这个会着重讨论部队文学工作者如何补好真理标准讨论的课，肃清《林彪委托江青召开的部队文艺工作座谈会纪要》的流毒，贯彻双百方针，搞好军事题材文学创作，尤其是提高短篇小说创作的质量。讨论的问题是：当前部队文学作者的思想状况，如何补好真理标准讨论这一课？如何进一步肃清《纪要》的流毒和影响？部队的文学创作如何适应党的工作着重点的转移的形势，反映我军向革命化、现代化进军的现实生活需要解决哪些问题？部队文学创作如何正确解决好歌颂与暴露、政治性与真实性统一的问题？怎样表现部队生活中的矛盾，处理好内容的真实性与描写的准确性的关系……

魏巍首先发言，他说北京军区最近开了一个会，文化部、创作组和文工团的领导同志联系李剑的《歌德与缺德》这篇文章，解决部队创作问题。怎么写呀，歌颂与暴露怎么办呀，对立面写什么人呀，借这个文章，讨论一个创作思想问题，深入学习三中全会的精神。他说，讲得对不对很难说，现在哪有一讲就对的。他讲到文艺形势主流是好的，问题也很多，成堆。文艺工作者应该更加积极、更加热情地支持党中央，度过当前的困难。我们的文艺如何配合四化？一个是振奋士气，一个是扫除障碍。他说到解放思想有一个很好的比喻，一个笼子打开了，鸟儿在笼子里待时间长了，不往外飞，转了两圈又飞回到笼子里了。他回忆和陆柱国同是《解放军文艺》创始时的工作人员，回顾一下，战争时期，歌颂与暴露没这个框子，抗日战争、解放战争时期，脑子里，什么可写，什么不可写，没个框子。讽刺部队简单粗暴作风，包括《李国瑞》对落后分子的改造，要耐心、细致，杜烽同志写的，发表时，报纸还发了社论。《不要杀他》写战士违反纪律，要处死，由于人民提出了不要杀他，没有杀，反映了军民深厚的感情。外国剧本《前线》，这些东西的出现，无人非难，没人说是“暴露文学”了，写“阴暗面”了，都没有非难。第一领导没有，第二群众没有，第三作者没有，没这个观念。后来怎么产生的呢？解放初期没有。胡可插话：反对开小差，反对掉队，反对军阀主义。魏巍说，刘白羽同志提出写英雄，大家感到很新鲜，提到“英雄高度”，提出来，有个鲜明目标，起到很好作用。后来个别领导同志提出反对从落后到先进转变的公式主义。客观、历史地回顾总结经验，这也有它积极的一面，它的功绩就是让大家破除这个公式，还是前进的。但正如列宁说的，真理不能往前跨进一步，跨进一步就成了谬误了。对写人物的要求，一入伍就得是好的，不好怎么能入伍呢？本质是好的嘛！绝对化了。当时文艺批评简单粗暴，对白刃和碧野的小说展开批判，如对《我们的力量是无敌的》的批判，从应该怎样出发要求作品，后来连外号也不能写了，有的外号不完全是庸俗化的，有的是亲切的，群众喜爱。文艺评论一出去，影响很大，我们国家是革命国家，谁都是革命的呀，小资产阶级众多呀，一个正确的东西都容易弄成错误的，何况不正确的东西了，影响很大。一个作品没什么问题，也全否定。这又反映到作者的头脑里，慢慢就形成了一个绳子，要解脱就难了。当时对《文艺报》一个文章提出批评，有句话"英雄也有五分钟的动摇"，部队把冯雪峰请来，提出来，冯雪峰赶快认错。以后在《文艺报》上展开辩论，持续相当长的时间，地方和部队同志都参加了，背景是苏联的"无冲突论"。"无冲突论"不承认社会主义社会的矛盾，只有好和更好。提出我们要写生活本质、英雄、进步、光明。出了这个就不是本质了，事物是两方面构成的，矛盾两方面组成本质……争论不了了之。接着，有人提出创作"三件宝"：英雄、乐观、党领导。部队四人文章对当时文艺工作提出一些意见，同时对王蒙、邓友梅的小说组织围攻。主席讲：当前北京啊发生了围攻，部队上几个将军参加了，我说的不是武的将军，文艺上的将军啊！张文苑插话，当时苏联《真理报》转载了四人文章，他们认为我们的双百方针是搞自由化。魏巍说，当时台湾转载了《电影的锣鼓》这篇文章，我与文章的主要执笔者面对面讨论过，我对他说，你这个重大题材和儿女情、家务事对立起来了，《红楼梦》写的是儿女情、家务事，但它整个概括了封建社会，是封建社会的挽歌，意义很大。你再大再重的题材，你没揭示出它所包含的生活意义，你这个重大题材也不重大，带有相对的东西。写英雄人物能不能写他的缺点？搞创作的和搞评论的不一样。他写一个英雄，很果断，很可能另一方面是主观武断，写他很细致，另一方面很可能是优柔寡断。这是一个性格的两个方面，如果不允许，很可能导致绝对化和概念化。我写了一篇关于本质论的文章，成了急就的压轴戏，“文革”中挨了批。英雄人物写不写缺点，最多是学术问题，《纪要》把它扯到政治问题上。在主席的著作里，从来没提过“重大题材”，鲁迅讲得很清楚，从喷泉里喷出的都是水，从血管里流出的都是血，各种题材都可以写，关键是作家的世界观，对这一点大家很熟悉，非把它弄成绝对化。经过实践检验，有的口号听起来很“革命”，一实践不行了。

接着，魏巍从哲学、社会生活和文艺的任务三个方面谈了歌颂与暴露的问题，还谈到写英雄和写重大题材的问题。

张文苑副社长鼓励大家敞开思想，畅所欲言，向魏巍部长看齐。

王愿坚在发言中强调了重新肯定创作从生活出发的重要性。他说，回顾一下，三年来，我思想解放很慢。小说集《普通劳动者》，其中有一篇《亲人》，气氛好时就说好，又编入教材，又上广播；气氛紧张时，就挨批。好像黄鼠狼生个儿子，几次编入，几次拿下，最后还是拿掉了，大专院校编写教材的老师把我“斗”了一盘，说你这个人思想不解放。最近看了一些作品，发现在解放思想上我的差距很大，有些作品我不敢写。这些年，木匠斧子一边砍，砍变形了，走了样了。我希望部队作者能把真理标准的讨论深入下去，现在的问题是坚持的不是原来的原则了，而是真理跨过一步变成谬误了。《纪要》里的东西，当时我是信的，真信的，如“重大题材”、“火药味”，我是信的，“渲染战争苦难”，我信了，批我时，随着小黑牌、小铁丝挂在我脖子上时，这些思想也挂到我脖子上了。从感情上，我厌恶这些东西，除杀头五不怕，我都体验过了，离婚也签了字了。曾信过，曾不信，后来又被迫信了。需要做一些细致的探讨，每个创作人员都该抛弃该抛弃的，坚持该坚持的，重新学习补课才能解放思想。在“四人帮”时有卖儿卖女的，有讨饭的，我不能写。《长江文艺》上一篇写到了，使我受到教育和感动，一个女人把自己卖了，一个生产队长买了。村头有一个烈士纪念碑，当年牺牲的烈士们看到年轻的媳妇把自己卖了。这是林彪和“四人帮”的罪过。我认为写得好，我写不写是另一回事，但作为一个创作人员，我敬仰这个作者。三年来，许多人走过的道路和成绩令我羡慕。这个不能靠神仙皇帝，要靠自己，靠肃清《纪要》的流毒。他说，军装可以整齐划一，军队文艺不该一律化。我觉得《柳堡的故事》和《亲人》还是应该放出来，应该相信部队的文艺队伍和它固有的坚强的革命传统。我认为《乔厂长上任记》是很好的作品，是十几年甚至三十年来的好作品，好作品中的好作品。他说，我们的实际是在“左”的棒子底下打了二三十年，我们一些作者写了些好作品，不要夸大，不能缩小，受了灾，再抗灾、救灾，更有成果。

张文苑说下午 4 点钟要参加邵荃麟同志的追悼会，邵荃麟同志对部队小说创作很关心，给予过热情的指导。下午的会提前结束。

在下午的会上，王世阁、陈定兴、张雨生、杨肇林发了言。

晚上在军博小礼堂，观看了电影《彼得大帝》上、下集。

【9 月 21 日】 因张文苑副社长帮傅钟副主任修改文代会的发言，没有到会，座谈会由吴之南主持。文艺社的纪鹏、黄浪华、袁厚春、刘宝林等到会。

顾工在发言中谈道：反右后，我个人获得了两条经验，一是最好不参加座谈会，二是最好到会不发言。1957 年因没参加座谈会而幸免被打成右派。今后写东西绝对歌颂，基本上这种思想成为自己的基本态度。每经一次运动，胆子就小一点，越运动，胆越小，如履薄冰，如走钢丝。1946 年打枣庄，回来写个剧本《发洋财》，是现在所谓的“暴露文学”，部队在现场上做买卖，缴获物资三块钢洋一辆自行车。剧本交给文工团，争论很大，团长支持，演出了，还在《华东前线》发表了。果戈理的《钦差大臣》全部是反面人物，陈毅说，这种戏我们也需要，因为解放区有这种现象，解放军中也有，我们需要这样的作品。一席话把山东《大众日报》准备的批判文章全堵回去了。这个戏对今天更有教育意义。上海一个戏《骗子》，用李达副总参谋长儿子的名义行骗，说我们社会产生这种骗子。作者是把骗子当主要人物，上海市委看了不同意演。有许多讽刺性的东西，揭露阴暗面的东西，很难出世。《两种作风》写连长粗暴、军阀主义，当时到处演，效果很好。延安演《同志，你走错了路》，写的是联络部长，都可以演。胡可同志写《喜相逢》，写战士违背三大纪律八项注意的，搜了俘虏腰包，拿了钢笔，俘虏兵补充到班里来，产生很好的戏剧效果。现在写战争只能正面歌颂，甚至连善意的讽刺也不许，恐怕这个立论难以成立。可以写光明，也可以写黑暗，通过文艺手段提高战斗力，批评落后的现象。当时演《前线》，“乱弹琴”成了口头语；葛尔洛夫成了老的、顽固的、停滞观点的代名词。“客里空”至今有影响，演出效果不是破坏部队，相反的是提高了战斗力。《前线》写一个方面司令员，我们能不能写一个方面军司令员？当年建立过功勋的老将们，有没有停滞的、故步自封的东西？假如有，能否提出批评？为什么不敢接触呢？恐怕要引起极大的非难和非议吧！写这个东西就是“缺德”吗？就是“四反”的人吗？《前线》演出，苏联将军们跳脚拍桌子，后来斯大林一句话肯定了。徐怀中的《地上长虹》写西藏修路，每一公里一个战士的坟墓，比淮海战役伤亡还大。他写的《无情的情人》也被围剿，党支部书记找我谈话，我也参加了批判，写了文章。他说，文艺领导的责任是排除解放文艺生产力的东西。好的领导能做到这一点，不称职的领导往往把有点尖的好东西搁浅了、封存了，而让平平庸庸的作品畅通无阻。

穆静和赵羽发言之后，陆柱国发言。我小时就读过他写的《踏平东海万顷浪》，深为敬佩。他讲到思想解放的收获，他说：我个人是比较保守的，我不承认我是顽固的。我也在思想解放的强大冲击波下面，在创作上有所收获。自卫反击战去了，尽管写得少，但也写了。在《边疆文艺》发了一篇叫《好孩子》，写了一个立了一等功的英雄，入伍前是阿飞——失足青年，父亲是“走资派”，孩子小时流浪。这在过去我不敢写，总得写苗子正一点。连长、指导员议论，故意让我听见，旁敲侧击，说他爸爸是什么，他小时怎么样，不让我写他，我还是写了。我刚刚脱手一个剧本，写一个根本不会谈恋爱的连长谈恋爱，最后连长牺牲了。这在过去我不敢写，敢从这个角度写，也是解放思想的成果。一个战士死前写了我欠老乡两元烟钱，如果牺牲了，在我抚恤金里还了。由于思想有了一点点解放，创作驰骋的地盘就大了，舒服自由多了，当然这个解放还远远不够。他说，文艺评论不要自己打自己，你打过来，我打过去，不要用扣帽子代替说理。让大家都舒畅，不要让大家的不舒畅为你的舒畅铺平道路。

在陆柱国后面还有冯复加发言。

晚上观看电影《政权 · 真理》。

【9 月 22 日】 上午，在中国电影公司观看希腊故事片《囚徒》(一名为《仇根的俘虏》) 和意大利故事片《阿拉曼之战》。

下午，张文苑主持会。刘白羽部长对我说，去年 11 月从你们那里回来，12 月就病了，去年又去大连八七疗养院疗养，刚回来不久。

今天有金江、张俊南等人发言，大家对《解放军文艺》提出了意见和建议。

白羽部长作了会议小结式的讲话。他说他作为一个作者来讲一点意见。他说：我觉得，我们的刊物和刊物发表的作品怎么样？还是实践是检验的标准，要让群众喜爱。艺术作品的选择，是不由刊物的哪个负责人和文化部门的哪个领导同志说了算的，要由群众检验和评判，要让他们喜爱，艺术感染力能否打动他。如没这种作用，政治内容、思想内容，都没有发生作用。我们如何把反映战争反映部队生活的作品在艺术上有重大突破？戏剧、电影文学都存在这个问题。过去我们长期处在战争生活之中，抗日战争、解放战争、抗美援朝，战争成了重大的社会生活。现在进入和平建设时期，就提出了一个问题，刊物来了不先看《解放军文艺》，往往先抓《人民文学》。《人民文学》的同志也跟我讲，我们保守些，地方一些刊物更解放。问题值得重视。提高艺术技巧十分重要。要达到感染人的程度，否则写战争写部队生活，竞赛不过其他题材的作品。

白羽说，自卫反击战的伟大实践，一定能出好作品的。过去写红军、抗日战争、解放战争、抗美援朝，一批一批的好作品出现。这次战争有个特点，只打了十八天，连撤军才二十天。从没打过这么短的战争，抗日战争八年，解放战争三年，红军时期十年。这次战争有特殊意义，是从井冈山有我们这支队伍起，第一次现代化的战争，多兵种联合作战，这是大规模的战争。我读了些通讯报道，干部战士可歌可泣，虽然只有十八天，确是惊天地，泣鬼神，出乎我的意料之外。我读一条新闻很感人，一个叫王杰的战士，十九岁，去年 11 月份参军，今年 2 月份牺牲，留下的信在笔记本里，很感人，这样的例子很多。我们的战士是有文化的战士，他的精神生活状态，与过去不同了。他要求高质量的作品，他有丰富情感，他读契诃夫。我写了短文推荐，写了战士的爱情。过去写战争搞得很狭窄，落后脑袋瓜也不能写，这也不能写，那也不能写，这条条框框要完全打破。战士的思想是很活跃的，我的公务员读唐诗，读古文选，高中毕业，还写诗呢！你的作品还写大老粗，跟不上形势了，不符合实际了，要写有文化的勇敢的又继承了革命传统的新型一代军人。

白羽说：我跟张文苑同志讲了，是不是把我们部队战争小说编一套上、下集，或上、中、下集，上海出版的外国短篇小说选，很好，很有用，很受欢迎。地方短篇很活跃，部队还没达到这种活跃程度，要研究。我们要结合真理标准的讨论，深入地批《纪要》，要考虑新时期《解放军文艺》怎样办得更好，写出更好的作品来。要能促进四化，起作用，不是简单地说教作用，要有艺术感染力，光明和黑暗，歌颂与暴露，这是事物的两个方面，缺一个方面，另一方面就不存在了。我们的传统是写光明，但如果不写光明的对立面，怎么能把光明写出来？莎士比亚笔下的人物就是在光明与黑暗搏斗的交叉点上突出出来的，惊心动魄。我们写得平平静静，人物怎么能突出？最近我看了《向前，向前》，我赞成，我觉得可以拿到部队去巡回演出。“四人帮”头上长角，是要打倒老干部，现在写一些老干部，成了向四化前进中的阻力，指挥员指挥不了，不胜任，换了个人，指挥打胜了。《前线》对苏联反法西斯战争起了很大的作用，《向前，向前》还不够。

白羽回忆自己战争年代写小说很大胆，在《政治委员》里写营教导员怕死，他说想起来后怕。在比较典型的现象抓住之后我敢于写。老实说，如不写这个教导员，那个政治委员就出不来。我觉得可以写，据说现在写书记也害怕。严重的问题就在这里。一个长篇，一个电影，一个短篇，写英雄人物，不能是孤立、天生的，我们要写千百万群众中涌现出来的有血有肉的人物，英雄人物也有缺点。有的作品把英雄的缺点隐去。《夏伯阳》写了他严重的缺点，赶走政治委员，不服政委，由于缺点死掉了，但并不影响夏伯阳感人的力量。没有鲜明人物个性的人物，不能成为文学艺术作品。夏伯阳是活生生的人物，有极大的说服力。我们写军队，写战争题材，要大胆尝试，要写人，写人的命运，悲欢离合，人，生活，没有那么简单、单纯的！

在谈到深入生活还要善于研究时，白羽说，要从生活挖掘深刻的主题出来，要讲究情节，我觉得我们的作品往往不注意情节，缺少一峰突起、一鸣惊人的情节。他说，张天民并不熟悉战争，他构思很巧妙。白羽细说了张天民《战士通过雷区》的一些情节和细节后说，里面有没有歌颂？军长和他的儿子代表了传统，代表了大多数。我们要善于从各个侧面去写，要有巧妙的构思，人物要有鲜明的个性，有独特的语言，要有莎士比亚的警句。一个话剧让人看过后，要有几句打动人心的，作者要设计在哪一点上打动观众，使观众的心弦为之颤动。

说到想象力，白羽说，黑格尔美学对想象很重视，你没有丰富的想象力，材料收集一大堆，还是材料。一个作者，生活，酝酿，创作，每个阶段都重要。生活的过程就有酝酿，酝酿，构思，经过想象，把材料结构成更为感人的东西。创作之所以被称为创作，不叫别的，就有想象力在里面。抗美援朝出一个英雄都去抢，我说不用抢，都可以去，不怕抢。要提高作者本身的艺术水平，观察生活能力、想象力、创造能力，要下艰苦的工夫。歌德是个了不起的杰出作家，他在晚年，再也写不出《少年维特之烦恼》那样的作品了，没有旺盛的精力了。也有的作家到晚年还能写出好作品，出现第二青春。海明威参加西班牙战争，到巴黎，写出战地新作品，轰动了，以后一直写不出好作品，又到巴黎，还是写不出。后来到古巴，写出了《老人与海》，使他的艺术作品达到纯熟地步。他是写战争的，写得引人入胜。有些不适于我们，可以吸取其经验教训。

白羽说，一个人的才能，离开生活和创作实践，离开观察人、研究人，就写不出有鲜明个性的作品。可以讲，毛主席说政治第一，艺术第二。主席从全党全局利益这样说。另一方面，作为文艺的存在，哲学说，一个事物以其特点而存在。没有艺术性的艺术，就不成其为艺术。艺术感染人的力量是极敏感的，黑格尔写四大卷美学来研究。要大胆写，不局限口头争论，敢于研究生活，作者有自由的权利。你去研究生活，研究人，研究四化课题，抓住，敢于提出问题，赋予适合的形式，去打动人心。歌颂为主，可以有批判；暴露为主，也可以有歌颂。不要打破旧框框，产生新框框。没有对立面怎么办？你看，包公戏都有对立面，没对立面就没有包公。甚至对立面就是他叔伯侄子，还有嫂娘。法制面前不得不杀侄子。艺术构思完成了，包公出来了。我觉得，我们写指挥员还不够大胆。英雄人物也要有思想发展过程，这才能有情节，才有戏，才能感动人。我们要从公式化、概念化中解放出来，十二个军区十二个戏十二样，否则剧团要赔本，演戏没人看。

说到《解放军文艺》的评论工作，白羽说，觉得没把部队作家团结起来，相当大数量的作品流到外面去了。这个不能垄断，不能由总政文化部下命令。献礼电影，八一厂外，好多好作品是地方电影厂拍的。这就发生了竞赛，不能靠几百万军队来保证刊物的销路，指这个不行。有好作品，评论要跟上。评论家，一要研究生活实际，二要研究创作实际，三要研究读者实际。要了解群众的呼声。一个理论家应是思想家，要参与这个时代的搏斗。别林斯基开辟了一代作家的道路，出了果戈理、屠格涅夫。别林斯基评了果戈理的中年、晚年。当果戈理创作出现高峰时，评论讲出了道理；当他创作下降时，一封信给予尖锐的批评。我和胡奇同志说，确有好的评论文章就把它放在头题，敢于大胆说作品的优缺点，这样的文章才泼辣，读了之后才有所促进。

说到“伤痕文学”，白羽说，《伤痕》有优点，它较早提出了“四人帮”的问题，缺点是环境不典型，人物不典型。白羽说，我不反对“伤痕文学”，我住三〇一医院，《人民文学》问我对《伤痕》有两种意见，选还是不选？我说选。它是 1978 年有影响的作品。在自卫反击战中，几个月的新兵有多少政治工作？就是上去前看了《董存瑞》。《人民文学》选上是一回事，但反击战打响了，让我拿它上前线给战士们读我不干。具体作品具体分析。黑格尔讲一棵树上没有一片叶子相同，要百花齐放。揭“四人帮”的作品，我说不是多了，而是不够。我去剧团讲，要组织力量写《难忘的一九七六》，要比《难忘的一九一九》更激动人心。《人民日报》编丙辰清明纪事，让我写序，我写了。天安门广场第一个花圈是二炮的，是部队献的。1976 这一年，其悲壮如写出，不亚于莎士比亚。大地震，总理逝世，老总逝世，主席逝世。我那时摔坏了，骨头断了。主席逝世，让我休养去，我跟黄副主任讲，我不能走。我们清楚，要发生重大事件，日夜不能睡，然后粉碎“四人帮”，多么富有戏剧性！广州军区把“四人帮”搬上了舞台。《列宁在一九一八》，列宁遇刺，生命危险，电影上人民群众激愤。难忘的 1976，是伟大的题材，有没有勇气写？想起来非常激动。“四五”运动是以后一切更伟大事件的开端，粉碎“四人帮”更伟大，它是“四五”运动的继续和发展。自卫反击战，同样是悲壮的。我说悲壮，不含悲哀。多少年轻人牺牲，多少年轻人当了英雄。力量从哪里来？我在医院里思考。

我研究了《第二次握手》，这个手抄本流传全国。据我知道，全国很少地方没有这个手抄本。多少青年人向我推荐。它有那么大的艺术魅力啊！否则谁花六个通宵去抄它？它突破了写长篇的框框，二十五万字，从1928年写到1968年，跨度那么大，精练，紧凑，如果搞一百万字，怎么手抄？我悟出一个道理，今天讲这篇话：要有艺术！我们部队的创作要在艺术上有大的突破。

说到刊物，白羽说，我总觉得《解放军文艺》老一样，老差不多。刊物要不断改变，包括封面、封底，这期拿到手是这一期，下一期就是下一期。现在有个刊物叫《读书》，五个人编的，编得那么精彩！五个人还自己发行。他们有声明，你们买不到刊物，到我们这来买。白羽问张文苑：你们多少人？张答：二十多人。白羽感慨地说，我们到死也要不断研究，不断前进。否则要落后，落后就要被淘汰！

张文苑说，白羽的讲话是会议的结束语，也是开场白。

我问白羽对我们军区话剧《回师北上》的意见。他问我什么时候走。我说后天。他说，哎呀，抽个时间谈谈对这个戏的意见，和胡可副部长一起。

晚上在军博小礼堂观看苏联彩色故事片《第四十一个》。

【10月8日】军区建国三十周年举办了文艺创作评奖，评奖后，召开了军区文艺创作骨干座谈会。在会上，孙俊然谈了他的长篇小说《安图的后代》创作体会，他的资料积累是从1964年开始的，资料少说有一千万字。他不午睡，不打扑克，不下象棋，多乱嘈的环境也能写，小孩小，背着孩子也能写。冷言冷语，讽刺，打击，挖苦，都当耳旁风。李景堂谈了写十四万字长篇小说《百草滩》的体会。孙旭辉、唐洪忱等都讲了讲。每个人都有自己不同于别人的创作道路，但刻苦勤奋对于任何人都是不可少的。

上午罗继仁打来电话，告诉我，叶文福来沈阳了，住东北旅社。我电话约了李松涛同去看望叶文福，并在太原街一个饮食部一块儿吃了午饭。

【10月9日】松涛携文福到我家做客。在我仅九平方米的小屋放上小炕桌，倒上茶水，说了半天的话。下午4点，我们一起去晓凡家看了晓凡，又去厉风家，遇锁门。我们又转去看阿红，在阿红处说了一会儿话，又去看厉风，厉风夫人告诉我们厉风去了本溪。我和松涛把文福送到旅社即告别了。

【10月10日】下午参加《芒种》杂志的座谈会。文福在会上谈《将军不能这样做》一诗的创作经过时，说了一些在这种场合不该说的话。事先，我和松涛曾叮嘱过他，有些话不该说的。他没有听我们的，好像什么赶劲就讲什么。我和松涛就坐在他的对面，他照讲不误。松涛的手心全是冷汗，而且吐了血。我和松涛在他讲话中间休息时退场了。

【10月11日】一早，在旅社同文福谈起他在座谈会上的讲话，谈到松涛为此吐血的情况。文福拿出给《鸭绿江》杂志的一篇稿子给我看，我建议他删去两处。

下午，《芒种》召开诗歌作者座谈会，我和松涛到会。文福结合《山恋》谈创作体会，讲得深刻而又生动。

【10月12日】中午我接松涛和文福到机关，陈广生科长、李晓桦和我三人，请两位客人在晓桦的宿舍吃了饭。

【10月13日】中午到旅社，文福给阿红赶写稿子，早上和中午都没吃饭，我带去了四个冷馒头、一点肥肠，他狼吞虎咽地吃了三个馒头。下午，市文联小吉普车来接我们同去沈空接松涛和笑源，一起去抚顺。松涛家简陋而狭小，其父亲气管炎很严

重，母亲有病。其妹是姨母家的孩子。全家忙着搞了一桌子菜，全家人一起吃了一顿团圆饭，向荣也下班赶来了。晚上，三面糊了报纸的屋子小炕，让给了我们三个加上笑源，我们兴奋地谈了大半夜。

【10月14日】阴雨不止。早上4点半我们全醒了，于是开灯谈心。包了饺子，又热了昨晚的剩菜，喝了一点酒。松涛从旧书箱里倒腾出许多藏书给我们看，文福看中一本泰戈尔的《我的童年》。

乘电车去市里。到抚顺矿工报社找到陈庆斌和小郑，松涛又找到张名河。我们一起上街，在一家照相馆照了张相，留字题为"秋雨在抚顺沉思"；又在一家很近的饭店里吃了饭。席间，不断读文福红笔记本中抄清的未发表的诗作，我最喜欢的是《致火山》和《旗鼓垴》，前者写了徒有虚名的火山，如今，他死了，"只留下一池平静的雪水，于是人们来泛舟，来消暑，来滑冰……"后者，小小的山丘，成了八十三万人马不可一世曹操抛却旗鼓号角的地方，"往往一滴泪水，就成了他一生的句号。"

松涛因等单位看房子的同志来抚顺，我和文福乘长途公交车回了沈阳。下了车，遇罗继仁和李广泽，把我们拉到了厨师进修班，那里有乔魁才、王守勋、丁晓翁、姚莹、郎恩才、刘文超等共十一人等着。

【10月15日】下了班，我去找文福，他正在沈河饭店，与一诗社的诗友们见面。辽宁电台的刘宝祥也在。刘给我一盘电台播出的录音带，上面有文福的《将军不能这样做》和我发表于《诗刊》的纪念周恩来总理的诗。之后，我和李广泽把文福送回旅社。

【10月17日】松涛从抚顺回来了，我们一早一同去旅社看

文福，恰李广泽和刘文超在，便一起去园路餐厅西餐厅就餐。

我和松涛到春风文艺出版社，见到厉风，他各送我们一本霍满生的《铁牛传》，封面、装帧极好。我们同去方冰家。方冰正午休。我们谈到省里办诗刊的事，谈到刘镇调回沈阳的事。当谈到叶文福来沈阳时，方冰立即提出去见他。我们说他今天回北京。方冰问他走了没有，我们说晚上 8 点 45 分的车。他立即说，晚上去车站见他。忽然又问：叶文福现在在哪儿？我们说在罗继仁家。他提出立即要车去看看。我们坐上他的上海牌小轿车，到了市文联，拉上刘英男同志，拐弯抹角，找到老罗家。叶文福非常感动。方冰说：我读到一首好诗（指《将军不能这样做》）。叶文福说：我见到一个好人。方冰说：我们希望多出几个像你这样的年轻诗人。叶文福说：我们太需要像您这样的老前辈了！他二人双手紧紧握在一起久久不松。

1980年日记

【7月9日】晚7点44分，雷抒雁从哈尔滨归京途中路过沈阳，我去接站，安排到司令部三所301房间。我把前不久军区办的诗歌班六人——孙旭辉、胡宏伟、柳沄、安造计、宋曙春和我的诗作交给他，请他带回编辑部。他还没吃晚饭，我们出了招待所，到街上一看，饭店都关门了，他买了二两粮票的点心，回到招待所，没有开水，我们坐在值班室的沙发上，他边干吃点心，我们边谈，谈到很晚。

【7月10日】我请抒雁到家坐。晓凡从北京回来了，松涛也刚从抚顺回到沈阳两个小时，他们都来了，还有阿红、厉风、邓荫柯，在中午11点前都到了。雷谈到诗要有个性，要接近一般人的感情，要有真情。谈了几个小时。

我和抒雁走到机关，看了李晓桦、贾昭衡等。在办公室，接到赤峰守备区董文海的电话，他说浩然同志打电话找我。上午找我，我出去了。不一会儿，接通了赤峰宾馆105房间的电话，浩然说王栋12日去呼和浩特参加内蒙古文代会，月底或下月初回来。王栋让浩然等他，他把长弓也拉到赤峰来。浩然不同意。想去哈尔滨，了却去年没去哈尔滨的心愿。浩然去哈有两条路线，一是走齐齐哈尔，一是走沈阳。他征求我的意见，我当然让他走沈阳。他最近心情不大好，走齐齐哈尔，人生地不熟，且下车、上车时间不方便。我请他在沈阳转车。他原定星期日晚登车，我请他星期六晚就登车。他说他想好了再打电话或打电报给我。

张云晓部长用小车送我们到占恒家。占恒从中国作家协会文学讲习所回来正写东西。他同我和雷抒雁谈了很多情况，谈到七八点钟。我送抒雁回三所，从 301 房间换到 203，301 的被单和床单均有虱子，换新房间，虽是两人间，但干净比什么都强。

【7 月 11 日】 一早同晓桦到三所接上抒雁，让司机从黄河大街走，以便让抒雁浏览一下沈阳市容。在劳动广场停下，我上楼去叫上晓凡，我们一同到北陵抗美援朝烈士陵园。陵园的工作人员破例打开遗物的展室，十几年来一直封闭来着。这里有邱少云的枪。这里的墓碑完全一样，没有个性。

游北陵公园，在公园内的冷食店，晓凡请我们喝啤酒。抒雁谈“机敏”，说晓凡就很机敏，三句话五句话就可看出来。一个诗人，是不是机敏，这很重要。

回到机关，抒雁见到机关花圃里全是一种花，但花色各异，有红、黄、白及三色互相结合的颜色，自然地说到诗的风格。他与创作组的白劳组长、靳洪副组长见面并谈了一会儿。与抒雁在机关食堂就餐。然后步行到我家，抒雁就在我家单人床上休息，他要读完文福发表在《收获》第三期上的《青春之歌》。陈广生科长拉我们到他家，备了酒菜，边吃边谈，很投缘。谈到刻苦与多写，自信与自谦，谈到诗的表象的东西与内在的东西。晓桦买车票回来，我们要了车送抒雁到招待所取东西，兆林和秋群已在此等候许久。我们一起把他送上火车。

【7 月 12 日】 早上到办公室，陈广生科长就告诉我：赤峰来电话，一位姓梁的同志明早上到沈阳，让我接站。我说：啊，老梁来了！我没有明确说老梁就是浩然。下午正开会，我正发言，通信员送来一封电报，来自赤峰，上面写着一行字：“梁

（13）日晨到沈”。

【7月13日】今天是星期天，早上5点钟，我带小海泉到车队，拿了派车单，带车到沈阳北站，旅客正往外走。我在出站口张望着，不一会儿，一眼看到了浩然，同时看到祝乃杰，还有一位空军干部与他们同行。司机主动把老祝送到家，又折回来。这时是早上6点半，惠娟已上班走了，她先做好了大米小豆饭，炒了豆角，做了西红柿黄瓜汤，给我们留着。

饭后，我们从容地谈分别后的情况，他谈到我的组诗《鸟儿们的歌》，他说：我是“笼中鸟”，也是“惊弓鸟”。他说我的后三首写得更好些。我请他看了谢冕同志的信。他边看边不断称赞：“不愧是评论家！”“都说到我心里去了！”“都说到我心里去了！”“和我想要说的一样。”他希望我写下去，继续写“鸟儿们”，他说麻雀可以写，背了那么多年的罪名，又回来了，有的被当做“四害”消灭了。回来后仍然是益鸟，没有变成害鸟，有个生态平衡问题。他说，还可以写乌鸦，它反哺，现在许多人不养老子，人伦退化了。还可以写燕子，写燕子的角度更多了。可以去公园采访饲养工人，可以翻有关资料，可以访问生物学专家。表现方法不要一成不变，要变化多端。采取各种各样的方法和角度。有的像讲故事，然后点题；有的可以写鸟儿的对话……一成不变令人生厌，呆板。凤凰也可以写，它并不存在，画在墙上，戴在头上，写在书中，是不存在的鸟，人造出来的偶像，骗人的，要抨击它。他建议我给东三省的文艺丛刊和月刊分别寄去诗稿，“占领”东三省，写一批“鸟儿”，否则如天旱，来一点，地皮湿了，风一吹，又干了，要让人感到下雨了，留下印象。他说，要下两个工夫：一是要有新意，针对性地切中时代的弦。一是表现形式、角度、结构、语言，要变化多端。根据每个题材，找一个适合的表现形式。不要光是独白，可以借用电影、戏剧、相声的手法，也可以从人的眼睛看，让写过的鸟儿看。都是自白，多了，单调，也容易造作，有的鸟也可来点小情节，如猫头鹰和黄永玉，一只眼睛闭着；可以写雄鹰，写鸟中的霸，都是长羽毛的，残杀同类。要搞透一点，不要写表面的牵强的。拟人化的，找个好画家一插图，会很引人。

浩然谈到他的《渴求》和《浮云》。四川出一本爱情、婚姻和家庭为题材的短篇集，北京出一本儿童故事选，河北出一本短篇集，吉林小学生文库出一本，天津百花出了《山水情》。浩然说到金河的一个八万字的中篇，以柴春泽为模特儿写的。他谈到王栋艺术上还弱一点，以后要帮他搞上去一个东西，拍个电影，就会更好。

我们谈到9点半。我把浩然和海泉留在家里，到晶体管二厂找妹夫凤权，请他替我到火车站给浩然买票。我到晓凡家，晓凡买菜去了，我等了有二十分钟，一同骑车到我家。走前，他在门上给祝乃杰留了字条儿。凤权正帮我切黄瓜丝。浩然和晓凡帮我择香菜，掐豆角，打土豆皮，择木耳根。兆林带刘元举到我家来，坐了一会儿就走，我请兆林替我请陈广生和宫魁斌。陈、刘、宫和老祝脚前脚后来了。席间，浩然兴致很好，他谈了自己的不平凡经历。大家谈得挺晚。英宗和丽明来了，客人们起身走了。

浩然在我家的单人床上睡，睡前，他吃了安眠药。

【7月14日】 早上，早早地做了锅面条汤。兆林背着《艳阳天》、《金光大道》和《春歌集》，请浩然签名题字。小宫带车来，我们一起送浩然到沈阳站，送他去了哈尔滨。

下午，中国作协通过总政请来的地方作家叶文玲、陈世旭、艾克拜尔·米吉堤来到沈阳，我们安排了一个座谈会，部里请他们在机关食堂吃了饭。饭后，我送他们回四所，与他们一见如故，谈得十分融洽。交谈中得知他们三位对浩然很敬佩。陈世旭说他写《小镇上的将军》获了全国奖，可他并未见过真正的将军。我把这个意思汇报给部长，部长说好，请示一下，让陈世旭见见真正的将军，李德生司令员同意会见几位来访的地方作家。

【7月15日】 一早去四所，陪同叶文玲等去剧场观看《花好月圆》，看得艾克拜尔哈哈大笑。我发现他们三人都很机敏。

黑龙江省军区的孙成武来电话，告诉我，浩然平安到达哈尔滨，原来与他联系的省出版社的肖沉同志突然病逝，所以出版社不知道他来的这回事。多亏我打过去电话了。浩然为肖沉逝世心情哀伤，孙劝他化悲痛为力量，把老肖约的稿子写出来。

松涛来电话，说领导准他一个月休假。他说起陆明友组织诗人去北戴河参加河北诗会的事，松涛说：如果我去，就设法通知他，一起去；如果我不去，就不必告诉他了，他也不去。

【7月17日】 上午浩然在电话里告诉我，他在那儿吃、住条件都不错，只是窗户下面是广场，总有汽车启动声和卖冰棍儿的叫喊声。他说出版社的谢树等负责人来看望他，约他在黑龙江多住些时日，出版局局长准备陪同他去兴凯湖和伊春林区看看。

晚上我在部里值班，又打电话给浩然，恰孙成武在他处，他们刚刚遛弯儿回来。浩然说他不准备回沈阳了，让我转告春风文艺出版社，他打算在黑龙江住上一个月，下一个“蛋”，然后回北京。黑龙江这里很“热”，立即走不好。这样他一年到东北一个省，去年在吉林，今年在黑龙江，明年在辽宁。浩然还让我告诉晓凡，让他该干什么干什么，不要等他回沈阳了，不要耽误了他。

【7月18日】上午去晓凡处，转达了浩然的话。晓凡是昨天读到我的《鸟儿们的歌》的，他非常兴奋，立即写信给阿红，请阿红写一篇文章给《文艺报》，关于这组诗，晓凡说了许多鼓励的话，他建议我一阶段只办这一件事，写鸟儿们的续歌。他说这一组诗胜过一百首！《延边行》那样的诗，写得再多，也是八股，而这鸟儿是独辟蹊径，是一条属于自己的小溪。

打电话给祝乃杰，请他把浩然在黑龙江的情况转告王大学，争取明年春天到辽宁来。

【7月21日】省作协召开座谈会，去了以后才知道，北京来了几位作家，有王蒙、谌容、从维熙、刘心武。方冰向大家介绍了这几位作家，说他们在中国的文坛上都是闪烁着耀眼光芒的作家。

王蒙是文坛闻名的幽默诙谐的作家，他的发言机智敏锐。他说我们四个有分工，从维熙重点发言，其他两位补充。但他没有把自己"择"干净，还是讲了一些。他首先讲创作不能太受外界干扰。他说西线平静无事，没有地震和台风。我们似乎很"麻木"，一切照常，写你的小说。今天一位领导讲个什么，明天文件说个什么，没这个感觉。习惯于别人骂。一个人写很多作品，没有骂，是个很寂寞的事情。灾祸多了，也就比较麻木。他还讲了让文学成为文学。他说，文学作品毕竟不是直接的政治文件，对政治生活不是直接发生作用的。感染人而后发生作用。不是一首诗可以亡国，一篇小说可以兴邦。不能说人们精神面貌不怎么好是唱歌唱的。唱一首邓丽君的歌就变成港澳同胞了？唱一首美国歌，就变成美籍华人了？听柴可夫斯基就变成沙皇臣民了？不是呻吟变成肝炎，而是肝炎而后呻吟，不是一呻吟转氨酶就上升了！有一些青年的信仰发生问题，面临一系列社会问题，政治工作不切合实际，人消极了，就喜欢听消极歌。关键问题是精神面貌不好，唱消极歌。以为开列多少高昂的歌曲就把精神面貌变过来了，不是那么回事。文学毕竟是文学，官僚主义、房子、人事制度等问题，排队买菜问题，不是小说能解决的。直接解决社会问题就是夸大了文学的作用。有点作用，替群众说说话，舆论上多少起点谴责作用，社会效果不是一句话能判断清楚的。

王蒙说外国电影如意大利的《警察局长对政府检察官的自白》，美国的《恶梦》，日本的《金环蚀》等，写上层的腐败和罪恶，没人去计较它，不会影响到社会的稳定，而是有利于社会的稳定。一进电影院，喘不过气来。一出电影院，蛮好，阳光灿烂，上帝保佑，没被关进去，晚上觉睡得更好了。他说：我写《说客盈门》，我怀疑能纠正多少不正之风，让群众和好的干部出口气也好。同样的，《乔厂长上任记》，对改变工厂的生产总值有什么影响？不会的。他说，我们可以放松一点，对人生，对社会，对政治，文学有无作用，有；分清是非善恶，表明态度。面向生活，揭露矛盾，也揭消极的东西，但从爱护党和国家出发，不要过分紧张。他说，我们的天地无比宽广，去年以来出现多样化的趋势，不再是写伤痕都写伤痕，写官僚主义都写官僚主义。他希望大家找出自己来，按自己对生活的见解、真切的感受来写。生活无处不是小说，无处不是诗歌，无处不是心灵的表现。晚上有梦，无梦，星光，月光，灯光，从你脸上掠过。一天二十四个小时也写不完，要忠于自己对生活的感受。只有时间不够，水平不高，而“没的写了”的现象永远不会发生，你与人民在一起就永远也写不完。

从维熙说自己是最不能表达自己感情的人。他说：我国经常刮风，文艺界，一会儿放了，一会儿收了，下面搞创作的人无所适从。三中全会后，经常见放的文章，今年年初，剧本会后，似乎有收的趋向。无论放，无论收，实践是检验真理的标准。如果总像蜗牛一样，把头探出来，看看风头，很难写出为人民所喜欢的作品。他说：我的《大墙下的红玉兰》,《收获》收到稿子半个月就回信说发头条。有人说是“反党反社会主义的示范作品”，有人说是“解冻文学”的翻版，作者应“绞死”。

从维熙说：我和我爱人1957年一起被划为“右派”下去劳动，又因南斯拉夫问题变成劳教。我见了大墙，因此写了大墙。生活中时时刻刻拎一根棍子准备打的人还是有的，文艺界中不乏这种人。他说1962年春节，文艺界举行化装迎春舞会，有个诗人给最高领导写信，说中国文艺界到了裴多菲俱乐部的边缘，换来了两条批示。文艺界不是西线无战事，有看不见的电波。他说：我在某省几个劳改大队劳动过。某省公安局自动对号。今年1月，省公安政治会议形成文件，对我的《大墙下的红玉兰》声讨，上报到公安部。说八百名犯人看了这小说有一百二十人不认罪，这完全是造谣。刊物是传不进去的，传进去也不可能全看了，说多少劳改干部看了，工作不安心，想退休、转业的多了。似乎一篇《大墙》可以把无产阶级专政掀翻。公安部负责同志懂文艺，懂政治，没有理睬他们。他们把小说当成公安业务了。最可怕的是文艺界内部，不大不小制造事端。看不见的流弹在文艺界射击。要加强警惕性，警惕花丛中的小人。他们以咬伤花木、让百花凋零为最高使命。

刘心武说：我从来不知道自己是思想解放的勇士，我是一个中学语文教师，胆子小，“文革”时走路都靠墙边走，守多大的碗，吃多大的饭。写《班主任》也不是想当弄潮儿。新作者层出不穷，人们快把我忘记了。有人批一下，又让人们想起我了，很感谢。第二次世界大战，打了六七年，直到现在，各国不断重复其题材，是一个题材源。我们的“文革”对我们本民族，这个题材源不在“二战”以下。学校生活太平淡了，我在学校打深井，写出各行各业共同的东西，甚至是人类共同的东西。学校天地非常狭窄，人物非常之平庸，小人物，小命运，我开掘到人性和阶级性怎么统一到一起。《如愿》写的就是一个学校和周围几条街，打更老头和糊纸盒子的。开深井。

谌容说她在北京从来不讲话。《人到中年》发表之后，只在《工人日报》上发了几千字。她说：我对评论的态度是，他们都是很有学问的，是指导我们的。我可以听，也可以不听，作者对评论可以采取超然一点的态度。她说：在我们国家民主空气太缺乏了，只要报上发不同意见文章，立即想到出问题了。现实生活中有鲜花也有眼泪，不能只写鲜花不写眼泪。巴尔扎克说，一个作家没有决心接受批评家的火力的勇气，就不要写作。我为什么要写《人到中年》？只是生活中一种感受，同年龄的同事、朋友生活和工作的状态，三十五岁到五十五岁，这些人在十年动乱中，黄金时代耽误了，业务荒芜了，女同志织毛衣，一般知识分子多数逍遥，发牢骚是中年知识分子生活的一个特点。中国知识分子一般是清贫的，不要求高楼大厦，也不要红地毯，愿意把知识贡献出来。十年动乱中，知识分子心里是苦的，书呆子气有时很可爱，也很可怜。但他们是我们社会的支柱，他们埋头干事情，虽没有华冠美服，但是有本领有学问。过度劳累的中年知识分子不在少数。我想歌颂一下，所以写了陆文婷和她周围的中年干部。文艺界骨干也是中年，收入低，负担重。开始我顺着我的人物工作生活写下去，越写越觉得她们忍受着生活的清贫，在默默无闻地做着牺牲。陆文婷是一颗星星，在我们生活中静悄悄地放射着光芒。正是这些星星组成了我们社会主义的夜空。现在的人们铜臭气太重了，比较起来，书呆子气要好，不会走后门，这样的人多，四化会快一些。谌容说：我信奉生活是创作的源泉。我到北京同仁医院眼科、内科，穿白大褂，到手术室看。有一对夫妇出走，外科“快刀刘”，有人说作者对出走的夫妇洒的同情之泪太多了。我不同意。他们是恍惚的，是舍不得走的。他们像漂泊在空中的气球，不知要落在什么地方。人才外流问题是存在的。这是十年浩劫后拨乱反正时代特殊的现象，我不写就粉饰生活了。文学必须以情动人。读者是热情的，也是宽容的。电影厂谈调子问题，我谈要尊重我的原著。有时“调子”也是棍子。

下午，与浩然通话，他说他改完了小中篇《勇敢的草原》，他说他住的招待所不安静，准备挪到黑龙江省军区小招待所，食宿费用黑龙江出版局给付。我劝他在哈尔滨的夏天多写一点东西，然后该去兴凯湖去兴凯湖，该去伊春林区去伊春林区。浩然说，从到哈尔滨起，每天坚持锻炼身体，散步，觉得很有好处，浩然说秋川去通县与春水姐姐做伴。浩然说他曾骑自行车与孙成武、满锐及那位段参谋一起游览了市容，并在孙成武家吃了顿饭，至晚才归。

【7 月 22 日】 吉林省作协付之凡电话让我转告从维熙、刘心武、谌容，原定 8 月 5 日到长春的时间，请不要改变，去长白山、松花湖已做好了安排，打前站的都已去了。中午，我到“安乐窝”——沈阳迎宾馆，同陆明友、祝乃杰一起见了王蒙，王蒙说，他原先就说了不去长白山。从维熙和刘心武说事先有约，待他们从大连回京后，一起去长春，还有林斤澜、张洁、刘绍棠等几位同志。

【7 月 23 日】 到辽宁艺术剧场，参加市文联举办的报告会，市文联主席鲁坎主持会。报告人就是北京来的四位作家。王蒙第一个作报告。他说：这个舞台本来是李默然的，感谢大家冒着盛夏的酷暑，听我们几个既没有形象又没有表演才能的人的胡言乱语。说我勤奋，这两天的行动把我的勤奋的神话打破了，我老是

睡觉。王蒙说，文学应该使人快乐。快乐是文学的重要使命，甚至可以说是规律。市民二两酒，吃大肘子，也是快乐。看相声、滑稽戏也是快乐。更高的精神喜悦是读文学作品。这种消遣与别的消遣不一样，和打扑克不一样，和早上念两个钟头的英语不一样，让人们求得心灵上的喜悦，达不到这一点，不能叫文学。第一是理性的快乐。文学作品应是智慧的宝袋，里面应有深邃的思想，对人生、对真理的探求，如同马克思做几何一样，理性也是快乐的源泉。第二是情感的快乐，从作品唤起自己的情感。人最痛苦的是麻木，大喊大叫都不是最痛苦的。真正的强者是快乐的，他的悲哀也是一种快乐。有同情心的人才有幸福有快乐。第三种是体验和想象的快乐。我没有当过海员，没有漂洋过海，我也知道北极南极，知道明末起义，也想体验李自成，想对各种人的心灵奥秘进行探索，读文学作品不仅得到知识，而且有身临其境的感觉。第四种是补偿的快乐。人的生活没有绝对满意的。人有悲欢离合，月有阴晴圆缺，此事古难全。自古以来没有全的，全就要出事。生活中美好的东西与平庸的东西混杂在一起，通过作品集中谴责卑微的灵魂。我们都是平凡的，照照镜子，不像朱丽叶，我眼睛赶不上她，心灵赶得上，我觉得与罗密欧同在，甚至比他强。

谌容讲到她的《人到中年》根据素材有三种写法。一是平铺直叙，从结婚写起，转眼到了中年……这样进展缓慢，接触主题也慢，是比较传统的写法。二是从手术写起，突出了手术，读者会看故事的，但可能冲淡人物和主题，让读者更关心手术的成败。三是现在的写法，一开始把陆文婷放在病床上，造成大的悬念，引人读下去。关键是把时间凝聚在一两天，在弥留之际的回忆和梦的联想。评论家问我，你是否运用了意识流？我说没有啊，我不懂意识流。谌容讲到作品中的“马列主义老太太”这个人物，她说：这是生活提供给我的。生活里很多次开会，住招待所，都能碰到这种人。我熟悉和掌握了这个人。我出身不好，工作早，经常听到马列主义老太太的训斥。马列主义老太太和陆文婷一起吃面条，有个苍蝇，陆文婷放下就走，马列主义老太太就要训人，就要找经理，啊，这是关系到人民群众健康的大问题……对“马列主义老太太”这个雅号我是得意的！谌容讲，对一个作者，重要的不是参加了什么会议，重要的是作品。读者不关心你参加了什么会议，而是关心你写了什么作品。谌容说到细节和语言问题，她说她最喜欢的是曹雪芹，最佩服的是鲁迅。她说一部好的文学作品必须引人共鸣，引人深思。

从维熙说他初中是在通县上的，和刘绍棠一个县。读过萧殷的《论生活、艺术和真实》，这些启蒙书对他的帮助很大。他说，世界上要成就一个事业就要为之付出代价。他说，当时在北京市上学，老舍先生也在那儿读过书，学校对音体美很重视，有钢琴、维纳斯，吸引我。我对体育运动感兴趣，从初中到高中打篮球，最后还是搞了文学。看到大师们留下的精神文明遗产，学校有大图书馆。他说，搞创作没有很大的毅力是不成的。世界上有多少个作家就有多少不同的创作道路。高玉宝的《我要读书》写得那么深刻，三十年后也写不出来。胡万春、费礼文等同志也一样，没再看到他们继续发表的任何有影响的作品，说明什么？和文化素养有很大关系。相反，有些人经过艰难的路，没败下阵来，与文化素养有很大关系。茅盾、巴金、夏衍这些30年代的大师，生命力很长久，而我们有些作品经过历史烟波就没人说了。高尔基说过，生活好比一张牛皮，书籍好比一双皮鞋。大意如此，不是原话。读书要有选择，我们就一个脑袋，而世界上的书那么多。没有精读就不可能产生你对艺术的追求。文学强大的内涵是美。一个没有追求的作者，他的脚步不会迈得很快。一个小人物要突现出来是不容易的。谈到《第四十一个》，有人说是阶级调和，有人说看最后一枪。从维熙说，这作品陪我到老。他说：去年期刊会议，我和绍棠看孙犁，孙犁不在，问曹靖华，《第四十一个》是他翻译的。曹老说，这本书是没参加革命前翻的，很次的一本，是揣这本书参加革命的。

曾是业余作者的刘心武说，幻想从别人那儿得到写小说的秘诀，是不可能的，要根据自己的生活体验，形成自己的看法。

【7月25日】收到我敬重的老诗人方冰的信，他在信里说："我把你的《鸟儿们的歌》读了好几遍，它给了我一次真正的诗的艺术享受。这是一组很好的诗，是《鸭绿江》上——也可以说是目前的各地文艺刊物上少见的一组好诗（见面时再详谈）。我非常兴奋，祝贺你！希望你写出更多这样的好诗来！""听说这组诗是《诗刊》给你退了回来的，我不知道他们选稿的标准是什么。现在有一种很不好的风气，名人随便划拉几个字都登头题，好像做买卖似的，以广招徕。可悲！然亦无可奈何，因为这是风尚，短期间是改变不了的。"他说："请你时常来谈谈，我是需要向青年人学习的，《鸟儿们的歌》就是我学习的很好的材料。后来居上，这是历史的规律，否则，人类就不会有进步了。我不便多到你那里去（很多作者的家我都常去的），这原因我想你也会知道。我痛苦得很！不说也罢。""替我问候张部长、两位副部长及广生同志，我们军民要长期地很好地合作下去！我尊敬你们！再一次祝贺你！紧紧地握你的手！努力！多写！不要害怕，不要有什么框框，不戴枷锁才能有好诗……"

【8月1日】建军节。约了陆明友、解明、刘宝祥到家做客。谈文学，谈友谊，谈故人往事，很惬意。刘宝祥说他们辽台文艺部要做组诗《鸟儿们的歌》的配乐朗诵节目。

【8月3日】胡奇社长到沈阳来了，一早我赶到四所去看他，在二楼休息厅遇见了他，他一眼就认出我来。我们到他住的224房间，坐在沙发上谈了近一个小时。他说他趁还没退休，差旅费可以报销，身体还允许，出来走走。他谈到任斌武的一部四十万字长篇小说，丛书组不同意出，找到他，他与任很熟，关系也好，他对任说：我是主编，也不能强加于人，要尊重责任编辑的意见。他对任说：你把书稿压到二十五万字我就好说话了。我谈到黎汝清很有本事，写得快，质量也高，同时说到他的艺术语言不特别讲究。胡奇社长赞同我的看法。他说到老舍的《月牙集》，每篇一万字，五篇七万字，老舍谦虚地说，我不会写短篇，这是几个小中篇。看人家大作家这么严肃。胡社长对任斌武说：你是写短篇的，不要以为只有写了长篇才承认你是作家。他有这个想法。胡社长还说到柳青的《创业史》第二部。

胡社长说到与张云晓部长的关系，我说我知道，你去海岛，他在要塞区当政治部副主任……胡社长笑笑说你还是不知道。他说：我们都是太行山的，我当兵是张部长收了我。胡社长说当年张部长考他，出题目，他过不了关。尤其是喝酒。昨天只喝了点葡萄酒，没喝白酒。他感慨地说，老张真是有办法，在哪儿搞到的好酒。去年胡社长去黑龙江，没经沈阳走，张部长批评了他。他在边防站住了半个月。我向胡社长介绍了吉林边防的珲春、防川、马滴达等。胡社长让我帮他弄一张路线图。

胡社长说：我一直想调你，“文革”前就有这个想法。去年要调你，有人给我递话，说你刚调到沈阳，和爱人在一起了，别再拆散了，手下留情吧！

我去阿红家，谈东三省刊物诗歌编辑会议，谈关于诗的“民意测验”。阿红收到《文艺报》高洪波的信，约他写一篇评论我组诗《鸟儿们的歌》的文章，作为“新作短评”发表。让他本月10日前寄到，发在九月号刊物上。

下午与在文艺社值班的李瑛在电话里谈了一个小时。他谈到对我们军区六位诗作者赴边防采风写的诗稿的处理，表扬了我写的那首《我把太阳迎进祖国》，还肯定了我们的做法好。谈到征文，谈到谢冕对1979年诗歌漫谈的文章中没提自卫还击战是一个缺欠。谈到南宁诗会的争论问题。他看了到会的名单和会议的材料，觉得很有益。他还谈到当前诗歌界的争论，谈到杨星火想看看海——她一辈子没看到海——而拿不出差旅费，为此有所感慨。谈到叶文玲等人到部队访问，总政给予报销差旅费。说到今年后四个月刊物值班。还说到在全国期刊会议时，他曾对《春风》一同志说起我的诗集事。他说他今年一年没外出。他说陈淀国在工程兵抓业余创作很有影响，他说你也可以这么干。

胡奇社长让我转李德生司令员一信，这是《刘伯承军事文选》编纂组3月31日的打印信，“受上海文艺出版社编辑部委托，编辑一本《刘伯承同志回忆录》，约请您撰写一至二篇。内容：您认为感受最深的一些事情。”“敬希允予撰写。”眉头上有蓝圆珠笔写的字：“李德生司令员：趁我来沈阳部队的机会，《刘伯承同志军事文选》编辑组要我约您写一篇关于刘帅的文章，字数形式不限。这个编辑组设在海军，由杨国宇同志负责。我仍在解放军文艺社工作。祝首长好！胡奇　8月3日。”

我当着胡奇社长的面请示张云晓部长，是否请李司令见一下？胡奇社长坚决不同意，并一再嘱咐我，一定要在他明天离开沈阳以后把信送上去。张问胡，与李是否熟悉，胡说熟是熟，原来十二军办创作学习班，李任军长，邀请胡去讲课，后因“文革”没去成。文艺社解散，胡到了成都。文艺社恢复时，李到总政当主任，把胡调回了文艺社。我说叶文玲他们来，要见李司令，李都见了。胡奇说，叶文玲他们是孩子，有见首长的好奇心，我没有。李司令是好人，他那么忙，不要打扰，又没有什么事情要办。

【8月7日】军区每年到了复员转业的当儿，都要发个文件或电话通知，提供一个名单把人才保留下来，今年又到了这个时候。我们文艺科就是干这个事的，陈广生科长和我研究个文学和美术骨干名单，报请张云晓部长批准，再请干部部门下达通知。我们研究的名单是：旅大警备区有李世成、于宪东；十六军有郭红兵、王胜华、李生权；二十三军有张洪舜、崔明华、王天胜；四十军有李春华、敬廷尧；三十九军有徐柏翔、张中懿、王炜；六十四军有张正隆；六十八军有曹明绪、陈全胜；吉林省军区有梅新生、刘志清、龙振海；黑龙江省军区有王化文、张明清；沈后有李秉刚、李符翔、陈四海；炮兵有赵永斌、景维春；装甲兵有李洪茂、李英洲；要塞区有刘继赴、夏尊平；沈司有汪洋等。

【8月11日】陆明友组织的去北戴河出席河北诗会今天成行。同去的有方冰、晓凡、阿红、厉风、松涛和我，还有沈阳大学校长、学者陈洪斌。在软席车上遇到省委宣传部长刘异云同志，他去北京开会。

晚6时到站。曼晴、尧山壁等到站迎接我们。饭后，韩作荣便来看望。之后，我和松涛送他回住处，他又与高洪波、雷霆来送我们。来回送。主要是亲近不完，有说不尽的话题。

【8月12日】参加河北诗会的讨论。上午的会上，流沙河讲他个人的经历与诗见。

下午去海滨游玩，漫步于十里海滩。

晚上的联欢会十分尽兴。之后，与松涛、作荣、冼宁等七人去观看这里的酒吧和舞厅，至夜归。

【8月13日】上午游西山。

我和松涛嫌住在国务院接待站这里宿费太贵，一宿四元钱，回去无法与单位说。另外军区在办小说创作学习班，等我回去。我们决定提前走，把已经住的两晚上宿费开成四晚上的，一天两块钱。与松涛搭车经秦皇岛到山海关。

夕阳西下，我和松涛在山海关的城墙上漫步聊天，心情特别舒畅。

我们去看了姜女庙。

【9月5日】上午邓荫柯来电话说徐刚来了，住在“安乐窝”，叫我过去。我立即去了。同徐刚唠了一阵子，就同他一起到我家坐。他要吃面条，我做了混汤面，配了点香肠和花生米，一人喝了一盅“龙泉酒”。他见桌上有一小块儿剩的凉的红薯，拿过来就掰吃了。厉风约我、松涛和徐刚到他家做客。

下午，松涛骑车会我一同到“安乐窝”看徐刚，与徐刚畅谈到开晚饭。晚饭后，我们又在院内后花园散步，又回到房间品茶谈诗。徐刚谈《新诗与新人》令人有启发，他谈到形式上的突破的重要，形式应适应内容的变化，也会带来内容的突破。他谈到曲有源、叶文福的变化。与我谈到人民日报文艺部一些熟人的情况。其中谈到袁鹰访问西德回来，写给徐刚一个字条儿，上面谈到他出国访问期间副刊的情况，表扬了我和师军红的诗，还向徐刚打听我的情况，问我现在在什么地方。

【9月6日】与浩然通电话，他说他在哈尔滨一切顺利。前几天，黑龙江省出版局一位副局长陪他去了牡丹江和镜泊湖。吉林省邀请他去长白山，他再三谢绝。吉林要派两个人到哈尔滨去请他，他给付之凡写了信谢绝。他告诉我，四个中篇全改出来了，待发稿。还说秋川考上了政法学院，去了他一块心病。他

听说满锐在大连要到沈阳，因知道他在哈尔滨，急着回去。浩然让我告诉满锐，不要急着回去，好不容易出来一回，要尽兴而归。他说，法国一位翻译家正在北京等他回去，他写信让她等到15日。

我三次打电话到大连东方旅社，找到了满锐，转达了浩然的话。

【9月7日】一早与松涛去“安乐窝”看徐刚。

应邀去陆明友家做客。我去得早，明友骑一车，带一空车，让我也骑一车，一起到省委幼儿园接到刘宾雁。回来路上，明友去找李敬信，我把刘宾雁带到陆家。在陆家赴宴的有晓凡、赵乐璞等。刘宾雁是来辽宁省委纪委调查研究的。明天要去鞍山。他问我胡小胡在哪个单位工作。在陆家，主要是品尝几种酒，吃河蟹，拔丝地瓜做了两次也没成功。拍了一个合影，因陆虹照相技术不行，照废了。

因知徐刚爱吃红薯，给他送去几块。

【9月8日】上午在出版社会议室，听徐刚报告《新诗与新人》。

满锐下午到沈，同时到达的有曲有源、林子等。

【9月9日】上午在“安乐窝”等到满锐，异常亲热！我约了徐刚、满锐、晓凡、松涛、厉风、荫柯和姚莹来家小聚，聊了一整天！至晚9时才散，送外地客人回到“安乐窝”，又在那里坐到10点半。

【9月10日】乘一面包车前往抚顺。陪同徐刚、满锐参观抚顺西露天矿。松涛尽地主之谊。同去的还有邓荫柯和姚莹。在松涛家吃罢饭返回沈阳。

【9 月 11 日】晓凡做东，在他家里请徐刚和满锐吃饭。作陪的有方冰、解明、松涛和我。席间说到解明在沈阳诗作者心中的位置，他给大家的辅导和帮助，徐刚和满锐都肃然起敬，起立向解明敬了酒。满锐还激动地唱起了方冰作词的《歌唱二小放牛郎》，大家尽欢而散。宴后，我们送满锐到火车站，他乘车回哈了。

【11 月 5 日】与叶文福通话，他说人民文学出版社将出版他的诗集《江南夜》，他自选了九十首诗，可能用六十首，有三千到四千行。他给我背诵了他写的《我不是诗人》，回答有些人说他的诗不是诗的责难。他讲他正在写《黎明的枪声》，准备写二百行。每句都很长。他说主要是现实主义的，但也有浪漫主义的，写长句子，也有短的，还有不押韵的。他让我拿着话筒等着，他上楼去拿诗稿给我读。他读了《河北文学》上发表的《天安门广场》、《泉水》、《落日》，还有在新疆发表的《夜里，一条小溪在歌唱》。后一首写得很美。他说《红岩》上发的那首《不能遗爱的乐章》，也很自赏。他说到《收获》上的《青春之歌》，说写完后没来得及细改，冯骥才拿给了巴金的女儿，就给发表了。我问他，《鸭绿江》关于诗歌的“民意测验”你填写了吗？他说我不填！我不以为他们比我强，不以为他们写得比我好！——诚实、坦率而又自傲！他跟我说到曾想自杀，曾觉得活着不如死了好。

【11 月 9 日】读到关于“诗人早慧”的文章，说王维写《九月九日忆山东兄弟》时十七岁，白居易写《赋得古原草送别》时十六岁。李白自称“五岁诵六甲，十岁观百家，十五观奇书”。杜甫“七龄思即壮，开口咏《凤凰》”。柳宗元“始以童子有奇名于贞元初”，十二岁就写出了《为崔中丞贺平李怀光表》，他四岁

时就在母亲指导下背诵古赋十四首。白居易五六岁便学为诗，九岁熟悉声韵，十五六岁后苦读书，“昼课赋，夜课书，间又课诗”，以至于“口舌生疮，手肘成胝”。还是鲁迅先生说得好：“天才并不是自生自长在森林荒野的怪物，是由可以使天才生长的民众产生、长育出来的，所以没有这种民众，就没有天才。”

【11 月 14 日】 与雷抒雁通电话，他谈到他正写一组《轻松的挽歌》，一组吉他弹唱的歌谣，想用民歌体，但不是我们的民歌，而是弹唱的歌谣体。他想在形式上略有探索，在主题上深挖一下。写“文革”，每首都写一个死人，所以叫“挽歌”。他给我读了《魔鬼睡觉的地方》、《没有妈妈的孩子》、《那儿的大学生死了》、《这么便宜的手表》……听了，我很受震动！这组小诗的分量是不轻的！

说到某人目中无人，抒雁说：“勇敢是自信的表现，狂妄是无知的表现。”他说他想离开文艺社，正打报告，要求离开编辑部。打电话前正在抄这个报告。

1981 年日记

【4 月 3 日】闻听松涛的年仅五十四岁的老父去世，很是悲痛。我一早不顾一切地赶到沈阳站，乘沈阳到抚顺的公交面包车赶到抚顺，找到抚顺军分区政治部的孙文同，从他那里借了辆自行车，奔到松涛家。松涛在，他母亲在，向荣在，他妹妹和笑源也在。客人不断，多数是抚顺的文友。连他的语文老师也赶来了。语文老师向我谈起松涛的聪明和用功。

忙了一天，晚上，我和松涛就睡在他父亲刚刚离去的那铺小炕上，我们都难以入眠，说了大半夜的话。

【4 月 14 日】松涛从抚顺赶回来，和我一起骑自行车去看望马加、申蔚同志。这老两口儿正好都在家，身边没有旁人。申蔚同志热心地给我们倒了茶水，我看到他家的墙壁上新添了萧军写给马加同志的一个条幅。桌子玻璃板下压着马加赴西德访问的照片，合影照片上有冯牧、袁鹰和柯岩等人。

马加对我说："你写了不少诗啊！"申蔚欣喜地说："你的组诗《鸟儿们的歌》评上《鸭绿江》的优秀作品奖了！"我为两位我敬重的老者对我的关注而感动。

我们又说了许多话题，然后告辞出来。马加同志非要送我们下楼，我们不让他下。他说到楼下取取报纸信件，这我们就无法阻拦了。他还是下了楼来送我们。

和松涛到了省实验中学大院，因在电话里思基同志夫人说她正在那里赶写一篇文章，我和松涛正打听着，见思基步履艰难地朝我们走来。他手拎着一个小提兜，提兜里有几页稿纸、一小把菠菜，他见到我们很高兴。我们推着车子一左一右地陪他慢慢向他家里走。他的腿脚明显的不灵便，一再让我们骑上车子走，我们坚持和他一起走。边走我们边谈。思基夫人张月华正赶写一篇文章，关于连环画文学脚本的。思基在赶写一篇小说。

我们在思基家谈话时，马加打来电话，问一张与茅盾同志合影的照片事，思基翻出影集，很快就找到了，说茅盾是第几个，郭小川是第四个，这边是马加，那边是崔德志……说得很清楚。

我们正与思基谈着，张月华大姐给我们一人端来一大海碗鸡蛋肉丝面，还加放了香油，香气立即飘满了小屋。我们为此深深感动，她是什么时候去做的呢？明明是主人刚吃过饭，她是专为我们做的，她说："不忙，多坐会儿，吃了面，再唠。"

从思基家离开，我们到了省作协，见到张名河和阿红同志。松涛今晚要赴京，他说中国作协借空军地界儿办文学讲习所，给他们几个名额，他参加这个学习。回到机关，我打电话将此事告诉了远在齐齐哈尔的我和松涛的好友王新弟。

【5月11日】早晨到车站接浩然。我站在车站外的栏杆边，张望着，老远就看见浩然一手拎一个提包，没戴帽子，容光焕发地随人流向出口处走来。我喊了两声："老梁！"他听见了，高兴地向我点头。黎明机械公司的于书记和春风文艺出版社的王大学总编和厉风、祝乃杰等也到车站接站。因为这次"春风"安排浩然住"黎明"，所以"黎明"的于书记也来接了。两辆小车直开到黎明公司的招待所二平房，住在紧东侧那间402号。坐了一会儿，王大学、厉风告辞了。我们乘于书记的车到了祝乃杰家。老祝家的楼外和楼内的走廊破烂不堪，可是一进居室却全然异样，整洁而又亮堂。

老祝两口儿到厨房去忙，我和浩然坐在沙发上，谈了很长时间。他谈到去年9月16日以后的精神状态和身体状况。他找春水谈说她该处对象了，春水“崩”了，竟然反对找对象。浩然说，不能总不找啊。春水说和爸过一辈子。浩然说，爸死了呢？春水说我也死。浩然又通过一位年老的女教师做春水的工作。浩然讲了春水个头高、当小学老师、家庭等五个“不利条件”，在通县那个小地方很难找到合适的。很巧，一位校长的儿子当兵四年，复员回家来，是个党员，现在一个工厂当修理工，也托这个女教师找对象呢。这个男孩子爱好文艺创作。两个人一见，都挺满意。每个周六晚上7点钟到春水宿舍来，到9点半走。周日在一起待一天，还一起做点什么吃，谈得来，两个人都爱看书，静悄悄地看。浩然也很放心。亲家约过浩然去，亲家也到浩然家来过。大嫂老杨不去，说什么也不去。老杨在月坛这边时，大小家都伙一块吃饭，老杨到通县女儿处去了，红野和蓝天两小家各做各的吃，秋川随便在哪家吃。

浩然讲到去年他在昭盟时，正是心情不好时，与今年大不相同。浩然讲到王蒙、邓友梅、刘绍棠等人对他十分友好。他来沈阳前，《电影艺术》约五位写农村的作家开座谈会，有李準等，对当前农村经济政策有不同的看法。浩然讲到以前的农民与当今的农民有什么不同。现在的青年农民，又要过现代化的生活，又不愿吃过去农民那种大苦，一条毛驴一夜要喂三遍草，起夜就受不了。他认为单干是权宜之计，暂时办法，不会是长远的，否则就不用搞社会主义了。他说，过去李準写《不能走那条路》，现在是否应该写《应该走那条路》？浩然谈到座谈会上看了几部影片，他认为最好的是《喜盈门》，其次是《月亮湾的笑声》，第三部是由他的小说《山水情》改编的《花开花落》，第四是《车水马龙》。他讲《花开花落》去年第一次看它还挺好的，今年一看就不如去年那个印象了。他认为《笨人王老大》的人物和情节不很真实。

金河12点准时赶到。在老祝家尽兴地边吃边喝边唠。

我和金河把浩然送回黎明招待所。我说等晓凡回来，再请大家到我那聚。浩然小声对我说，人不要多，晓凡、金河、老祝，这几个就行了。与金河一起回到宿舍院，又到兆林家，兆林请金河到家喝酒。

【5月13日】一早约了晓凡到黎明公司看浩然。浩然正在二平房外戴着花镜站着看书，我见他看的是丁仁堂的《嫩江风雪》。他见我们来非常高兴，把眼镜当书签，把书合起来，一起回到他住的房间。他说丁仁堂嘱他为这本书写篇东西，他答应写，而且借题发挥，写丁仁堂这个人，也写自己，写自己一代人创作上遇到的问题，要写一组文章。

晓凡感到这个环境并不怎么好，走廊里有半导体放的音乐，很响。浩然说晚上客人都回来，每个房间都有半导体。原来说定的单做伙食，变成了买票、排队打饭，与住所的所有人一样。

近10点，祝乃杰来了，浩然有点感冒，要板蓝根冲剂和感冒冲剂都没有，拿了几丸"银翘"。

浩然谈了他近期的打算，《当代》、《花城》、《百花洲》、《北疆》、《春风》等约他稿子要写的，都是小中篇；还有《鸭绿江》、《长春》必写的短篇，还有一个长篇要改好的《动变》。他谈到《春风》丛刊只有去年第二期两本，厉风送去一本，寄去一本，此外，有两期《春风译丛》，他想补全。

浩然说，现在北京正是写东西的好时候。在家条件比这儿好，随便可以翻书查报刊，也许一张报纸上的一条消息可以引起许多联想写个东西。他感慨地说："哪儿也不如家啊！"

浩然谈到原白城地委的、现任吉林省文联副主席兼秘书长的齐燕颉和吉林省作家协会秘书长付之凡，要把浩然办到吉林作协去，浩然动了心，老杨不干，说东北冷，受不了。他说起吉林图书馆和吉林作协合搞的作家小传，他已给写了两万字，他希望我和晓凡也写。晓凡说见到张抗抗写的了，有五万字。

【5月14日】浩然打电话来，说已“搬家”，迁入厂内一幢小楼，室内有台灯、收音机、电视机、沙发，有洗手间，吃饭也单做了。他说这几天身体不佳，到医院看了一下，血压180。我劝他歇息两天，再静下来写东西，去赤峰的事再做研究。黎明公司的姜秘书告诉我，这回谁想找浩然，一点门儿也没有，没有保卫科签发的证件，是进不去小楼的。就连浩然自己也是出得来，进不去。厂里给办了三个证：浩然、祝乃杰和我的。

【5月15日】接到中才和抒雁的电话，抒雁谈及转业后的工作问题遇到了麻烦。

浩然说接到王栋电话，邀他去昭盟，叫我也一起同行。为此事，王栋发来了个百字电报。

晚上，晓凡和赤峰的李书一来我家，晓凡因周日要去鞍山作报告，不能与我们同去昭盟，让我转请王栋原谅。

【5月16日】书一买到了三张软卧票。祝乃杰来我处，他自己买了去昭盟的车票。我出机关门时遇到晓凡，他来告诉我他夫人学校开运动会，无法出来，原定今天下午在他家聚会只好往后推了。

浩然电话说他昨天给《儿童时代》写了六千字的一个小说，下午要把给《电影艺术》的发言改写出来。

下午5点多一点，我赶到东北旅社，与李书一一起乘他约好的一个叫刘可智的司机开的出租车，到黎明公司接浩然和祝乃杰，乘晚近7点的火车赴昭盟，乃杰上车补了一张软卧票，这样，他和书一一个包厢，我和浩然一个包厢。我提前准备了三瓶雪花啤酒，还有酱肘子肉、炸黄花鱼、开花豆儿，书一准备了两瓶白酒，还有五香花生米，我带来四双筷子。我们四人小饮于车上，兴致勃勃地谈到深夜。老祝和书一回他们车厢后，我和浩然又说起他要写的几个小中篇的想法。路面不大平，车明显地颠簸。

【5月17日】凌晨4点27分到达天义，王栋及宁城县委书记、县长、县委宣传部长、文化局局长等来接我们，分三台小车到县招待所，浩然与两个县主官谈得十分投缘。

早餐后，去热水公社，住温泉招待所。此地地下水温度97度，老乡打上水来煺猪毛、鸡毛，甚至可以煮鸡蛋。浴池里的水，放出几个小时了，仍很烫，人下去不得，只用毛巾蘸水擦擦而已。

《草原》副主编照日格巴图等在这儿举办青年作者创作会议，有三十余人参加。昭盟另加上三十余人。

午宴时，见到了《草原》的汪浙成、安米和昭盟文化局局长李凤阁，文联、作协、报社的戴云卿、张向午、步廉荣、巴雅尔等。

晚上小宴，凤阁带了茅台来。

宴会后，同王栋散步、谈天，越走越远，越谈越多，待我们返回时，招待所的大门都锁上了。

【5月18日】一早与安米爬山，谈天。

上午，创作会议请浩然作报告，他昨晚早睡，今晨3点钟回来，准备了个提纲。他讲得很好，讲的主题是“反省过去，思考未来”。他讲他的境况，变是必然的，是这样变还是那样变的问题。他说：三十年来，共产党给农民带来了巨大的利益，如果党不犯错误，不失误，会带来更大的利益。这就是我的结论。他说他的《山水情》和《浮云》就是他“反省过去，思考未来”的结果。《山水情》反映了我们党一大失误：阶级斗争扩大化；《浮云》反映了我们党另一大失误：凭主观意志，不按规律办事。以前的创作，对右的鞭挞是充分的，各式各样的右，不法地主分子马小辫，阶级异己分子马之悦，多年小生产的拖累，留恋一家一户，如弯弯绕、小算盘、韩耙子。唯独对“左”的东西没有鞭挞，没有认识到它的危害性，看到了也不敢写，怕写这个上面不满意，怕丑化了党的形象，而作家的良心又不能不写，于是我就有个“发明”——“反其意而为之”，比如《半夜敲门》。我写这类作品有个主心骨，万变不离其宗。我想，社会主义这本经是好的，是让歪嘴和尚念坏了。我主要打歪嘴和尚。我坚信，只有社会主义能够救中国，没有毁掉这本经的必要，也不可能毁掉。我也暴露，但不是展览错误，展览丑恶，展览罪恶，而是给人以光明的启示，给人力量。对错误和丑恶的东西，要清理，要改变，不要护短，连腐蚀我们肌体的错误都保护，能是革命的作品吗？写这种作品的人，能是革命作家吗？他说，一个真正的作家，必须有崇高的信仰、坚定的立场、明确的奋斗目标、公而忘私的责任心，决不能随风倒，决不能投机，决不能哗众取宠，决不能掉队！他说，对一切事物要经过思考，搞准了，它是真理，我就誓死保卫它，决不动摇！他说创作要有个目的，为了什么，是为了健身而打太极拳，不是为打太极拳而打太极拳。作家可以有大有小，作品可以有高有低，人格却只能有一个：正直的、健康的，为了大多数人谋利益的。对今天农村的现实如何看？浩然说，矛盾很多，困难很多，希望很大。

中午休息到两点半，下午开会时，会议主持人点名让我和乃杰讲，推辞不过，我讲了三分钟的话，讲浩然五十岁，出五十本书，写五百万字，平均从一岁到现在，每年出一本书。我引用了王愿坚悼茅盾的话：高峰不是每个人都能登上去的，但登攀不应停止。乃杰从出版社编辑的角度，向在座的作家们约稿。

接着还是浩然谈。他谈了近年的学习状况。他说，他 1949 年 3 月开始学文化，那时，连“读书”的“读”字都不会写。念了三年半小学，到 1953 年，语文、历史学到高中。“大跃进”时，工作忙，没机会下乡，就在星期六下班后，骑自行车到郊区县去收集素材，星期一早上回到机关。《广东文艺》打来批《西沙儿女》的“中程导弹”之后，立即回到家中，因为在部队、在农村，都怕牵连了别人。八个月把自己关闭在家中，首先整理自己的旧作，用《北京文艺》封面的废纸，一页页地把发表过的旧作张贴起来，一字一句地过目、修改，受到很大鼓舞，增强了信心。再就是读名著。写《艳阳天》前只读过四部长篇小说：《钢铁是怎样炼成的》、《铁道游击队》等。这八个月闭门读书，读了外国二十九位作家的近百部（篇）作品。这些作品把他引进了艺术之宫，打开了许多窗口，让他看到了外面的世界。

浩然说：我主张中国的作家，应该给我们中国人写我们中国人的事，给我们中国人看的好作品。我总感到，生活在这个地球的这个空间——中国，是养育大作家的祖国，现在又是产生大作家的时代。什么是世界水平的作品？我认为，真实地艺术地表现了中国人民某时某地的生活，又为中国大多数人喜欢读的，就是世界水平的作品。中国没有高老头，但是有梁生宝。以曲高和寡为胜利的路是走不长的，凡是不能为中国人喜欢的作品，就不会为世界所接受。读了这些世界名著之后，收获不小，其一是尽力把长篇写短。《山水情》如按过去的笔法写，得写七八十万字。他说，对于作家，一辈子都完不成的两大课题，一是对生活不倦的探索，二是艺术构思能力不断地提高。

会议开到下午 3 点半，浩然的讲话深受欢迎。

会后，我们离开热水，去宁城（天义），路过辽中京遗址——大明塔，停车参观一番，县文化局于局长作了解说。辽是我国契丹族建立的一个王朝（公元 916 年到 1125 年），这是辽的陪都之一，建立于公元 1009 年，是辽中晚期的主要政治、经济、文化的中心之一。至公元 1122 年为金攻占，改称北京路，元代改称大宁路，明代曾设立大宁卫，不久废弃不用了。这里的古塔三座，据说地下埋藏有丰富的遗迹和遗物。塔有十三层塔檐，斗拱上的四个石狮已经风化。

到了天义，在县招待所，县及昭盟文联举行欢送宴会。时间紧张，把友谊压缩得更浓重了。

席间频频举杯祝酒。

因有《春风》、《草原》、《百柳》编辑部的，又有参加在热水公社举办创作会议的，浩然说了一句："春风又绿大草原。"我马上接了一句："百柳拂动热水泉。"大家连连称妙，浩然举杯让两桌的朋友"为世宗这句好诗干杯！"大家一饮而尽。我乘着酒兴，又补了两句："友情更比泉水热，宁城酒香铭心间！"浩然建议登在《昭乌达报》上，快快记下。都知祝乃杰兄酒量大，邻桌的赤峰和内蒙古的朋友三番来敬酒，被我称为"三打祝家庄"。三番过后，祝兄已呈酣然状。

匆匆促促的宴会，在开车前 15 分钟结束了，千里搭长棚，没有不散的筵宴！

车站上难舍难离，一再相约还来。

和来时一样，分乘两个包厢，我和浩然在一个包厢。我们关了灯还唠了许久。也许是李书一茶的作用，这一宿没睡好。

【5 月 19 日】 晨近 6 点到达沈阳。出站台时，意外地发现

了出租车司机刘可智在出站口等候着。车先把我送回家，然后送浩然、乃杰，最后送书一到东北旅社。我吃了早饭，没耽误星期一上班。

【5月22日】晚饭后，乘13路车去黎明公司，凭证入厂，到小白楼看望浩然，他同我谈到前天，春风文艺出版社的王大学、金言午、刘明德等来看望。我看这幢房子的环境很好，有大阳台，满院子的树、草、花，槐花和丁香花的香气阵阵袭来，弥漫，飘散，令人心神畅快。浩然和我采摘槐花，他说他会做蜜。孙谦、姜秘书和老祝听说我来，也赶到了，他们说集中“打扰”一次。

我坐到快10点钟告辞出来，他们送我从南门出厂，浩然一直等我上了13路电车才返回去。

【5月23日】我晚5时在大西边门电车站接到浩然。我要带车去接他，他说什么也不让，偏要乘公共电车来。他给海泉、海英带来一盒北京产的奶油花生酥，给我带来一瓶“通州老窖”。

今天浩然的兴致很好，自己动筷拌凉菜，夹起就吃；端起酒杯就喝，不是外人。他谈到《生产队长》暂放，正在改写《七岁像嫩芽一样》。他的原稿我看了，一万二千字。他这次想写四万字的中篇，他写时动了情，已写一万多字，再有三天到四天就写完了，一天写六千字。他带来另一个中篇《心愿》的草稿。准备给《花城》或《北疆》，他让我看一看，以后找个时间同他交换意见。

晚8时左右，前进歌舞团的刘鹏越来我家访问。刘鹏越写出了很不错的小长篇《五瓣丁香》，受到人们喜爱。他是歌舞团吹笛子的。去年研究他转业时，我跟闫柏松部长说了这个人吹笛不一定行了，但写作是把好手，应当保留下来。后来闫部长说有人说他“文革”时有过激行为，对“文革”态度是个大问题。我说他的《五瓣丁香》是说明他对“文革”态度的最好证明，他对“文革”是持批判态度的，是否定的。闫部长说这个说法有道理。我给刘鹏越介绍了浩然，他的惊喜之情难以抑制。其间刘鹏越谈到《艳阳天》、《金光大道》是否浪漫主义想象出来的人物、情节。浩然答：恰恰相反。他说：我是记者出身，是现实主义的，每个人，甚至每个情节，都有原型，而且这个原型可以从作品看出是自己。

刘鹏越说，过去十分虔诚，把党看得很神圣，每句话都照听、照办。浩然马上说，不要忽地这样，忽地那样。过去看成神圣，现在也不能看成草包。年轻人，知识分子，有时会偏激。他说，作家应是思想家，要看大多数群众的态度，看工人农民的态度。刘说，自己苦于对政治研究不够，作品无法写得深刻有力量。浩然说：我认为写作品主要的不是作用于政治，而是影响于群众。他说：我看到一个小孩不讲卫生，一个青年人不尊敬和赡养老人，我都要写作品，觉得很必要；而中日友好船，渤海二号事件等，我不了解它，就不去管它。作家不要站在社会看社会写社会，而应站在历史的山巅看社会，写社会。刘感到不好驾驭时代的精神，概括不全。浩然讲了一枝一叶，每个人都写好自己这一枝一叶，从自己的角度写，全貌自然也就出来了。浩然说，有的作家给后代留下了珍珠，而有的作家留下的却是化石，化石层。这也很需要。刘问浩然喜欢谁的作品。浩然回答时说：我读得很少，写《艳阳天》之前只读了《百万富翁》、《钢铁是怎样炼成的》等有限的几部外国作品，以后陆续读了一些。前两三年，读了二十位作家的一百部（篇）作品。浩然说他喜欢巴尔扎克、契诃夫，中国的作品喜欢《聊斋》、《金瓶梅》、《红楼梦》、《水浒》、《三国演义》等，现代作家喜欢柳青、孙犁、周立波的作品，同时代人的作品差不多都读了。

晚9点整，我先送刘鹏越下楼，回来又与浩然谈了一会儿，说到文集出版的事，谈到《金光大道》第四部的事，谈到晓凡任职不任职哪个更好。半个小时后，他要走，我和惠娟送他到13路电车站。他说以后晚上想出来自己就出来了，这里好找得很。分手时，浩然说到让老杨和春水夏天来东北一次。谈到“战友诗苑”，他说到中国是诗国，诗是有希望的。

【5月30日】抒雁从京西宾馆授奖归来打电话给我，谈了约有四十分钟。他谈到白桦未到会，与会全体同志签名打电报慰问白桦。

【5月31日】晚上5点多，浩然约好来我家散心，祝乃杰听说了也到了我家。浩然谈到文集出版的事；谈到他的《七岁像嫩芽一样》，写出了五万多字的草稿，带来给我看看，他嘱我把意见用铅笔随看随记在稿纸上，不然全看完了就忘了。他说他明天去宁官大队参观，一天不在家，打电话找不到他。他问我对他《心愿》的意见，我说改日细谈。他星期二开始写《生产队长》，争取在6月份拿下来。他又说到争取让春水陪老杨来一趟东北，安排去大连、长春、赤峰、白城走走，她一辈子没离开过河北。他让我帮助找找人，看去什么地方好，差旅费他们自理。浩然在我家细看了我的诗集《鸟儿们的歌》的清样。

【6月2日】上午到辽宁大学听美国威斯康星大学教授周策纵先生的报告。

浩然几次打电话来，我都不在。他下午3点又打电话来，主要谈昨天去宁官大队参观的感受。他说，一幢幢别墅样的小楼，确实富裕，没有更多启发，主要是增加了一点信心。他说到春风文艺出版社搞的黄海笔会，在作家的名单里没有王栋，他为此很不安，也不满，又不好再多说，免得有强加于人的感觉。他让我策略地同出版社的同志再说说。我能体会出浩然对朋友尽心尽力的心情。我问了一下，出版社的人说，考虑更多的，是作家的名气和影响，而且是从全国范围考虑的。看来加上王栋有困难。

【6月3日】下午，浩然来电话，说金河从北京受奖（他的报告文学《历史之章》获了全国奖）回来了，和李书一都在东北旅社，还有祝乃杰，让他立即去那里聚餐，叫我也去。因迁新居后金河和书一还没到家吃过饭，我决定请他们都到我家来。金河、书一来电话说，让我去东北旅社，金河说他听浩然的，我说浩然听我的。浩然同意到我家来。我请老祝替我请晓凡也过来。

祝乃杰、晓凡先到，浩然和书一拎啤酒桶和浩然加塞儿买到的蔬菜后到。妹夫凤权帮我拌凉菜——晓凡说凤权是“梁作家专用厨师”，因为1979年夏天在皇姑区淮河街小白楼接待浩然，就是凤权掌勺，1980年夏在新居接待浩然又是凤权做菜，今年是第三次，都叫晓凡碰上了。

金河说起领奖时，袁鹰请他代向我致以问候。他还谈到北京领奖大会的一些花絮。

浩然拿出《江城》的校样《当队长的爸爸》，还有春水和王瑞林署名“岳漂”所写的《作家浩然简介》给我看。这篇简介写得很详细，很不错。祝乃杰说他准备改一下发在《读者之友》上。

海英、海泉都在南屋睡下了，我和惠娟还有晓凡送浩然上了电车，与晓凡一起推自行车归来。

【6月5日】英宗来电话告诉我，爸爸的问题平反了，给落

实了政策，恢复党籍，恢复职务！背包袱二十五年，如今已近八十岁的爸爸听到这个消息，会有什么感受？

解放军文艺社的刘成华来沈阳组稿，他和我曾一同在人民日报学习和帮助工作一年。那时他在北京卫戍区一个团任宣传干事。我请他在市政府外面的一个小吃部吃早餐，并送他返京。我乘车回来，见晓凡在我们机关门口推车等我呢。他约我和浩然下午去他家。他没有再约别人，他说我们借酒菜以谈心，不能本末倒置，只搞灌酒。下午4点半，我到了晓凡家，他夫人金娥大姐正忙活着。过一小会儿，晓凡从电车站把浩然接到了。我们一直谈到阿红到来，这时已是晚8点了。

我和浩然告辞出来，我送他上3路车，请他到中华路下车。我骑车赶到中华路车站接到他，再请他坐13路电车。他曾在13路车上见到一起公交车人员打人的事，写了封读者来信，在《沈阳日报》上发表了。

我们在晓凡家，从从容容地谈了许多事情。浩然谈到《生产队长》的素材可以有两种写作构思。我和晓凡都支持他说的第一种方案。

浩然深情地谈到他永远不能忘怀的三个人。第一是萧也牧，这是他今生遇到的第一个大作家，萧也牧看了他写的长篇草稿后，告诉他先写短篇，把长篇往后放放，果然接连发一些短篇，产生了影响，路子搞对了。第二是巴人，浩然全家要去太原，到《太原日报》当记者。走之前，浩然把发表过的六个短篇，还有几个未发的，包在一起，送到了人民文学出版社的收发室。巴人当时是这个社的社长，腿扭伤了正在家里休养。他打电话让人送点稿子到他家里，他要边养伤边看稿。编辑部就把这包东西送去了。巴人看完后给浩然写了个信，说书稿已经发排，巴人亲自做这本书的责任编辑。就这样通了许多信，打了无数次电话，但没有见过面，浩然家距离出版社只有三站地。后来，巴人挨整，浩然打听地址，到家去看望，巴人拉着他的手，两眼哗哗流泪。以后，浩然每出一本书都要去送，终生难忘。第三是叶圣陶，春节时，叶已是八十岁的老人了，主动提出做《金光大道》的校对！这让浩然感动极了。浩然说，从明年3月25日起，写文学回忆录，搭起架子，以免老了都忘记了。除了这三个人，他还要写冰心、周立波、柳青、杨沫、郭小川等人。

浩然讲到解放思想，说过去树荫就那么大地方，树荫底下待着，一出来就晒得慌，晒爆皮，不愿出来。其实，树荫是有限的，狭窄的，外面的天地才是广阔的。

他从海石花、虎斑贝，讲到西沙。

浩然讲到杨朔，《雪浪花》中的“啃”，是浩然建议改为“咬”的。“文革”期间，批斗杨朔，说这个“咬”字表现了对社会主义的仇恨。外调时，浩然坦荡地说这个“咬”字是他建议改的，他原来是用了一个“啃”字。啊，原来用的是“啃”？那就更反动了……说不出理来！

【6月10日】上午和晓凡一起陪陆明友去看浩然。浩然早早就到大门口等我们了，他领我们进去，不必办手续。

浩然谈到农村题材的创作问题。他说写农民要让农民看得懂。他说五四以来，鲁迅和茅盾，在文坛不写农民的情况下写了农民，是伟大的。但他们是用半文半白的笔调写的，农民看不大懂。《春蚕》写一个农民的破产，但农民读不懂。到了赵树理、柳青，农民才看得懂，喜欢读。现在有人写农民的作品，没想到让农民看懂的问题。

浩然最近读了大量的短篇新作，他认为短篇创作有了大的飞跃，令人折服。

晓凡带了相机，周良沛给他的彩卷，我们在平台上拍了两张合影。

陆明友走后，浩然与我们谈起《残迹》的构思。这是一部有深刻社会意义的长篇，写一个农村妇女的一生。我觉得比《山水情》好得多，晓凡也有同感。浩然拿出他的结构提纲给我们看。他在一个32开的小薄本子上，密密麻麻地写满了小字，浩然现在又想把一直想写的《生产队长》放一放，先写这个《残迹》。

谈到中午11点半，浩然领我们俩到小食堂就餐：大米饭，炒豆腐。

浩然已与黎明公司的同志搞得很熟了，8日黎明公司开运动会，请他参加，他不想去。后来，厂党委书记、宣传部长、组织部长等来请，就去了。还在运动会上作了宣布，回应了一片掌声。

浩然让我和晓凡在他的房间午睡，他在隔壁房间里休息。

午睡前，我读了浩然的两篇草稿《两个小蝌蚪》和《路，没有走错》。前一篇写得好，是可以超越时间、空间而存在的；后一篇，是通过一个孩子找姥姥家，反映共产党和社会主义给农村带来的变化，给农民带来的好处。我说，也是对李准自我否定写《不能走那条路》的旁敲侧击，浩然笑了。晓凡也称赞了《两个小蝌蚪》。

浩然还拿出《金光大道》第四部的校样剪贴本，一大捆子，很有重量。

两点多钟，我们乘车到中山公园，在沈阳书市的最后一天，参观了一下。几处书柜，正在收摊儿。浩然在四处书店买了六七本书。有的他家里有，有的朋友写的，会送给他的，但他急于在这儿翻看，就买下了。在沈河区书店要买何为的《临窗集》，一位打扮入时的青年女售书员态度过于不好，就没有买。

在书市巧遇杨大群。这位关东大汉，穿着黑绸布小衫，谈起他《关东演义》的遭遇，有两份内参，还有一份政治局委员传阅件。他赌气发着牢骚，说这件事让他老了十年，就是还没经过联合国讨论！

从书市出来，又看了看花市，几个公园在联合展销。一盆君子兰要八十元。

从中山公园东大门出来，步行到马路湾，在民航局我给陈广生科长打了电话，他说李英华副部长等待多时了。我们急着乘10路电车到大西边门，下车后，步行到政治部干部大院，一路上谈得特默契，谈话中心是浩然先写哪一篇为好。

陈广生夫妇迎出家门，泸州特曲为等浩然做客等了一年！董靖上灶，炒了十几个菜。今天浩然兴致格外好，谈话格外多。其中谈到孙成武，谈到魏巍在军报上发表的纪念“5·23”的文章。至晚8点半，浩然怕回去太晚进不了大门。李副部长从车队要了一辆“华沙”，我把浩然送到黎明，又把晓凡送回家。

【6月13日】中午给浩然打电话，告诉他黑龙江省军区段参谋来信了，浩然很关心孙成武的近况，关心王宗汉拿回的稿子处理的结果。

浩然说10日回去后，感冒加重，昏睡，去公司医院看了一下，拿回三服中药，吃了两服，还有一服，今天在吃。屋里安了电炉子，每次去看病，浩然都不让派车，自己步行去，公司的小车就在后面追。浩然说，中国作协安排他七八月去北戴河，秋川来信告诉他，他不想去了。因为去过北戴河，在那儿写过东西。这次去也写不成东西，又不知都谁去，不怕碰上老的，就怕碰上新贵，加上有的在那儿搞“性解放”，看不惯，不去为好。又不让带家属。他准备和秋川等去大连等地。这几天静不下心，读了点书，准备16日开始写东西。

我在电话里谈了对他《姑娘大了要出嫁》和《七岁像嫩芽一样》的印象，建议前一个给《当代》，对第二篇的序，我建议不要，他同意。另外，关于《残迹》和《生产队长》，建议他只搞后一篇，他正犹豫不决，听了我的建议，他决心搞后一篇。

放下电话，我又想起了阿红的信，约浩然写一篇“作家答问”，他答应写一篇，说正欠《鸭绿江》的“债”呢！他让我帮助他考虑一下写什么好，不要“撞”到什么人。

【6月15日】今年年初，我在电话里告诉中才，张云晓部长和李英华副部长都同意中才到沈阳来搞专业创作，中才在1月26日的信中说：“你那天的电话，把我几乎泯灭的希望又点燃了。在胡奇同志给我谈话后，我以为调沈已无可能，曾暗暗做其他奢想，都不合实际。现在看来，沈阳还在活动，这不能不使我感谢老部队的同志们了。”“说真话，这里的工作我几乎不能忍受了，每天如老驴推磨般地干，总是重复地没完没了地转圈，而所磨下的又都是‘粗粮’，读者又不爱吃。在艺术食粮贫乏时，我们磨的‘粗粮’权可充饥；今日艺术食粮精细者大有，而且花样繁多，谁爱光顾‘粗粮’呢！像我这样尚算年富力强的‘驴’，并不愿在一个磨道转到底，磨一辈子粗粮的，但又无可奈何。原因很多，你大约会不言而喻的。两年来，一种焦躁的情绪统治着我，时不时地像驴样地大叫几声。不管别人是否表现出不满，我自觉这样下去势必引起上下左右的反感的。所以，还是一走了之。换换环境，埋头于写作，一举两得，甚至可能有助于身体的健康。这几年，我在心情不佳的情况下，身体也感不支，心脏经常无缘无故地快跳几下，神志恍惚；脑袋的左半部经常疼痛（这是在军里熬夜得下的病，现在更经常化了）。这两个部位都是要害，说不定哪一天就呜呼在这些部位上。我今四十一岁，如果完全健康地、心情舒畅地干，也顶多能干二十年。如果像这样心

境烦乱地干，我担心恐怕干不了十年。我是有点野心的，这你知道，现在已经太晚了。看到一些同志的辉煌的成就，就像看到五光十色的焰火，既欣喜，又灼眼。已过不惑之年，再也不能沉迷于平静的桌案之上而碌碌无为了。我已经写过两次请调报告，结果是胡奇同志答应而又反悔，我也同意暂时在此坚持。现胡奇同志病重，李瑛同志刚刚主持工作，我再写第三次请调报告似不合适。我想再待一段时间，看情况再写第三次。但这样一来，我怕又要拖下来了。所以，这期间，如果沈阳方面能主动些更为合适。因为胡奇同志曾亲口答应过张部长。沈阳主动问此事是名正言顺的。当然，我这里尽可能把第三次报告快一点递上去。两边都努力，成功的可能还是有的。望你能将此意婉转地透露给李英华副部长和新任部长。关于我的中篇，曾请抒雁和厚春等几位鉴别力强的同志阅读，反映尚佳。但题材是写反右斗争的，是否符合当前宣传方针，又当别论了。不管如何，我斗胆寄给了《十月》，等那里有结果后，再告诉你。如果不是因为艺术上的原因而是因为政治的原因而未能发表，我准备暂放。如果是艺术的原因，我决心改出来。"

不到半年，运筹成功，中才终于得以脱身调到沈阳军区。一早，我和李英杰带车到车站接到了中才。他说一进入东北境内，就有亲切感，想写一篇《黑土地》："黑色的土地是父亲的脊梁……"

晚上约中才到家做客，为他接风、洗尘。陈广生科长作陪。我拿出了中才最喜爱的习水大曲。这是1975年重走长征路，行前中才嘱买习水大曲，我与袁鹰走到习水县，买不到这个酒，专门找到在一个大队蹲点的县革委会副主任批条，在县委招待所买来的，当时共买了四瓶，袁鹰一瓶，我一瓶，给中才带一瓶，给司机一瓶。我这瓶留了六年，今天拿出来了，一开盖儿，满屋香啊！

【6月17日】浩然电话里说身体一直欠佳，熬了六服中药，也没彻底好。干什么也干不下去。另外，说起祝乃杰去大连筹备春风社的黄海笔会，列了北京许多作家的名字，林斤澜、邓友梅、程树臻……打着他的旗号，这样他非去大连不可了。放下电话，我到“安乐窝”找晓凡，晓凡去机关了，赵乐璞在，赵说，浩然已开始写那部长篇了，他的热伤风在这个时候最不易好，痊愈后也得腰酸腿疼半个月。

陪中才去春风文艺出版社，认识一下这里的许多老编辑，看到了王大学、刘明德、厉风、修玉祥、郜文、邓荫柯等人。下午又到“安乐窝”去看晓凡，他拉我出来商量如何使浩然的身体和心情更好一些。

【6月19日】祝乃杰告诉我，浩然让我去一趟，并把他的两部稿子带去。中午饭后，我骑车兼乘电车到了“黎明”，当我敲开了门，见浩然正在看书，桌案上铺着《北京日报》郊区版中篇连载的《月亮河》的大样。浩然给我倒水，放了茶，还放了蜂蜜。

我们在床上躺着，休息了半个小时，我看了《小溪流》的一份清样，是春水和瑞林写的《浩然与儿童文学创作》的文章，看了吴菲即吴鸿斌的信，我告诉浩然，我和吴鸿斌很熟。《吉林儿童》上有浩然的一篇《包米香》，给他寄来十本，他让我带一本给海英看着玩。

我和浩然谈了我对他两篇稿子，即《姑娘大了要出嫁》、《七岁像嫩芽一样》的意见。我觉得前一篇里头的袁蕙的形象单薄一点。浩然说可以加强，前面要出现。《七岁》的开场白和尾巴可以不要，减弱了艺术力量和作品的生命力。他决定删掉。接着，我们又谈到《残迹》和《生产队长》素材的问题。他说，给谢树办的《北疆》的稿子一定要给好的。

谈完了正事，又谈到去大连的事。他应约和祝乃杰回京请人。他只答应帮助请林斤澜和蒋子龙。他谈到林斤澜的为人和为文，令人敬仰。谈到《乔厂长上任记》和《一个厂长秘书的日记》，他认为后者比前者要好。从后者看出了蒋子龙的实力和作为。蒋子龙在后一篇作品里创造了一个独有的形象，意义深刻的形象。他让老祝在邀请函上注一句，见浩然另寄的信。他嘱老祝给林斤澜的信，直寄北京文学汪爱珠转；给蒋子龙的信，寄《新港》刘怀章转。这样妥靠些。有的作家他不希望来，不是因为别的，也是好人，但爱东串西串，说起闲话没完，别人干不了事情；有的坐不住，正和你唠着，抬屁股走了，上别的屋去了；或站起来打起苍蝇来了；或半夜两点，你刚睡着，他来电话了，问睡下了吗？说刚吃了安眠药刚睡着，啊啊，那睡吧……

还有一周，浩然就要回北京了。他说明天，公司于书记请他到家坐，他敬佩这个老同志。他说星期一到我家来散散心。他和我谈到马贵民和孙成武。谈到我的诗集《鸟儿们的歌》，他说一定把书的征订单给他五份，他给北京郊区四县寄一寄。我说不要为这样的事费心了，他说没什么，还说到王栋那本书的征订单的事。

谈到大嫂和春水、秋川来东北的事，他说如这次不来，大嫂和春水以后出关就很难了。春水一结婚，生孩子，一个农村教师，从通县到北京，从北京到通县，别的地方就到不了了。大嫂就这么一个闺女，也不会离开的。浩然打算让她们到沈阳和大连走走，然后去吉林和哈尔滨。让春水、秋川回京后，与大嫂再去一下赤峰。

浩然问起我下一步想怎么办，创作上有什么打算，他建议我写儿童叙事诗，写东北边疆、草原、森林、江河，大自然，有故事性和知识趣味性，写出来好发表，也可以出集子。他说我的第二个集子《鸟儿们的歌》很有特点，第三个集子就写一本儿童叙事诗，间或写点部队生活的短诗，也可以考虑在解放军文艺社出一本。我欣然接受他的建议。

我在浩然处坐了四个半小时了，告别他时已是下午 5 点 10 分了。临走时，他送给我和晓凡一人一本《浩然儿童故事选》。

【6 月 20 日】浩然早上打电话给我，说要去黎明公司于书记家做客。浩然嘱我把他的《爸爸是生产队长》的原稿寄给《江城》王宗汉同志存档。

下午近 6 时，我打电话给浩然，他刚从于书记家回来。他说于书记和家人十分热情。说老祝喝多了。他心疼一天的时间过去了，没写东西。他约明早到我们机关用军线给孙成武和段继和打电话。约好在 16 路的市府广场汽车站，不见不散。

【6 月 21 日】昨夜大雨，早上仍不停。我披雨衣到机关，打电话劝浩然不要来了。他说可以用一次“黎明”的车来，让我等着。早 8 点 10 分，浩然坐着大吉普车到我们机关门口，我等了近五十分钟。

电话里，红野、秋川和他的孙子东山告诉他，北京盛传要地震，他告诉家人不要相信。

电话找到了合江军分区的孙成武，告诉他《江城》九月号刊用孙成武的小说。浩然劝孙成武写长篇和中篇，写长的东西一定要在本子上搭个架子，疙疙瘩瘩，断断续续，怎么行？像写短篇那样不成。其中有一章写不下去，标上写什么，几句话，翻过去，跳过去。要有全局，搞个整个的提纲，心里有底有数，知道搞到哪儿了……他在电话里耐心地告诉孙成武怎样进行长篇的写作。他还说，不要迷信生活，你不是生活问题。你已有的生活表现出来多少了？不要看很多杂志，看多了反而败坏了胃口，把标准降得很低。要看精品，看《中国现代小说选》四大本，还有两本得奖作品选，杂志顶多看看《小说选刊》和《小说月报》，就够了，不要像报道员翻报纸似的。他还说，每年有两三个短篇也就够了。根据你的情况主要是搞长的，孙俊然是你非常好的一个榜样，已写出两个长篇，现在弄第三个长篇了。写你自己的生活经历多有特点哪！要提高表现能力，你现在写的生活，只动了一点边边拉拉上的东西，没动大囤上的东西呢。搞长篇，细水长流，只要拿准了，就下决心，不要犹豫。你下决心吧，别像卖豆腐似的，下不起本钱，有生之年能出一本像样的东西就不错了。写你自己的经历，把它"挪"到边疆来，不受季节影响的。不写长篇，写七八万字的中篇，十来万字的中篇，总是不难的，把人物、主题搞准了。孙俊然是出奇制胜，写边疆少数民族，有的民族人数很少，你也弄不清他写的对不对，他很有驰骋的余地。段继和的这个短篇，写个媒婆，别人是贬，他是歌颂。

浩然最后对孙成武说，千万记住两句话：不以生活为主，不以短篇为足。

接着，要通了段继和的电话，打到边防处鲍处长家找的人。浩然很兴奋地和他谈，这篇东西他看了两遍，细看一遍，粗看一遍。这个一万多字的草稿，我看见浩然改了无数处，有的是对话，有的是描写，有的是错别字，有的是标点，还删增了一些段落，批了一些话。浩然说，来沈四十天，感冒两次，这次最惨，二十一天了，每块肉都是酸的，也不发烧，也不咳嗽。别人说是小伤寒。来的头三天，感冒一次，好了一星期，干了一星期的活，"六一"又感冒了，什么也坚持不了。接着，他谈段继和的小说《王媒婆》，说立意很好，人物也很好，因为身体不好，写信说不清楚，电话可以多说上几句。这个东西能写好，一般的媒婆保媒拉线是遭贬的，上了台脸上是贴帖儿的，你这个有新意。感到有两个问题，一是人物还没把握准，内心很美，善良的，积德修好，逐渐揭示她内心美的东西，一点点显现出来，同情人，为人苦思苦想。比如她帮别人找对象，内心叨念，谁和谁合适，像个指挥员，反复思量，粗中有细，很有心计，经过思考，尽管是粗线条的，但表现她的心计，谁家的闺女是个慢性子，谁家的脾气不好……第二，文字尽可能不增多，故事再调整调整，公社刘书记，做陪衬人物，笔墨少点，感到突然。再就是郝舜英和一个小伙子，都没有内因，让媒婆有察觉，不要乱点鸳鸯谱。她儿子一段有编造的痕迹。这个人物是没有写过的，是一个心灵美的人在农村没有婚姻介绍所的情况下，写她到光棍家，看到饭做不熟，难受，衣服破了没人补，公社书记送礼，收，不要白不要，他也不是好来的，别人的礼物不收。要写出她丰满的性格。

我叫来司机小陈，送一趟浩然。

【6月22日】约好了浩然到家来，我要去接他，或起码到车站接。他都不用，说："我认门儿，干嘛呀！等我来敲你家的门就是了。"下午5点多一点，浩然到家来了，我骑车去买啤酒。浩然坐车到大东门下车，步行到故宫，想给海泉买点好吃的，没买到什么，买了一包方糕，一包绿豆糕。

我请浩然看了王素英的信和她写的散文《雨和土地》，浩然看得很认真，很仔细。他一共看了王素英的两封信和两篇散文，觉得这个女孩子很有才华，有创作的潜力，必能写出很出色的作品，需要很好地引导。目前她的作品还有点不自然，稍有造作之感，还在解释"别人的真理"，反映党的农村政策原则的大问题，这样写下去，可能要糟糕。像肥沃的土地上的一棵树一样，什么枝杈都一齐长的，不好的匠人，把能结果子的枝给打掉了，留下来的是不结果的枝。曲波写《林海雪原》，评论家说他有传奇色彩，他就又写出了《桥隆飙》；梁斌写出了《红旗谱》后，评论家说他有民族风格，他又写出了《播火记》。作家的主见很重要，批评不能乱听，表扬也不能乱听。浩然讲，一个人的条件、机缘也很重要。王素英若在北京你看看，可能要比王安忆强得多。不在北京，不在沈阳，离大连都很远，听不到有成就的作家的点拨，大连有几个作家？就是沈阳，有几个影响大的作家？北京名作家云集，随便谈点什么，就会受到很大的启发，有时起关键性的作用。我请浩然给王素英回封信，他说一定写，或者到大连好好谈一次。

昨天，浩然回到黎明公司招待所，草成了一万来字的东西《书迷》，是《两个小蝌蚪》的姊妹篇，今天抄出了三千字。

吃饭的时候，浩然详细地给我讲了《书迷》的三个部分：一、谈女人夹剪鞋样的书，有的是唱本，有的是小说，有的是外国文学作品，浩然小时候津津有味地把全村的夹鞋样的书全读遍了，又读了外村的。二、到赌场去读，有灯光。有一天直读到人全散了，满屋子烟雾，老太太撵。三、过年，与姐姐争论买二斤还是买三斤猪肉，坚持要买三斤，其中有一斤馅儿。到了年集最后一天，一进去先看到了书摊儿，一下子迷住了，先买了几本，约摸花一斤肉钱了，手按住《水浒》，别人要拿去看看，一下子买下了；买了之后高兴地往回走，快到家时才想起买肉的事。姐姐哭了，杀了一只鸡炖了，过了年。从书迷到写书迷，很有意思。

浩然高兴地谈着，把他一个秘密告诉给我，说在文学界只有两个人知道：杨啸和李学鳌。浩然五六岁娶了童养媳，比他大三四岁，三角眼，特别厉害，往回跑，跑了几次。多少人给浩然保媒。浩然说，如果说真正的爱情，他有一次，就是媒人的女儿，也比他大，两个人特别好，心照不宣，这是他迟迟不答应和老杨结婚的原因。老杨的父亲是村支部书记，浩然是儿童团长，十四五岁。老杨的父亲不等回答，说了两三句话就定了，走了。结婚那天，正打着仗，把他俩锁在屋里，“谁先说话谁先死”，不准说话，后来还是老杨先说的。

当时浩然最大的愿望是参军，到部队文工团当个演员。过路的部队都看上了他，后来没走成。他当儿童团长时干过蠢事，关于吴希颜当兵，他们至今是好朋友。

浩然是从农村走出来的作家，凡是当代中国农村干的事情，他大都经历了，这是别人无法代替的。

他准备把《残迹》在今冬写完，到海岛把《七岁像嫩芽一样》改出来，然后不打算写别的了。集中精力写回忆录或自传体小说。从明年生日那天开始干，先拉出一个大架子来，保证写得顺畅，不会遇到写《生产队长》那样的烦恼。他甚至想和老杨住在那里，有一个老伴做做饭，写上几年，会很有意思。我支持他这个想法和决断。因为他写了那么多的书，他再来写自己的一生，是会写得很出色的，因为他写了那么多的书，读者读起他的自传，会更有兴味。他写童年、少年、青年，一直写到“文革”十年，写到现在。外国人对他的想法很感兴趣，他们更感兴趣的是，读他写的十年。这一个宏伟的计划的实现，需要静下心来，集中地干，像天平的两端，一边是作品，一边是自传。

谈到 8 点 15 分，浩然还要谈，我起身要送他，因为他肯定累了，要休息。惠娟给他装了一点大米，需要我送他到招待所。他不让我去，最多让我送到电车站。我一下子跨上了 13 路电车，一直把他送到他住的房间。他先跑去开门，开灯，怕我踢翻了药壶。浩然打开电扇，给我吹风解热。桌面上有十四页《书迷》的草稿，有十一页抄清的稿子，才抄到草稿的四页。他告诉我马贵民的地址，让我写封信。

他执意要送我出来，深夜的厂区静悄悄，没有一点声响。他说：这多静！多好！是干点事情的地方。他站在路口，一直到我拐弯看不见。

吃饭时，浩然讲到农民朋友肖永顺找他帮助盖房子买瓦。他没敢和老杨说，与春水秘密地攒钱，这个月花二十元，就说都花光了，在春水那立存折，共存了五百元，给肖永顺，买三千块瓦，本来二千块就够，肖永顺给他表弟带出一千块。农民就是农民。连保密都不干，说："这怕什么？怎么还偷偷摸摸的？"浩然想找县委书记，瓦便宜一点卖，他也不干。见面就争论，过后就后悔。再见面又争论，都有些变化了。

【6月23日】 乘202次列车，与王中才、李晓桦陪李英华副部长来大连，李副部长和李晓桦在金州下了车，他们去陆军学院。我和中才到了大连。尽管中才小时候曾住在大连，但毕竟多年没来了，对这里不熟悉。

【6月27日】 我和中才住在旅大警备区招待所。杨旭几次来看望。李世成、于宪东、李义等都来看望。

这几天，我陪中才寻找他小时候住过的地方和上学的地方。到他姐姐家看望。老姐如母，对他关爱备至，姐夫酒量不小，中才喝得也很尽兴。25日去金州，26日去旅顺口。

【7月15日】 今天赶赴大长山岛。

我和中才于6月28日乘辽3号客船去海洋岛，晚上6点钟到达。7月3日乘公社的交通船绕岛转了一周，海浪翻滚，海鸥飞翔，如诗如画。7月4日访问了张家楼哨所；9日步行翻山到了团部，在团部附近买了些罐头和酒给哨所的战士们；12日下午到达獐子岛；13 日从獐子岛去大耗子岛访问了守备连，在这个连队住了一晚；14 日返回獐子岛，观看了反映这个岛群众创业的纪录片《海上大寨》。

【7 月 16 日】 上午 8 点钟，与浩然通话，他在旅大警备区军人俱乐部招待所住着。警备区文化部戈毅部长告诉我，浩然下了火车就给我打电话，电话太难打了。电话里，他简单地说了说在大连的活动安排，他告诉我，老杨不来辽宁了，春水可能来一下。

【7 月 17 日】 晚 9 点半，浩然、祝乃杰打电话来，告诉我，他们今天去旅顺参观了，并在大连与当地的作者见了面，讲了话。

【7 月 19 日】 上午 9 时半，在大长山岛的码头上等候参加春风文艺出版社黄海笔会的同志们到达，直到 11 点多，502 号“甲交”才出现，它扬着很长的白烟，拖着很长的尾巴。站在前甲板上的浩然、王栋、张长弓、程树臻等隐约可辨，互相远远地挥臂招手。修玉祥上岸又吐了。与来人的亲近劲没法说了！刘明德和祝乃杰对我说：梁兄说见到世宗心里就踏实了！

整整一个下午和晚上，都和浩然在一起，有说不尽的话。他谈到分手后和身体情况，到陆军总医院检查，吃中药，至今也没有全好。7 月 2 日到 7 日，他回北京一趟，请林斤澜、邓友梅等，去通县住了两天。有一件令人气恼的事，黑龙江出的儿童中篇集，《枣花姑娘历险记》和《勇敢的草原》，标题被改成《枣花姑娘上任记》和《草原的女儿》，总题为《啊！童年》，不伦不类，征订单发到北京，一位朋友发现了，这事儿让他心情极为不悦，立即写信让把样子寄来看，谢树说派人捎来了，至离开沈阳也没见到，大约是哪位编辑的自作主张吧。这件事让浩然情绪受到了破坏。也不商量，三个题目改了两个，总题目与作家的创作个性也不符。

在大连，浩然发了三封信，给通县和北京月坛家中，告诉春水尽快到大连来，由李世成接。我不大主张春水上岛，建议由王素英陪着在大连玩。这样浩然可集中精力写东西，浩然也怕春水晕船，吐。岛上吃住在一块儿也不好，单住别处也不好。浩然同意由王素英陪。因王素英月底才结束学习班，浩然决定让春水晚点来。经请示军区通信部赵参谋同意，我陪浩然在岛上电影队打长途电话，要到月坛，秋川接的，恰春水月底才放假。浩然嘱咐特别细，甚至飞机因遇雨不起飞，怎样挂电话问，从家出来怎样乘车都说了。他嗓子不好不能多说话。我告诉秋川让他转告他姐姐，只是推迟一下时间。

电话打过去了，一桩心思了却了。

浩然让我多待些日子，等到春水到了大连，与王素英接上捻儿再回沈阳。我不能拒绝。

与浩然散步到刘继赴的宿舍楼。在这里见到了刘继赴和柳沄。

浩然把改定的《两个小蝌蚪》、《书迷》拿给我看，还有《北京日报》郊区版连载的中篇小说《月亮河》及在《电影艺术》上发的谈话，《小溪流》上发的《秋风吹》及作家简介。他还给我拿来一些他认为有意义的读者来信，其中有：石家庄河北师专中文系的赵秀忠，复旦大学 7811 信箱的时巨涛，河南省信阳县十三里桥中学语文组的任金铭，辽宁庄河第五中学的丁正人，黑龙江省依安县富饶公社的焦万禄，安徽省铜陵的何社会……我借着手电的微光读完了这些信，很受感动。赵秀忠评《山水情》的文章写得很好。

【7 月 20 日】 昨晚要塞区王君森政委到浩然处坐了有一个

小时，谈了许多。

今天，我告诉管理处李副处长，作家住的屋子，凡是小灯泡的，都要换成大的，亮一点，要安纱窗，没有纱窗，客人们是不习惯的。另给浩然调换了一个更安静的处所。浩然怕人声，汽车声、机器声再响也没事。

晚饭前，浩然告诉我，今天起，不知为何情绪这样好，想写东西，只要住下，十天就可拿出个东西。也许昨晚吃的中药粒的结果？他听说我睡不好觉，中午给我拿来了安定片，专门写上“安定，每日三次，每次一片，夜可三片”。我说我中午不吃，他说最好吃一片，睡不好觉怎么行呢！

晚上，出版社宴请参加笔会的作家们，浩然喝了六小盅白酒，不喝不行，彭荆风代表作家们讲了话。与我同桌的有林斤澜、王栋、祝乃杰等，还有县里一位副县长。这位粗大的老汉，与浩然很谈得来，他读了浩然许多本书，不只长篇，连《春歌集》中的短篇，也一篇一篇地读过，讲起来十分熟悉，记忆也好。他说，渔民在海上，有时起网要四个小时，没事，船也不动，就看书。他说，识字的渔民非常熟识浩然的作品。

【7月21日】 早晨与浩然散步，到长山岛西北边的海湾，他劝我抓紧时间写东西。

早饭我与金河提前吃了，我送他上侦察艇去海洋岛。

浩然把我们在热水公社照的相片给了我，是王栋带来的。

要塞区的王君森政委让我给浩然另搞一间肃静的小屋，我和招待所的小王看了，北楼206号，浩然说试一试。

在春风文艺出版社召开的作家座谈会上，林斤澜的发言很有意思，他说到对几个大丛刊的评价，说《收获》是老旦，《十月》是刀马旦，《花城》是青衣……

晚上看电影《两个巡逻兵》。

【7月22日】早上与浩然散步，到大山沟里的要塞医院，春水来后也可能住在这儿。浩然与我谈起他出文集的设想：七本短篇，有八十至九十万字，可编两集；儿童故事可编一集；创作谈一集；《艳阳天》三集，这就是七集。“文革”后的《金光大道》四集，中篇一集，总共可出十二集，这是他的一个重要的精神支柱。他还谈到当年《收获》发《艳阳天》第二部的稿费一事。他谈到编辑水平和编辑部的风格。他举人民文学出版社怎样不随意谈对书稿的意见，怎么汇总，统一几条，打印成文，不随意发表意见。

早饭后，浩然张罗与王君森政委照相，黄海笔会的作家们也合了影，刘明德还给我和长弓、王栋兄一起照了一张。

上午9点40分，送春风文艺出版社的上级领导金炎午上班船回大连、沈阳，他对浩然印象非常好。他曾与浩然单独谈文集出版的事。

中午动员浩然也去海边游泳，他穿着红裤衩，扑腾几下，他说还是十二岁时，在家乡水泡子里扑腾过。游泳后兴奋，午睡没睡着，他感到时间短了，可以在沙滩上多晒会儿。

下午3点半，食堂包饺子，除四位出版社的编辑外，作家只有浩然一个来参加包饺子。后来单超和吴文洋也来了。

今天代浩然发了几封电报：黑龙江人民出版社谢树：岛上交通住宿困难勿来人请把校样寄大连市长海县81562部队浩然；沈阳市黎明机械公司宣传部：把校样寄大连市长海县81562部队浩然……

晚饭后，除彭荆风外，都出去散步。浩然谈起他写自传体长篇小说的打算。他准备把自传体小说起名为《寸草》，他问我主人公的名字叫什么好，我说就叫梁金广呗。他说用这个真名字好吗？我说好。我讲了几个原因。

遛弯儿回来，与浩然到号称“蒙古包”的两位来自内蒙古草原的作家张长弓和王栋的住处长谈。张长弓拿出了王栋的峡曲酒，祝乃杰也过来了，没有菜肴照样可喝酒。浩然谈到舒群与萧军故事。很晚了，张笑天和吴文泮也来了。

【7月23日】早5点半起来与浩然爬山，露水很大，浩然建议挽起裤腿，赤腿上的露水干得快，而打湿了的裤腿，不爱干，穿着难受。我们走错了路，爬到另一个远山上来了，在山上看海湾里的船，退了潮的海水，赶海的人们……居高临下，美极了！海湾里的水把天空、山峦倒映在里面，像多色的水彩在清水盆里，还没搅和到一块儿，粉是粉，绿是绿，蓝是蓝，白是白……

浩然谈到自己忧郁的性格，一是从小失去父母，成了孤儿；二是农民出身，精细，琐碎，比如对春水的嘱咐。大概这也是他写小说细腻的一个重要的原因吧！

下山来，我们都把衬衣脱了，他穿着挎篮背心，我穿圆领的老头衫，都冒了一身的汗。他脸上滴着乳白的汗水，不知何故。

在住处门前的台阶上，我们坐着唠嗑，他拿着编辑部出版的工作参考资料有关黄海笔会的作家介绍。有关他的文字转自语言学院编的《中国文学家辞典》，其中有一段话：“创作上有了一段弯路。”他曾写信给语言学院，要求撤下他的条目。他说：你那里登了，就说明我存在了？你不登，我就不存在了？我走了弯路，时代走没走弯路？你走没走弯路？……语言学院回信说，那个时间编的，如现在编不会这样。

下午，与柳沄和刘继赴谈军区诗歌创作学习班结束事。

晚饭后，与浩然散步，在小楼招待所打电话给北京。干等也打不通。在最后已无希望要离去时，通信兵部的佟参谋帮忙要通了，那边说，春水这两天就放假，浩然让她来之前拍个电报到大连。

【7 月 24 日】方冰来，王大学、刘明德和我到码头接，他住在县委招待所。

中午与金河步行回来，祝兴义拿了瓶酒，浩然为我们几个回来晚的留着，一人一小盅，他陪喝。

浩然给王素英打了电话，让她安心把稿子改好，接待春水的事放在第二位。

晚上，一行人爬大王山，连林斤澜大哥也爬了。大家穿着短衫、短裤，瞎蠓、小咬一劲儿地咬。浩然在林大哥身后，操心地说："你别动！你别动！"他用手上前拍死一个瞎蠓。

站在山头上可环视全岛和四周的海水。程树臻、金河和我往海里抛石子，看着山下不远的海，谁也不能把石子抛到海里边，再使劲也抛不到！

晚上，陪浩然在操场上观看反映张志新烈士的电影《先驱者之歌》。老祝问他是否看过真枪杀人，他说看过，镇反时，那时年轻，后来不敢看了。

【7 月 25 日】一早，浩然在窗外喊我出去散步，他起得真早！

我们登上了有守岛纪念塔的那个山。

我们沿海边回来，浩然对自己的身体状况非常满意。只是说早饭后有一小段时间困倦。参加游泳后身体情况良好。"文革"前的 1966 年，曾被拉到什刹海游泳，一下去就不行了，得了肠道炎。水脏，死水；再以前 1961 年在北戴河作家协会疗养所，下水两次，那时第一次见到、认识贺敬之。

浩然说，他在顺《残迹》，争取在这儿搞完第一部；《误会》暂放；《七岁像嫩芽一样》已改清，寄谢树的《北疆》了。

辽宁庄河县第五中学的丁正人给浩然来信说：“同全国成千上万的青年人一样，对于您的作品，我非常喜爱。尽管书价昂贵，凡是看到‘浩然’字样的书，我都尽量买到手……您书中的人物、事件深深地吸引着我；我看您写的都是有血有肉的人，您写的都是我耳闻目睹的事。看着您的作品，有时会情不自禁地笑出声来，有时，自觉不自觉地流出泪来。我所恨的，被您无情地鞭挞了；我所爱的，被您热情地赞扬了……”

黑龙江人民出版社的袁殿池受谢树之托来找浩然。他在沈阳军区第一招待所打电话来，非要前来，浩然无法阻住。

今天中午发生了险情。我约吴文泮、战士许维刚一起往深水游去。游走前，让刘明德给我和浩然穿泳装站在浅水处拍了照。我们奔那停泊的大木船而去，游到一百多米时，我突然因感觉这是深海而惊悸！因我至今不会在水里换气。往回拐弯时，我手臂用力过猛，人一下子沉下去了，眼看清清蓝蓝的水里，同伴的上身、下身、脚……一下子没了顶！我异样慌张，喝了一口苦涩的海水，就觉得自己不行了。小许赶来救助，扶我，但也不行。文泮也全力以赴。我三次下沉，三次憋气浮上水面。我心里时而慌乱，时而镇定。我想人怎么能这样就完了，还有许多事没做呢！我憋着气，在水里不吸气，露了头就猛吸一口。但由于紧张，不能踩水，又下沉。小许和文泮紧紧围着我，要背我胳膊，我把文泮打下了两次，抓小许的手臂和腿脚……后来终于又一次露了出来，这时，刘明德和王志超也赶了来，警卫连两个戴游泳帽的战士推来了救生圈给我，我把它压在胸下，不敢抛弃，用腿猛蹬，这才望见滩头坐着的王栋、长弓和大水里站着张望的浩然。浩然的脸色都变了。我也越想越后怕。我已似无望了，想到一瞬间生命的泯灭，我从内心感谢文泮、小许的救命之恩，他们稍微一疏忽，今天我就没命了！我讲了这过程，浩然听后紧张得说不出话来。他只说："我怎么回沈阳？！"祝乃杰指着浩然说："他两年不用写东西了！"

走回宿舍，心也在慌跳着，好似仍在往水里下陷。浩然陪我在房间说话，他说，如果出了事，就有预兆了，你三天来一直要往深水去，奔那个目标！前天就说，昨天也说，今天又说去深水。而且上午改好了一组诗，又一定要在游泳前合照一张相……

大难不死！晚上招待所所长陈剑刚加了菜，又拿出了散装酒，浩然拿出了他从北京带来的一瓶顺义县的酒和大半瓶凤城老窖，为我压惊庆幸。笔会的作家大哥们，一一与我碰杯，浩然和林斤澜和我碰了两次，连彭荆风、单超、祝兴义也来碰，我一连喝了十二盅酒，我想反正没淹死，不会喝死的！我向吴文泮敬了三杯感激救命之恩的酒。

酒后，浩然、金河、祝乃杰、修玉祥和恩人吴文泮陪我又一次去那个差点要了我的命的海边，我心有余悸，他们说，一定要顶回去！把这个事顶回去。金河陪我在海水里练踩水。

回到宿舍前，坐在台阶上又说到后怕，浩然嘱我不要告诉家人。老祝说，一旦出了事，浩然、金河和他三人无法回去见惠娟了！

许维刚是招待所的战士，我专门找到他向他道谢，还有王志超，我在他们那里唠到夜 11 点才回。

回来一宿未睡，直到天亮，中间几次开灯看书，想来想去都无法入睡。

【7 月 26 日】星期天。早饭前，吴文泮又与我谈起昨天的危险情景。王栋和浩然走来。王栋说："横事（祸事）不能老是

降临到善良人的头上。”这句话似千斤的重砣，使人的心一下落了底。浩然换了布鞋，怕塑料鞋磨脚。我与他在去县城的路上，浩然还说：“王老弟这句话说得再好不过了。是一件事的总结。我听了心里更踏实了。”我们走了不远的路，就搭上了去县城的大解放车。

在新华书店买书。这县城竟有《浩然儿童故事选》、《山水情》、《花朵集》。售书员听说浩然来，拿出《山水情》，翻到最后几页，问罗小山这段话怎么回事，浩然笑而不答，他说：“我也不清楚，你们看，自己想去。”他买了五本《浩然儿童故事选》，两本《山水情》和两本《林斤澜短篇小说选》。

我和浩然一起到县招待所的二楼，看望了方冰同志，方冰要乘船去海洋岛。

走到街口，幸运地又碰到了来时搭乘的大解放车，等于我们的“专车”了！我们站在车厢板上，驾驶员让浩然进驾驶楼，他不去。

回到宿舍，浩然看我的《小岛散诗》。

浩然说，他在酝酿一个短篇，《残迹》在这儿搞不完，环境不静，心情不佳，搞出来反而不好，留待以后搞。短篇是想写一个小姑娘给妈妈找“伴儿”的故事，托“我”到岛上找……他说，以前我最会配合政治了，但今天不再配合了。抨击又不敢，也不必要，也没有那个笔力；歌颂又看不准。海边拾贝拾了那么多年，这回在马路上捡废铜烂铁，可是哪有那么多的废铜烂铁呢？说什么身体条件、环境条件不好，都是遁词，主要是没有想通。

浩然看我的诗稿看得很仔细，而且提的意见很具体。他说我的短诗问题是浅尝辄止，没有深入的联想。《雾中巡逻》里，“一行移动的绿树”，就好，印象深。他建议把两个“珠”字改一个，韵脚同一个字，且离得太近。他说《夜海笛声》，听到笛声有什么联想？这个哨兵是从哪儿来的？从草原或别的什么地方……越具体反而能引起更大的共鸣。他说《杏儿熟了》结尾很俏皮，但也觉得不够丰富，比如这个山过去是没有杏的。“别丢了杏核儿”，不要只是怕卡了孩子的嗓子，还有别的……这里有小叙事诗的成分，两句就把它勾勒出来了。将来，满山都是杏儿的时候，就会怎么样了，孩子长大了，山也富了……《赶鸡》，他建议把“叨”字改成“叼”；《小蟹》中，“尚未开始”，“文”了，改成“还没开始”为好；《水》还可以写得更深远些，像一幅水彩画，看了，好像才开个头，好像还有话没说呢。“浅得露了底”，就没法挑了，还给群众留什么？这东西需要别致一点，别一般了。下雨，叶儿就不卷了。战士爱菜，但更爱老百姓的水。盼不行，不要写下疾雨，还写旱，留给群众吃，我们翻山；《海滨小憩》，捕捞海参，表面现象，生活画面，诗意不浓，缺乏诗味。这组诗诗意最浓的是《雾中巡逻》、《小蟹》，也有幽默、诙谐的情趣；《夜海笛声》、《雾中巡逻》、《杏儿熟了》会改好的。《海上日出》没有你个人看日出时的独特感受。

浩然说，平时用笔记录下来这些东西是可以的，必要的，但一定要提炼出属于你的东西。他听我读了一些哲理小诗，觉得好些。对《关于海与岩石之思》，他说，岩石不这样怎么办呢？你不用感叹，不要侥幸，在这儿都“在劫难逃”，没办法。这就是出新。不要歌颂海的耐心、伟力，也不要责备岩石，这样就与人不同了。浩然说，哲理诗，除追求表达包含的深邃思想之外，要注意语言的含蓄和美。古诗“欲穷千里目，更上一层楼”，“谁言寸草心，报得三春晖”，就不牵强和外露。哲理诗既要明快，又要含蓄，要有味，不要怕别人不明白，赤裸裸地端出来。

我谈了我想除写诗之外，搞点诗评的想法，特别是搞本地区和部队诗人的诗评。浩然很赞同，他让我要有计划，有两种：一是知识性，指导性的，给初学写诗的人看；二是对诗人和诗作的评论。浩然说，你很可能写得很好，连人带诗，连评别人带出自己的心得，结识了他的人，读得了他的诗，给人们留下点史料性的东西。他说，可以写两批人：一是老诗人，在文学史上有一定地位的；二是新成长起来的诗人。东北的老诗人，如方冰、公木或者加上沙鸥。方冰有《二小放牛郎》，公木有军歌，这都奠定了他们在文学史上的地位。方冰这老头多好，连小战士柳沄的诗都看。他说，别人的诗集出版后，有计划地写《诗人与诗》，二流的诗人也可评，研究，分析，学习他们的诗。有的人的诗可能以后站不住，站住站不住无所谓，主要是借题发挥写自己对诗的认识和感受。这种文章积少成多，就成阵势了。浩然说，我家里有《清诗话》、《诗人玉屑》等谈诗的书，古文，不好懂，可以慢慢读，弄上几年，这一段干什么，下一段干什么，有个规划。大诗人的评论，你一年写上两个人，给老诗人积累点东西，如方冰，他被冷落，不公平，你可把写作意图告诉他。沈阳、辽宁诗坛就够你写一年了，用最准确的语言把诗人勾勒出来，用散文、散文诗的语言，要有诗情，当然最好也有画意。一下子撒出去，会产生影响的。

接着，浩然谈他写“寸草”的设想，主人公名字用假的。我仍建议他用“梁金广”，他说不好，想用赵宝蓟，赵是唐山赵各庄，他的出生地，宝是宝坻，他的祖籍，蓟是蓟县，他生长的地方。合起来一个人名，真真假假，迷迷离离，包括写到江青等人，自传体小说，搞上下两卷，六十万字就可以了。浩然说他的几个孩子，秋川最有心，经常问他又写了什么，又发表了什么，偷偷登记。这对爸爸无疑是个压力。这么大热天，在北京放假，不出来，在家整理书目。

浩然又谈起王栋早晨那句话，横事怎么能随便找到善良人的头上？不可能的！他说：王老弟一句随便的话，把我的一切后悔、一切不安、一切余悸都扫除了，没了，说得多好啊！

浩然让我回沈阳时，把《书迷》给《鸭绿江》，把《两个小蝌蚪》给《芒种》。

午饭后，下了点小雨，王栋、金河，特别是浩然坚持去游泳，我不大想去，他说，那干什么呀，去！吴文泮、祝乃杰也去了。程树臻后去的。今天大落潮，还没涨上来，大船搁了浅。绿色的海菜一片一片地裸露出来了。我们先脱了衣服，穿鞋走到石子滩，慢慢往水里走，走了好远好远还没有没胸口。金河捧着我的头，教我仰泳。

浩然来我房间，我请他帮忙，带头写作家寄语，这是我们军区办的小开本刊物《前进文艺》的一个设想。他应允了，非常认真。我让他午饭前写完，他说得好好考虑考虑。

晚饭后，我找来柳沄，约浩然一起散步，边走在宁静的小岛公路上边谈，共走了一个小时。浩然谈到立志须高，不能满足于发表作品，不能满足于与别人齐肩，要有远大抱负和追求。一般发表几篇小说，出几本书，评几个奖，并不是难事。但要在文学事业上有所建树，在文学史上能留下东西就不那么容易了。谈到诗，其中谈到朦胧诗，他主张不去管它，不要捧它，也不要压它，让它自然生长。浩然说他自己喜欢在一个幽静的角落里写东西。

路上遇到海洋守备团李光祥政委，走过后，柳沄说，李政委这么年轻，却有心脏病，精神压力很大。浩然说，太不必了，杨沫患心脏病，休假在家，写出了《青春之歌》，又过了这么多年，也没事儿，又写出了《东方欲晓》，纯脑力劳动，也没怎么样。浩然说，我不怕病，不怕死，就怕又活着，又不能干事情。

这两个月就是这样。

浩然应我约，给我们《前进文艺》写了一篇六百字的寄语。

晚上，与浩然到王栋、长弓、金河处，祝乃杰和韩义成追到。拿出酒和黄瓜，小聚一下便告辞了。王栋和长弓急着写东西，金河耳朵里插了个塞儿，听广播呢！

在外面，浩然说，这么多天在一起，我们从来没有接触这么多，谈这么多，比在北京和沈阳谈得都多。

遇张笑天，他动员我向小说转。

【7 月 27 日】从昨夜开始下雨，到今早也没停。

冒雨送柳沄离岛，浩然签赠他一本《浩然儿童故事选》，他如获至宝。

我约几位作家写“作家写寄语”，在浩然帮助下，都交了卷。邓友梅、彭荆风一早就交了，到晚上，林斤澜交来，写得短且美。浩然说，这个寄语百花齐放。

中午，浩然拿来他的一个短篇《六月的田野》给我看，共二十六页。我午睡前看完了，觉得有点平，激动人心处少。午睡后，浩然来我房间，从两点半谈到吃晚饭——6 点钟，无所不谈，真正地尽兴。他细致地谈到杨啸、张长弓、王栋、李学鳌等人，也谈到林斤澜、邓友梅等人，许多往事，许多印象，永是难忘。

浩然谈到他的文学回忆录，叫“寸草”还是叫“沃土”好，还是拿不准。他想把《残迹》搞完，一般的小东西就不搞了，全力写回忆录，集中时间，三至五年，到长城脚下的肖永顺的一个地方，让肖做饭，他写，每年回来几次，即使去王栋那里，也让他找个地方静下心写这个。我说需要决断，并要有保证措施。这是一生创作生涯的一个战略性的大动作。这个东西交出去了，许多愿望也就还了，而且一定能引起大的反响。浩然说，他准备再读高尔基的《我的童年》、《我的大学》、《在人间》三部曲，读《钢铁是怎样炼成的》、《约翰·克利斯朵夫》等一些自传体和与自传体有关的著作，并且到赵各庄、宝坻等生活过的地方去一下，为写回忆录做好准备，不是从明年3月25日开始，早点开始，3月25日写第一页稿纸。如果时间、精力集中，情绪好，不要太长时间，一年多到两年就可以拉出来。用第一人称写，“我”看到、听到、经历过的，比写其他作品要有味，因为是在写他自己。关于主人公的名字，我再次建议他仍用梁金广，不要化名，弄得不真不假，猜疑，不信任不好。他欣然接受，写到后来就出“浩然”了，并把文学回忆录要写的一些人巴人、萧也牧、叶圣陶、冰心、柳青、郭小川等都穿起来。当代文学史上鲜见这样的自传体长篇小说，老作家精力不行了，青年作家的经历还不够。他说，我有五百万字的文学基础，肯定可以写得好。

说起自己的幼年和童年，浩然兴致特别好，他饶有兴味地给我讲了许多前所未闻的生动有趣的人和事，妈妈，姐姐，舅舅，分家，童养媳，姐姐要出嫁，他撕咬嫁妆……要完成这部书，一要断然谢绝其他约稿，二要断然不参加其他文学活动、座谈会、游览等活动和社会活动，三是少写信件。浩然甚至想到了书的封面自己题字，一定会写得好，他用右手在左手上比画了几次，满有信心。

浩然说，在这里就不打算写什么了，搞《残迹》心情不佳，等于在阴雨天拍照片，效果会不好。他有一个新的构思，写“我”要上岛，一个军队干部托带一个孩子，揽下后，上船“我”晕得厉害，后悔多管闲事，万一孩子在船上出事怎么办。恰一个小姑娘带着这孩子，如亲姐姐。遇雾，中途停在一个小岛，不能走了。小姑娘把“我”和孩子让到家住，她只有个嫂嫂和侄子在，父亲在陆地上，母亲去世了，嫂嫂嫌她多管闲事……歌颂这个小姑娘。

黑龙江人民出版社的袁殿池来了，因雨停在广鹿岛。浩然担心挂念，遂想出这么个短篇。他说来一次海岛，总要有点纪念。他说等袁殿池把《月亮河》的校样带来，就有事情干了。

晚饭时，我要离岛，大家备酒、加菜为我送别。邓友梅举杯站起说："为世宗老弟完完整整地回沈阳干杯！"我很感动。浩然、林斤澜、张长弓、王栋诸兄依次与我干杯。

饭后，与浩然、金河和春风文艺出版社的几位同志在一起说到适时开一个文学创作座谈会，对提高《春风》的威望，对体现黄海笔会的价值，极有益。

【7月28日】 连绵大雨，动不得身，各岛无船，只好硬着头皮等待。

上午，浩然来同我一起看、改河北师大中文系赵秀忠的一篇一万多字的评《山水情》的长文。浩然说，这个无名小卒，说了很多我心里的话。我们一段段、一句句地推敲，尽力抹去那些不准确的评语，如"突出作家"改为"优秀作家"。对这样一个学生，使点劲就帮助他上去了。浩然说，中国多需要懂得生活、懂得艺术的评论家呀！顶名空头的评论家太多了！我们紧紧张张地工作着，到中午干完了这件事。王栋说，赵秀忠这篇评论和浩然的《书迷》一起在他办的《百柳》上发。

午饭后，因说水浑，无人去游泳。浩然、王栋、张长弓、吴文泮、祝乃杰和我去看大海，因小道被水淹没，没能过去，约定下午3点以后再去。

王栋兄买了午餐肉和鲐鱼罐头，金河买了菜和曲酒，邀了浩然、张长弓、祝乃杰，晚近8点在小餐厅为我送行，浩然执意让我坐在中间，坐在浩然、长弓中间。王栋先说了祝酒词，然后，从金河到乃杰、长弓和我，依次说劝酒词，最后浩然说收尾词。

战士许维刚给我们拌了个黄瓜。整整一瓶酒喝个精光。我取来一瓶，他们不让打开。但我还是打开，为小许敬酒，他在我游泳出了险情时，与吴文泮一起把我救了，我永远感激他。

彭荆风给每个人拍了一张小照。

【7 月 29 日】一早就到司令部值班室问船的事，今天雾大。

早饭后，长弓、王栋、金河、浩然、乃杰，依次来我的房间，我谎称与船运大队政治处副主任刘继赴谈事情，把他们全撵走了，免得干扰和打搅他们太多。

听说 10 点 20 分从獐子岛开出了班船，高兴得我和刘继赴差点到外面放两个二踢脚！我们悄悄到小车班等车，司机吃饭未回。不一会儿，浩然、祝乃杰、刘明德赶到了小车班，埋怨我走不告诉他们。浩然同我又具体地谈起春水来大连的事。

在码头上等了好久，仍然不见船影儿，原来从獐子岛开出的班船，在半路上抛锚了。我们只好扫兴而归，继续等待，一直到晚上也没有好消息。

【7 月 30 日】浩然、王栋、乃杰、金河继续为我送行。我乘“老牛”船（老百姓把吨位很大，行走很慢的航运船戏称“老牛”船），安全到达大连。

晚上 6 点钟，王素英和庞天舒找到我，我们一起到李世成家看春水。春水到空军招待所去了，我们赶到那里，得知被《海燕》一位叫李默然的女编辑接到家中去了，可能留宿。我们也不能等了。王素英和庞天舒回省作协临时安排的住所，我回要塞区后勤部招待所，和浩然通了话，把情况告诉他。

【7 月 31 日】一早赶到李世成家，春水住在这里。上午，

与王素英陪春水到老虎滩公园和劳动公园玩。在老虎滩乘了游览船，春水晕船，呕吐了。在公园里，见到了沈阳铁西文化馆组织的业余作者旅游团的雨水和赵春梅等人。

晚饭是在李世成家吃的，老李的爱人和母亲包了饺子，炒了几个菜，备了酒。王素英和春水留在他家住宿，我回要塞后勤招待所，与浩然通了话。

【8月1日】乘车去夏家河子。王素英所在的学校就在这里，学校夏季接待游客，变成了商业性质的，宿舍都腾出来了。我找到部队的安主任，在部队住了一宿。走三百米都不没脖儿的浅滩，是游泳最好的地方。我和春水比赛蛙泳，拼全力也没赶上她。我们在一起比赛扎猛子，王素英在水中憋气时间最长。我在春水的辅导下，第一次敢把头伸到水里游泳。

【8月2日】一早打电话给浩然，他的意见是多在夏家河子住几天，可不回大连，直接由李世成买好船票到海岛去。不一会儿，要塞区李春田副处长打电话来说，9点钟有601号侦察艇返回大长山岛，让我们坐这条船。9点前赶到四码头。李副处长让租辆车，我说这是生产大队所在地，有马车，上哪去找车啊？李副处长让我找团首长帮忙。我找到罗副政委和安主任，他们非常支持，让司机小韩送我们到四码头。到了那里，见一艘“甲交”已经发动，首长们正在上船。我把王素英和春水送上去，还没来得及告别，船已开动。

我回到要塞区后勤招待所，打电话给浩然。然后去旅警，见到了张云晓副主任，他正忙防汛指挥部的工作。我们说了一会儿话，我赶到李世成家，唠了一阵子，他请我在他家吃了午饭，饭后，一起去买票，他把我送上了火车。

【8月3日】昨天火车到瓦房店已晚7点，因洪水不能前行

了，换乘大客车，半夜到大石桥，在候车室等到今早 6 点，又乘火车，回到沈阳已是上午 10 点左右了。

高兴地读到松涛的信及赠诗，立即回了信。

【8 月 4 日】与浩然通话报平安。他说他在“修理”《心愿》那个中篇，春水和王素英帮助他抄。他让我转告吉林作协的付之凡，关于去长春和白城的事，去不成了。

【8 月 7 日】付之凡恳请浩然参加丁仁堂组织的去白城活动，说白城方面也仰望着他去。除浩然外，只刘绍棠参加。刘绍棠去了通化，三两日内回到长春。浩然一准去，可以等他。我转告浩然，他犹豫，说刘明德、祝乃杰不放他走，去有困难。再争取一下吧！今天晚上，他和上岛的作家们要参加部队一个歌咏活动，明天要去县里讲创作……他说把时间都零碎揪没了。他已给白城拍电报，说 20 日前再商量，不要等他。他写了信给家里，约老杨出来走走。

【8 月 16 日】下午 3 点 17 分大连开来的火车晚点一个小时，王大学把程树臻去齐齐哈尔 4 点钟的车票退了。4 点 10 分，201 次列车到站，浩然及春水走出站台，黎明公司的车先把我们三个送到我家，我用便饭招待了浩然父女。晚 7 点多，浩然回黎明公司，我送他到 13 路电车站，春水住我家，与海英一个屋。

【8 月 17 日】上午我和海英陪浩然父女去北陵公园，乘黎明公司于书记四儿子开的面包车，车上还有于书记四儿媳及其孩子等。我和浩然谈到当前的文艺形势。

从北陵到故宫，其他人陪春水去参观，我和浩然铺开手绢坐在人行道面包车尾处，畅谈了一个小时。

【8 月 18 日】一早，浩然父女赴长春，他把不带走的东西

放在我家。昨天我已与付之凡通了电话。浩然谈到他此行的打算，老杨病在家中，比去年病得厉害。他和春水在长春大约待上几日后再去哈尔滨，具体行程与付之凡商定。他说他将从哈尔滨回北京，待上个把星期，我昨天已与段继和联系上了。浩然说他将与春水在哈尔滨上飞机回北京，然后悄悄回沈阳，干一个月的事情。

【9月10日】下了火车打电话给科里要小车接站。电话里，李晓桦告诉我，浩然及其老伴儿中午来机关找我，现在正在兆林家等候我回来呢！我给陈广生科长和张文苑副社长说了一下，他们也要看看浩然夫妇。我们一同乘环路电车到了一经街。下车见到兆林，兆林说，惠娟已回来，把浩然夫妇接到家中了。我跑上五楼，见到气色很好的浩然及精神尚佳的老杨，老杨正在我家的大床上倚着。她到了我这儿，就很随便了。

因浩然已答应去黎明公司于书记家赴宴，我就不多留了。他说前天从长春来沈，下车时大雨，打电话给我，拨不进来。昨天在老祝家吃饭，陪老杨看了看故宫。不巧故宫不开门，只从门缝儿往里看了几眼。今天搭出版社的车看望他们的小车来我们机关，晓桦告之我去了抚顺，陈科长也不在。他问小宫和兆林谁在。找到兆林家，浩然和兆林一起炒菜做饭。兆林的夫人从学校回来，还买了只鸡。饭后，兆林打电话给机车厂，找到惠娟，惠娟匆匆赶回，把浩然夫妇接到家中。

浩然谈及北行之事，在白城、齐齐哈尔、哈尔滨、长春的一些人与事，谈到他的那个儿童中篇集，全部恢复原来的篇名。谈到孙成武专程赶回。他转达了一路我的许多好友对我的问候。一路上他什么也没有写，最大的收获是陪老杨开心地玩。

我陪浩然到陈广生家看张文苑，并一起下楼拍了照。然后，我送浩然到13路电车站，陈广生和张文苑到我家看望老杨。我和陈、张一起到机关，惠娟和老杨两个包起了饺子。

晚上，在机关食堂，集资宴请张文苑副社长，参加者有陈广生、白劳、王德英、王树和、刘兆林、李占恒、宫魁斌、李英杰和我。宴后，与兆林带车到家，送老杨到黎明公司招待所，因明天早上他们乘飞机回北京。事先，我挂电话到于龙书记家，告诉浩然我们将送老杨回去，我们到时，浩然已回到招待所，姜志义和一位宣传部长也在那儿。

浩然写电车工作人员打人的读者来信见报后，引起很大反响。今天电车领导带着那个打人的小伙子找到他，说小伙子又和乘客吵起来了，因为买票事，表示遗憾。浩然说，我对他要求不高，一是不要有害于人民，二是尽可能有所作为，只这两条。

【9 月 11 日】晨，我冒着大雨赶到黎明公司招待所，见到浩然时不到 6 点钟。我们畅谈到 7 点 20 分，谈了许多事情。

【9 月 17 日】收到浩然赠书，是河北人民出版社出的《浩然短篇小说选》。

【12 月 14 日】中午李瑛来电话，我没有接到，他让我回一个电话。我在下午打通了。他说，上海《文汇》增刊罗大成约一篇“我们的诗人”栏目的文章，李瑛考虑到我有过写这种文章的想法，想叫我来写，四至五千字即可。明年第一期上有徐刚写艾青的文章，已发排；第二期发我写李瑛的，要得很急，25 日前要寄到罗大成手里。18 日要寄给李瑛看一眼。他看过后由他转给罗大成。我答应了下来。

下午，在马路湾阿红家说起这件事，我请他给出出主意。

晚上，与李瑛通电话，谈了五十分钟。

1982 年日记

【3 月 18 日】军区搞业余文学创作评奖，要买奖品，陈广生科长派我到北京看看，是否有合适的套书，如《鲁迅全集》等，买些回来。我到北京后，各大书店此书售缺。

【3 月 20 日】与浩然通话，他在通县。他给我问了通县新华书店，那里有多套《鲁迅全集》，他已替我与书店负责人说好了，暂不外售，待我前去联系购书事宜。

早 7 点，我赶到通县浩然家。他冲了豆汁，我们一起吃了夹心面包。之后，一同去新华书店门市部，又去内部书店，买了十五套《鲁迅全集》，办理了托运。

浩然与我说起近期的状况。说已渐渐适应了环境，可以写点东西，再不是单纯的歌颂了，也注重社会上的不正之风。有三大变化：一是社会生活本身变了，生活本身复杂化了。人也不像五六十年代那样单纯和崇高了，这样的人不是没有，少了。二是作者变了，年纪增加了，阅历广泛了，什么味儿都尝到了，人民群众和基层干部的遭遇他都同样遭遇了，多了成熟，少了天真烂漫。三是服务对象变了。但万变不离其宗，还是要“团结人民，教育人民，打击敌人，消灭敌人”。好人好事也能写，拒贿的也有，但大量的是贪官，不能像《半夜敲门》那样写了，再那样写，读者就脱离自己了，本来长了疮，就要治，指出来，不能抹绿颜色。

浩然说他在沈阳病了一段，写不出东西。浩然说：像金河那样的作家不太多，他是应运而生的，他的作品不是发泄个人的什么，也不追求时髦。反映农村生活的作品，构成虚假的中国农村现状，大量描写三十年失误的，大量描写今天生活中阿Q、闰土的后代的，写农民愚昧、落后的，还有写旧社会所谓风土人情的。最愚弄人、最麻醉人的是这个，好像旧中国的农村是一个太平世界，非常美好，路不拾遗，夜不闭户。那么请问鲁迅和茅盾写的农村和农民是怎么回事？哪一个更真实？旧社会那么好，你搞革命干什么，也没土匪，也没盗贼，田园，小曲，牧歌，中国还搞社会主义合适吗？我认为这样写中国农村是不真实的。

浩然说：我希望你来和你说说，太孤独了！我在找路，要打开一个门，打不开门也打个洞，让人们看看。我不是理论家，否则，我要写从鲁迅、茅盾的作品看旧中国农村的评论文章。我要写《七岁像嫩芽一样》、《弯弯月亮河》和自传，都从这个动机出发。

浩然说：到最近《北京文学》评委会评1981年诗、小说、报告文学，动员王蒙把他自己的作品《最后一个桃》拿下来，我不说违心话，你是副主编，这篇又不是你的代表作，不太像个小说，评上有什么意思？

说到《山水情》，浩然说，这是他和农民一起总结经验，不能再走极“左”的路。《弯弯月亮河》和《七岁像嫩芽一样》为一组，说不能重蹈以前的覆辙。《老人和树》写一天的事，写多少年没掉泪，写这个自己有几笔掉了泪，老百姓从骨子里不相信共产党不干好事。写一个断臂的老干部。去年在海岛写的《姑娘大了要出嫁》是想帮助农民卸下精神负担，该是他们的错，批评他们，不是他们的，喊叫两句，呼吁两句。《寡妇门前是非多》，中国农村妇女，不仅是有买卖婚姻，也有爱情。站在人性的立场上去写被抛弃的寡妇。

我们骑车到县一中，这是刘绍棠的母校，又到二中，看了春水工作的学校，教学楼，操场。

春水请假回来包了饺子，备了几个菜，喝了临邛白和北京啤。

在浩然通县的住处，我看到墙壁上张贴的一个“账单”，写着杂志的名字，有的括号里写着作品的标题：1. 长春（误会），2. 鸭绿江（污水鱼），3. 海燕（能人楚世杰），4. 长城（寡妇门前），5. 当代（傻丫头）6. 花城（老人和树），7. 芙蓉（小黄花），8. 中国少年报，9. 百柳，10. 新港，11. 文汇，12. 旅伴，13. 学作文，14. 花朵，15. 廊坊，16. 北方文学，17. 东方少年，18. 小溪流。我还看到张长弓给他的一幅题字：“云帆击水百川行，彩霞铺路迎好风。春潮助你三通鼓，人生昂奋是冲锋。”

【3 月 21 日】 去看望谢冕，他同我谈到李瑛、臧克家和艾青。他说到李瑛时说，李瑛的诗影响了整整一代人。他的《红花满山》，是中国没有诗的时代里的诗。他坚韧地坚持了写真诗，在假诗风行的年月，他的《枣林村集》和《红花满山》产生全国影响。

【3 月 22 日】 上午到解放军文艺社，从 7 点 50 分到 11 点，与李瑛谈了整整一个上午。在他的社长办公室的一角，有一个弯腰挖煤的矿工的煤雕，特别显眼。谈话中间，吴之南、纪鹏、李大我曾来简短地谈工作，秘书送来小说评奖会的请柬。

李瑛说，读现代派，并不是师承现代派。我们有我们的民族习惯和美学传统及趣味，同时也吸取外来的。他说：诗人的心灵应该永远是开放的，应不断地吸收新的东西，以补充自己，两方面都要吸收。新诗只能在民间、古典的基础上发展，这是窄了点。现在更多的是接受五四以来的，而五四主要是接受西洋的。

学民间的、古典的，也要吸收外国的。简单地否定有些粗暴，作为学术可以探索，作为方向提倡是不妥的。他说，我的主张不轻易改变。要说看外国的、现代的，我看得还更多一些，更早一些。《解放军文艺》这个刊物，要坚持从生活出发，反映部队乃至人民群众的生活，让大众看得懂。我坚持社会主义的现实主义，写生活的。他说：我在人民日报和解放军报的会上提出两点，一点是要重视军事文学，同时号召作家深入生活。不了解新的时代产生的新的问题，不了解人民群众的现实生活，就产生瞎编虚造。文学是反映生活的呀，古今中外，概莫能外！巴尔扎克熟悉他所写的上层社会，李白、杜甫经历了乱世。他说：我自己就是生活中来的，那些诗是我生活留下的脚印。不到生活中去，南边写不了西沙，北边写不了黑龙江。许多年轻同志不主张深入生活。写诗只是用个人意念，套某种政治概念。而写真正的生活是比较吃力的，艰难的。到生活中去要经颠簸劳累，要观察、思考，要流汗。文艺到底干什么？我觉得最重要的，是要建设精神文明，帮助人类的心灵更美好。作家的道德责任，引人坠落还是引人向上？通俗话，是要教人学好，不要走歪门邪道，帮助人养成高尚的、美好的思想情操。有人就是完全不了解时代和人民，坐在那里写。要对人民负责任，对历史持严肃态度。要建设精神文明，作家首先要文明一点。别林斯基讲，普希金的出现，提高了整个俄罗斯民族美的水准。由此我想到作家对“五讲四美”承担很重要的职责。当年别林斯基能这么评价普希金，在社会主义时期，应有更高的要求。不管外面的狗怎么叫，我还是走自己的路。小到写一个老百姓，大到写整个世界，都有我自己的艺术个性。艾青、臧克家发出对朦胧诗的意见，我完全同意。我对艾青和臧克家非常崇敬，我从他们身上吸收到营养。我不加入哪一派。我不是风派，哪边得势了靠到哪一边。我参军，第一个是刘白羽通过组织要来的。我在北大做地下工作，参加党的地下组织。到四野后，跟陈荒煤在一起，他是部长，我抄稿，发表。第一本书是陈荒煤给出的。张光年编选了我的《红柳集》，并写了序。李季、贺敬之、郭小川，都给过我帮助，对我有影响。冯牧原是部队的，50年代他到北京，我们就认识了，我在文化部做秘书。凡是曾帮助过我、教育过我、影响过我的人，我是不会忘记的。我是正直的人，不能因为这个人得势了，不得势了，而改变。对文学艺术的探讨，不加入个人的感情成分。文艺是科学，加入个人感情个人成见不好。我错了就改，我还没认识到是错的，我要坚持。我有自己的头脑，我会思考，我不是八面逢源，不是投机商人，不会投机取巧。人要诚实、真实。

李瑛讲到1978年12月他到西沙，不是无缘无故去的，当时要打，后来没打，就回来了。1979年2月到云南前线，3月撤军，他在那里待了三个月，5月回来。从最前方到北京，又读到张志新的事迹。5月，忙着写《燃烧的战场》，在整理；7月写《红花歌》组诗，交给《十月》，12月出诗集。李瑛说：我不只写部队的英雄。写完《红花歌》，去瑞士，读书，出席四次文代会。1979年没时间整理南海的诗，1980年开始整理南海的诗。李瑛说：有人说我是一帆风顺，我说我才不一帆风顺呢！我1950年被关起来审查，与公刘一起，涉胡风、绿原；1955年又被审查，和我一起被审的有公刘、周良沛、白桦。1957年反右，我是“中右”。部长陈沂被打成右派，我是他的秘书，不是右派，往哪儿跑？1958年让我下去当兵，在金门对面，说我这个知识分子未经改造，有问题，需要下去。一边批陈沂，一边批我。我也不叫屈，不像有些人怨气冲天，当然人家受罪多，不是哪一个人的罪过，当时历史就是那样。我也不说，也不叫。外面人不了解我，我向人家表白这个干什么。我这个人有点党性。其实我受的迫害并不少。我1947年上大学，搞学生运动，参加工人运动，印发宣传品。党告诉我们要隐蔽，一直到北平解放才公开，同学们才恍然大悟。上学时候向往革命，参军时大学毕业证都不要了。参加解放战争、抗美援朝战争，历史经历简单得很，忽然1955年变成反革命了，那时我二十六七岁的样子。只因我上学时写了一篇谈绿原诗的文章。部队一诗人看着我，抄了我的家。1957年成为“中右”，吃陈沂的瓜落儿。我能比较正直地表达自己的看法，张光年、冯牧、陈沂帮助和营养过我，是什么就是什么，不要人为地把人的关系搞复杂了。

下午应约去江枫处。按着电话所示，我找到位于西单交通岗北角的一条小巷里的诗人兼翻译家江枫的住所。这是纯粹的陋室，阴暗狭小，但墙上挂的有其先人留下来的孙中山的题字，还是真迹。还有一幅民国三十六年七十一岁的张小廔所题的：“三代铜两汉瓦六朝砖从吾所好，五本书七弦琴一壶酒此外何求”。外国文学研究所评价江枫的译诗：“我们对你的译品亦有同好，你和飞白的译诗可以说是译界长进的标志。”卞之琳评论中说：“如江枫、飞白这种译诗是五四以来所未有过的，真了不起。”江枫热情地领我去象来街16号楼的韩翰家，雷抒雁在他这儿。韩翰大我八岁，山东人，十四岁参加革命，曾就读于中国人民大学，后任记者二十年。他任记者时，曾接触过一些前辈革命家和名人、党和政府要员，他家里有郭沫若亲笔条幅两个，有赵朴初、吴作人、韩羽、莫测的画。他有一首很著名的短诗，是歌颂张志新的，常被人们提起：“她把带血的头颅，放在生命的天平上，让所有的苟活者，都失去了——重量。”这诗曾被人们传诵一时。他高兴地铺开宣纸，拿出笔墨，把这首诗草书给我。他正在写长篇，他家有许多大烟斗。他留我们在他家吃了他做的水煎包。上楼之前，江枫先领我去看陈敬容，陈敬容1917年生人，今年已有六十五岁了。此人精瘦干练，她曾于1948年在上海与人创办《中国新诗》月刊。她是40年代（主要是1945至1949年）国民党统治区九位较年轻的诗人之一，也是有成就的翻译家。这九位诗人都是爱国的知识分子，他们站在人民的立场，向往民主自由，写出了一些忧时伤世、反映多方面生活和斗争的诗篇。他们著名的诗集是《九叶集》。陈敬容和郑敏是其中两个女诗人。陈敬容的诗深受古典诗词和西方诗歌影响，她的《飞鸟》、《雨后》、《划分》、《冬日黄昏桥上》等，都令人耐读。在1947年4月，她在《力的前奏》中殷切地呼唤："全人类的热情汇合交融/在痛苦的挣扎里守候/一个共同的黎明"。我见到了这位著名的女诗人、女翻译家。她很平和，谈吐明快，目光犀利，只是吸烟很重。韩翰给我讲了她与一位大翻译家相恋而最终未成的令人惋惜的故事。

【3月23日】后天是浩然五十岁生日，今天一早赶到他通县的家，与他的几位业余作者朋友孙宝琦、孟宪良、老华、树林等，在浩然家的楼下，与浩然一起，测距，刨坑，浇水，把九棵毛杨树栽种下了。这九棵小树苗，是从远处运来的。九棵这个数字是偶然的，因为可以多也可以少，只是树与树要拉开距离，只能种这九棵，也寓意生命长久吧！我们在栽树时拍了照，这是对浩然生日最有意义的纪念活动。我们扛着锹回到房间，洗一把脸后，就在浩然家吃中饭。饭后，客人们都走了，浩然与我谈家里的事情，他送给我十一本我还没有的他的书，只要有副本，全送我，他说我保存比他自己保存还会好一些。

在李瑛家，与之谈他的经历，他说他四次到海上去，1950年到舟山，后来到旅大，这次到西沙，祖国的四个海都去了。对这本《南海》自己还比较喜欢。他家屋壁上悬一圆形铜镜挂盘，周边是小鱼，上面有雕塑的风云和布帆的远航船队，据说是波罗的海舰队，这是东欧朋友送的。

到人民日报社看望了刘甲和苗地。

【3月24日】上午在谢冕家漫谈中国诗坛。从早晨6点半他长跑四十分钟归来进行了冷水浴后，一直与我谈到下午1点钟。

下午到解放军画报社，看望峭岩和董辰生。后去太平庄，看望范咏戈等人。

【3月25日】到文学讲习所看望我们辽宁来上学的陈秀庭和马秋芬。

今天是浩然五十岁生日。我应邀于晚6时赶到他家，他一家人全在，“外姓人”只我一个。晓凡发来了生日贺电：“恭贺五十岁生日，再享盛年‘艳阳天’。”人民文学出版社打来电话。红野的儿子山山给“胡爷爷”背唐诗和儿歌。大海虎实而威严。山山1979年5月4日生，大海1981年10月10日生。一家人融洽和谐。拿出了习水大曲和北京啤酒，菜多是罐头装。

浩然说，他父亲五十岁时生了他，他是收胎的。他的童年是在赵各庄度过的。他和姐姐成了孤儿，后走向革命。他高兴地告诉我，今天，他五十岁的生日，自传体小说《乐土》之一，在通州开笔了。他想写四部：《乐土》、《阳光》、《雨露》、《时代》。他说，我太爱这个时代，太爱这片土地了！他说，《艳阳天》短篇结构，横着写。半夜3点醒来，想出这个路子，心里痛快极了。

我请浩然给我写一条幅，他说他写不好大字，有点恐惧。他后来琢磨了几句诗，给我写了：“自识东西走南北，喝遍乡土万井水。处处有情处处爱，苦酿人间美中美。不觉艰险临高境，回首畅观浪花飞。天无尽期志未了，愿将心身化纸灰。五十生日录自题小像赠世宗”，下面还盖着他的大印。我对此极为满意。

我看浩然有一个草稿本，封面有“收获时节”几个大字，贴一张白纸，上面是他“开笔的话”：

“今天是我五十岁生日，开笔写这部自传体的小说。

“它是‘自传’，又是‘小说’。

“我想通过它，把我五十年走过的一些人生脚印老老实实地描摹下来，赤裸裸地呈现在读者面前，听凭公正的评判。

“这部自传体长篇小说，分段地写，尽可能每段都能独立成书。它的总书名叫“乐土”，以段为书，各有别名。所以读者可以从‘之一’看下去，也可任意选读其中……”

他说写到这里没有完。

【3月26日】 上午与王中才到协和医院看袁鹰，医院不让探望。

中午，李晓桦请我和王中才到莫斯科餐厅吃西餐，我觉得杂拌和罐牛肉好吃。只是三件餐具刀叉勺不大得心应手。

下午去看人民日报文艺部老编辑李叔方。

【4月5日】 机关到辉山植树劳动。休息时，在松林里坐着，我与李树楷副部长谈起书法。他说他四周岁时跟舅父学字，舅父是几个学校的书法教员。扫教鞭，悬腕。过年时请他写对子的有几百人。次要的就由他来写，这样就练得多了。李副部长十五岁参军，在文工队写标语，进城后条件好了，笔墨纸砚都不缺。他有两件憾事，一是曾有一幅岳飞的真迹，是折贴，打太原时，一个旧军官、大土豪家，一屋子书，进去翻了三天，仅《红楼梦》就有多种版本，全是线装书，其中有岳飞真迹，两头樟木板条，每折中间有樟木片，十几尺长。字好，飞字一笔写下来。他一直带在身上，骑马也带着。后来，坚壁，纵队有马，文工队

没马，警卫员背着。解放石家庄，通火车，开洋荤，警卫员困了，解下小匣子靠着睡，天黑看不见，中间停车，前面不通了，还有八里路，下去走，走了两三里，警卫员哭了，说糟了，小匣子落在火车上了。火车开上来，打了一枪，无法与它联系。李副部长还有一本日记，很宝贵。坚壁出发，交给了村支书。当时是两面拉锯，支书怕损失，托另一个文工队的队长捎。还有几个月就见面了，因为轻装，他一页一页地给烧了，可惜极了。

【4月17日】晚登车赴京。在车上巧遇杨大群。通过车上广播，找到了李云德和晓凡。我们在车上谈了一个多小时。杨大群讲了他的《关东演义》的官司，张学良的部下，你写他多少好处全是编造的也行，他认可，坏处说一句也不让。还有某某的孙子为他的汉奸爷爷辩解，对大群说手下要留情！大群每天跑三千米，晚上散步三千米，坚持不懈，他的身体确实结实。

【4月18日】我们都是来出席全国军事题材创作座谈会的。杨大群是空军代表，晓凡和李云德是辽宁作协的代表，我们沈阳军区除我外，有李占恒、孙俊然和杨闯。

会议全是小车接站。住京西宾馆。我在308号房间，同室的有人民日报的缪俊杰和解放军文艺社的张俊南。

把东西放下后，打电话得知浩然在通县，我乘车赶到他那里，见面时感到他的激动。他的《姑娘大了要出嫁》出单行本，他参与了文学创作经验丛书十人谈。中午，瑞林、春水做了十个菜，备了洋河大曲和北京啤。走时，浩然让我捎给魏巍一本书和一封信。

回到京西宾馆，见到白羽、李瑛、纪鹏、黄浪华、白桦、彭荆风、朱宝蓁、李大我、张忠等。

晚饭后，魏巍约我在院子里散步，他问及张立达的病情，我详述之。又谈诗，谈到他的工作，任北京军区政治部顾问，仍协助聂帅写回忆录。还谈到浩然。他说，我知道他的，正道，是想干事业、搞写作的人，不是把文学当敲门砖的人。我们还谈到我从读书时代就喜欢的他编的《晋察冀诗抄》。天黑尽，我们上楼，大楼里灯火通明。我看望了河北的李丰祝，看望了高深、王世阁和元辉。

开预备会，白羽主持，张光年到会。朱子奇和胡可讲了些有关事宜。会上我还见到了孟伟哉、穆静、王颖等人。

回到房间，与缪俊杰长谈。我在人民日报文艺部帮助工作时，他还没到文艺部。我们谈到文艺部一些人和事。

【4月19日】 今天，军事题材文学创作座谈会开幕了，出席会的有来自全国各地的军内外一百四十二位老中青作家、文学工作者和编辑工作者。我看见了在主席台上的贺敬之、张光年、刘白羽、丁玲、冯牧等人。光年同志主持会，巴金的书面发言由冯牧宣读，他让大家把笔当做火，当做剑，歌颂真善美。白羽作了长篇发言。

看了一下参加会的名单，我知其名的有马识途、雷加、敖德斯尔、金敬迈、柯岗、李存葆、李斌奎、李钧龙、王世阁、张志民、峻青、刘白羽、魏巍、张光年、徐怀中、肖玉、鲍昌、王蒙、王愿坚、白桦、李心田、刘祖培、曾克、葛洛、林雨、简嘉、王石祥、叶楠、曲波、吴强、李瑛、李英儒、严阵、黎汝清、徐光耀、梁上泉、雁翼、饶阶巴桑、丁宁、云照光、王海鸰、刘真、知侠、朱苏进、沈西蒙、陈登科、陆柱国、茹志鹃、胡可、韩瑞亭、彭荆风等。

与李瑛交谈。他说访瑞士写的十二首诗，瑞士都翻译了。没有多写，那个国家的人太富了。二三百年没打仗，吃的、穿的太好了，只想着享受了。牵狗，看报，登山，不关心别人，更不关心世界上其他国家了。李瑛说：如果我去美国，我要骂一骂他们的种族主义，骂一骂他们贫富悬殊的社会道德。马雅可夫斯基去美国骂过他们。爱伦堡也去过。我说，高尔基去美国回来写了一本书。

同严阵谈，他正在上海改长篇，我们谈到他的《江南曲》，我说我喜欢《竹矛》那样的诗。

晚饭同曲波、李英儒、黎汝清、茹志鹃同桌。李英儒对我说，自己已经年迈，不知是否还会有创作生涯的野火春风。他说他原在总后，现在编制在八一厂。曲波与我说到他曾在我爱人所在的沈阳机车车辆厂工作过。

晚饭后同梁上泉进行了长时间的交谈。他建议成立诗歌出版社，可出版古今中外的诗，还要搞一个诗歌月报。

观看电影《西安事变》和《钢铁长城》。

杨星火大姐谈到她从来没看过海，有一个看海的愿望。

夜餐时，李瑛、纪鹏、柯原和我边吃细面条，边说军事题材诗歌的现状。

【4月20日】上午在四楼会议室参加分组讨论。葛洛、艾煊、林雨、王愿坚、李心田、杨星火、晓凡等都发了言，让我做记录。王蒙在他的小组会上说，在中国，一不了解农村，二不了解部队，就不大好进行创作。

葛洛说编组混合编，便于大家广泛交流。艾煊主持讨论。王愿坚晚到了十分钟，他肩头、前襟全被雨水淋湿了。见他脱衣服，葛洛关切地问：里面的衣服湿了没有？白桦对王愿坚说：传说你病得很厉害？王愿坚只是憨厚地笑了笑。王蒙说：我好像没资格参加这个会，我没写过部队，也没立志写部队。我在工厂、农村、机关都待过，就是部队没待过，这是个缺欠。我这几年多了个头衔——军属，儿子当空军。赵戈从兰州军区来，他说，肖华首长带信来，欢迎地方作家来兰州军区访问。我们那儿有石油基地，有革命圣地延安，有戈壁沙滩，有甘南草地，有漫长的边防线，肖华首长说对来访的作家给提供一切方便，特别欢迎，要请客吃饭。肖华写了两本诗集。公刘、冯牧、关山月等都去过。

中午，《昆仑》的李大我取走了我写罗舜初将军的长诗《标本》的改样。

晚饭后，散步与白桦交谈。与占恒、浪华、朱春雨去军博观看纪录片《海国知识》。归来去张澄寰处，恰刘白羽部长在，一块儿谈了一会儿。魏风处长进来，我就走了。

在朱春雨房间聊天，徐怀中进来，又谈了一个多小时。谈国外军事文学的优秀作品。朱春雨思路畅通、迅敏，记忆力强，知识渊博，令我吃惊！徐怀中走后，朱与我谈起他的身世，说得十分诚恳、坦白，他是从吉林林区出来的，我在吉林当兵时间很长，我们谈起吉林的许多人的轶事。

小组会上，王愿坚说：我一直没脱军装，也一直在写点军事题材作品。苦闷的是我一直想突破，突破不了。现在开这个会进行交流，可能会促我有个突破。他说到放手写人性的问题，写我军打败仗的问题。他认为，通过败仗学到东西，仗越打越精有什么不行？

【4月21日】小组会我担任记录。

同杨星火大姐交谈，得知她有许多不凡的经历。她收养了一个藏族的孤儿，一直供养其上学，成为家庭融洽的一个成员。不简单，令人敬佩。

杨大群发言时，总政文化部张少庭副部长一再说："他资料掌握得多！"

下午，陈冰夷介绍外国军事文学，着重介绍了苏联军事文学，欧洲的"抵抗运动"文学，最后介绍了美国的军事文学。陈是中国作协书记处书记、社会科学院外国文学研究所副所长。

晚上我没有去看纪录片《空军知识》和《现代启示录》，去苗地家，遇雨。

回宾馆后，去魏巍房间，他正在起草发言稿。

与缪俊杰去吃夜餐，同桌的有陈登科、白桦、阎纲、王群生、张祖慰等，没想到阎纲这么清瘦，体质较弱。白桦谈到中缅边境上的一些趣事。满桌是醪糟，阎纲要酸牛奶，我要面条，口味是不同的。上电梯时发生了故障，灯也不亮，上不去，下不来。以为停机休息了，亏得陈登科的打火机，照明见到故障电话号，打过去了。很快灯就亮了。

【4 月 22 日】上午小组发言，我发言时谈了五条希望。一是业余创作不可忽视，二是对保留业余作者有相应的措施，三是要有专门的业余创作评奖，四是青年作者需要老同志的传帮带，五是希望组织地方作家到部队采访写作。

部队作家陈立德发言有偏激的话，他说党爱护作家爱护到是非不分的地步了！不敢提文艺为政治服务，还点了乔木、光年、冯牧的名字，他表示不信任中国作协。张祖慰对他的发言予以回击。总政文化部张少庭副部长代表领导小组对陈立德的发言表了态，认为他的发言是极为错误的，祖慰同志是总政请来的客人，他点人家名不尊重地方作家，不利于团结，与会议宗旨不相吻合；而且苏策同志发言批评他，他会议中间退场，更是不对的。

下午大会发言，陈沂、魏巍、陈登科和苏策分别讲了讲。陈沂建议宁可少养几个兵，也要多养几个作家。

晚看电影《飞向太平洋》和《啊，海军》，回到房间同朱春雨、缪俊杰、何启治、晓凡深谈。朱春雨谈到刘真、曲波、吴强、丁玲等人的情况。他可以模仿每个人的声调和说话的语气，像得很。他说，只有预感到艺术生命快要完结的人，才频频回首，留恋以往；对自己前景充满信心的人，是要全力向前拼的。

【4月23日】上午大会发言的有杨佩瑾、徐怀中、吴强、柯原、知侠、叶楠、雷铎。

徐怀中发言中说到1979年到前线采访，大家都愿采访特等功、一等功的单位和个人，都想选择最突出的战斗事迹，这当然是无可指责的。但作为文学作品来说，即使你占有和垄断再多的英雄事迹，如果没有个人的切身感受，没有对干部战士的深入了解，也无法进行创作。他说，他看到采访有名的单位的人太多了，他就没再去挤，而是到了一个一般的单位，收获也不小。他采访的几个连队干部和战士，多是干部子弟，都经历了生死的考验，作战勇敢。有的文化高，还写了笔记，对亚热带丛林战的特点进行了总结和研究。一个姓曹的团长，父子俩上阵，在“十年动乱”中，儿子不那么听话，学得不像样，有时爸爸打他的耳光，毫无用处。这次上前线，领导照顾他，给他二十分钟看他爸爸，没等爸爸嘱咐儿子，儿子先说了：“爸爸！你别看我平时不怎么的，总是在军营里长大的，到了前边，你看着好了……”他没有一点紧张和恐惧，爸爸也没再说什么，只是问儿子还有烟吗，给了他一包云烟，儿子早没烟了，拿了这烟很高兴，回去分给战友们了。战斗开始，要挑几个人为坦克指示目标。坦克本来是为步兵开路的，因这是丛林，坦克看不出去，就让步兵坐在坦克上，为坦克手指示敌人火力点。这需要勇气，要站在坦克的履带板上，非常危险。小曹主动报名上了坦克，一路指示敌人的火力点。战斗就要结束了，一个火箭弹打过来，他就牺牲了。人们把他的手表交给了曹团长，团长什么都明白了。回国后，要开追悼会，团长想起平时打孩子，心里很难过，不想参加。政委说：今天安葬全团烈士，你不去不好。这样他就去了。他想为儿子扎一个花圈，总扎不好，当地妇女就帮他扎。扎好后，曹团长亲自写他儿子的名字。一看那名字，几个妇女叫出了声，知道这是团长的儿子，就哭起来了。她们昨天给烈士清洗伤口，知道曹团长的儿子身上有多少伤口……徐怀中说，许多战士直到牺牲也没能成为英雄，搞创作的人看人不能简单化绝对化。人的思想境界不完全与几等功成正比。

张澄寰找我和李斌奎帮他整理材料，为刘白羽部长给中宣部邓立群同志汇报做准备。我们紧张地忙乎了一个下午，分四个问题：一是对会议的反映；二是发展军事文学的重要意义；三是军事文学创作遇到的问题；四是几点建议。

同雷铎、杨佩瑾、祖慰散步，雷铎讲到不同营养的“杂交文学”的问题。

晚看电影《百慕大三角》和《山本五十六》。

【4月24日】早起乘车到北京军区某军某师参观。一路与杨星火大姐同座，唠起了她的身世、经历和怎样走上了文学创作道路的。她曾参加过青藏公路的修建和西藏剿匪。她写的歌曲《叫我怎能不歌唱》曾流传全国。是苏策调她进创作组的。她爱人是修路一等功臣，1956年结婚时当排长，现在成都市计委工作。她三个孩子，老三是她收养的藏族孤儿，当年在日喀则地区一个哨所，遇到区委女书记巴桑，请求她帮忙收留这个孩子。孤儿母亲病死前，嘱咐把她的孩子交给解放军。我说大姐心眼好，她说：西藏人民养育了我二十多年呀！

给部队留言题字时，许多人上前去写。张澄寰和我在一边观看。他悄悄对我说，从一个人的书法可以看到他的心胸、气度、学养，甚至为人！

【4月25日】上午同晓凡一起去看望臧克家，郑曼大姐给

我们倒了茶水。克家谈他每天早上 6 点起来写东西。碧野来长途电话，说一个画报要写点文字；《解放日报》有几千字的稿子，《文汇报》写叶老的，刚写完。今天要写骆宾基的文章，说全家与他关系很好，他送来四五本书，还有金石。1945 年在上海，克家编报纸副刊，骆宾基写文章，给他连载。克家说：《花城》的苏晨同我很好。克家说，《诗与生活》四川与香港同时出版，三联书店也要出。

克家坐在红木椅子上，兴致勃勃与我们谈。有时仰脸，用右手抹胸，觉得胸闷气短。他说，湖北出了他的小说散文集，两大本，共九十三万字。山东出了他的长诗选，其中收入了他的四部长诗。他说写李大钊时他访问了七个人，都是与李大钊熟悉的，材料翔实。他说，这部长诗他自己是喜欢的。接着他说，写长诗比较难，表现一个人，一个史实，不容易。首先要有感情，没有感情，不可能句句是诗。他说到闻捷的长诗《愤怒的火焰》和贺敬之的《雷锋之歌》与《放声歌唱》，他称赞地说，激情澎湃啊！他说：五四以来，我喜欢的诗人第一是郭沫若，第二是贺敬之。他说他更喜欢贺敬之的短诗，如《回延安》、《三门峡——梳妆台》等。多年的生活经验压缩到短小的篇幅里是非常不容易的。比较起来，《三门峡——梳妆台》的感情浓度不如《回延安》。他说有人问过他：你的短诗比长诗好，你觉得怎么样？他说：当然了，长诗我把握得不好，要把思想性带进感情里，这是很难的。他说：也有例外，与当时群众的感情沟通后，就会产生效果，如郭小川的《向困难进军》、《致青年公民》。他说：有人说从郭、贺开始了“假大空”，我觉得他们的诗在当时的环境里，是给人力量给人鼓舞的，鼓舞人们克服困难，得到人们的共鸣，表现得也不错。

克家说，无论写什么，不动感情光记事不行，特别是写诗，光有材料不行。当然首先在生活中，没生活就没有文艺。接着就是掌握和运用生活了，还有一点，你对生活的感受，爱什么，恨什么，光凭平平淡淡的材料是不行的。克家说，有一个女的，长得很漂亮，跳河死了，一个县长看她，“鸟窥眉上翠，鱼戏口旁珠”。有人大哭不止。可见对一件事有各种不同的感受。像巴金，回忆生活有很深的感情。回忆朋友，几十年不见，虽非云山相隔，世事两茫茫，自有感情在里头。他说，一切艺术，不完全凭事实，感情的掌握很重要。还有对生活的掌握，带着感情的回忆，会比当时发生的还生动。克家说：我写干校的诗，虽有人骂，但里边确有我的真实感情。离了干校，夜不能寐，火燃烧一样，照亮我的记忆，比当时的印象还深。接着，克家谈到艺术技巧，说农民一辈子生活了八十年，为什么无诗？没有表现能力。表现力很复杂，有文化传统、修养，学习得越深，表现得越好。但记住：技巧不能成为艺术，技巧是巧劲，艺术不等于技巧。克家说：生活越深，概括力越强；生活越深，表现力越强。打个比喻，在院子里见过十棵树，写树，到森林里看到一百、一千、一万棵树，不一样了。

这时，保姆送进来一包信。克家说，每天一大包信。克家拿出那本《诗与生活》，把书打开，给我们念内容介绍，还念到“艺术离不开技巧，但技巧不能成为艺术”。这是他坚持的一个观点。他说：我有八份报纸，订七份，送一份。信有千封万封，我回复不得。他说：我今年七十七岁了，心脏不好，心律不齐，人交往多。去年一律不回信，有一个鞍山青年没考上大学，要自杀，我不得不回信给他鼓励鼓励，

克家的客厅里，悬挂着俞平伯、叶圣陶、茅盾、老舍、何其芳、郑振铎、郭沫若、于立群、闻一多、冰心、唐弢、沈从文、冯至、曹靖华等人的字画，克家说，还有四五十轴没挂出来

呢！老舍写的是："学知不足，文如其人"。

克家说他身体不好，工作量太大，每天工作在十小时以上。

克家说到与刘镇关系很好，曾在《工人日报》上发表过评他诗的文章。说到与姚雪垠、单复的关系。说在上海办刊物，登单复的作品，那刊物全登大家的作品。他说文坛上想象不到的各种谣言，太多了，太复杂了，复杂到招架不住。评论拉圈子，互相捧场，不公正。有的打击别人，抬高自己，不择手段。他说程光锐、刘征是正派的好人。有的看风头，看哪边人多势力大。他说到家门上自己写的对联："凌霄羽毛原无力，掷地金石自有声。"他加了两句在前面："万类人间重与轻，难凭高下做权衡。"他说这几句有象征意义，报纸不敢登。这句子属于真实，山东人说话直，得罪人。他说新诗每年都评奖不一定好，评出来的，登照片，有人骄傲。华君武的漫画《小猫屁股摸不得》。克家说：我也不是保守，两个"凡是"我是极端反对的。有人把毛主席骂得狗血喷头，我不赞成，我和毛主席有个人感情，崇敬他，我不会骂，工农兵不会骂。克家说，去年10月在中宣部召开的会上，《人民文学》副主编刘剑青发言，讲得很好，讲去农村的感受。我累了，没听完，后来请他到家里来讲，又看了他的讲稿。现在有些电影农民批评，说电影有三气：憋气、洋气、泄气。现在的电影人们不爱看，虚伪的爱情，廉价的惊险，异国的情调，装腔作势的表演……应强调民族形式和现实主义传统。

在这三个月里，克家给人写了十篇序。其中包括盲人周嘉堤、李学鳌等人的。

我们起身要告辞，克家叫我们再待一分钟！他说一天有多少拨客人来，与你们这是长谈，再来人只能短谈了，第三个来，就说不出话来了。

克家执意要送我们出门，我们再三推辞也不行。他把我们送出大门，一再挥手，然后扶门而入。

到红星胡同，晓凡在胡同口等我，我去李景峰家，看望了他和小刘。

我和晓凡一起参观了中央美术学院刘宇一画展，他的画中有许多文化名人像，如周扬、夏衍、丁玲、艾青……都是油画，每幅都有诗的构思。如画艾青，就有礁石和海浪，引人联想他的坎坷经历和他的坚韧性格。

在东风市场小吃部我们吃了午餐，然后分手。我到中国美术馆参观了韩默藏画展。韩默是一个石油家，富翁，喜欢收藏各国的优秀画作，如法国古斯塔夫 · 摩罗的《大卫王》，荷兰伦勃朗的《朱诺》，美国吉尔勃 · 史国华特的《华盛顿像》，美国安德鲁 · 怀茨的《白日的梦》，这后一幅是色胶画，画在木板上，画面上有两扇启开的窗子，可见裸女，隔着白色的透明纱缦。

拜访袁鹰，他的父母、弟弟田震和妹妹都在。他正伏案写信，他说过了“五一”就去杭州疗养，去一个月。我们谈了许多事，严阵来访，我便告辞。

又去看望姜德明，他谈到巴金老现在正在杭州休养，每年都去杭州十天。换换脑筋，休息休息。在那里，每天都写很多东西，不知疲倦。他给我讲了孙犁给田流写序的事，让我告诉《昆仑》杂志，换下给马金的。给田流的那篇将在《人民日报》上发。孙犁给姜德明写了信。

去看望董辰生，他说将给我画一幅令我满意的画留作纪念。

晚饭后去北太平庄，与张文苑副社长、中才、抒雁、步涛聚谈。

回京西宾馆，又与晓凡、朱春雨谈到吃夜宵。

【4 月 26 日】上午，张少庭副部长召集各大军区、各军兵种的同志研究地方作家到部队采访、生活、写作的接待问题。我和一些同志的建议被采纳。

下午到洗印厂观看了苏联影片《这里的黎明静悄悄》，由人现场用汉语翻译。晚上接着看《攻克柏林》。

【4 月 27 日】三四组合并开会，吴强宣读了有关地方作家到部队采访、生活和写作的文件。会毕，一些诗人：梁上泉、王石祥、杨星火、纪鹏、程步涛和我，在一起畅谈一番。石祥说写诗有什么意思啊？他要转到小说上。梁上泉说他对诗是“死不改悔”啊！我认为自己诗还没写好，还能写得比现在好些，不想中断。

中午，到张志民的房间里拜望了他。

下午 1 点半，严格凭会议证入场。胡乔木同志和周扬同志到会并讲了话。乔木同志的演讲，平易近人，博学强记，令人震惊！他说无论军队的生活有什么样的特点，它都是不可能同人民的生活割断的。所以为了写好军事题材的作品，不能不要求作家有广阔的视野。有了这种广阔的视野，才能使读者真正懂得战争的意义，战争对于人民，对于国家、民族、社会的意义，懂得我们的军队在人民中占据的重要的地位。他说，有些作家感受外界事物的能力比较强，但无论怎样强，都不能说所谓走马观花的方法能够写出了不得的作品，这是不可能的！坐在我身边的缪俊杰说，乔木同志给《人民日报》寄诗稿来，直接附信，不走特殊渠道，不要特殊处理，不让放在显著位置，要求名字和诗的字号要与一般作者相同。几次改稿几次来信，从不靠秘书，都是自己亲自写信来。

大会散时，留下诗人们合影，参加合影的有魏巍、张志民、李瑛、梁上泉、柯原、杨星火、晓凡、王群生、雷铎、孟伟哉、张澄寰、纪鹏、王石祥和我，张澄寰把总政华楠副主任和刘白羽部长、胡可副部长，还有来向华楠副主任请示工作的《解放军报》副总编姚远方留下一起合影。李瑛几次说有事情，不照了，要走，我请他留下来了。晚饭后，李瑛把我叫到他身旁，同桌的有刘白羽、华楠等领导同志。李瑛对诗人们合影请领导参加，又摆椅子排座次，不很高兴。

杨星火今天给我讲了她家小三的情况，小三母亲双目失明，不知丈夫是谁。怀了孩子并把孩子拉扯到三岁就去世了。小三吃糌粑拌渠水，上山摘野果，吃了一肚子蛔虫，脸也肿了。巴桑书记怕他死了，给杨星火收养。小三在母亲去世前问母亲："你死了我怎么办？"母亲说："我死了你就跟共产党、解放军！"不少贫苦的翻身农奴把孩子送到内地去学习。巴桑骑马去看，孩子抱着巴桑的腿哭。巴桑问他："你妈妈死了，你怎么办？"小三说："我找解放军！"巴桑认得杨星火这个部队女干部，就在八一军民联欢会上交给了她。她给爱人拍了个电报："准备带一个藏族儿子回来，同意否，速回电！"没接到回电，就带回家了。她小儿子说："妈妈采访了一个弟弟回来！"小三很聪明，与家人感情很好，他叫雪兵。杨星火是 1949 年 9 月 30 日参军的，可以办离休。

中午，纪鹏和程步涛到我房间，看了我的长诗《雕像》。

晚上在宾馆礼堂观看了电影《少林寺》、《摩非的战争》，与李斌奎、祖慰左右邻座。

夜里赶抄苏策借给我的一份昆明军区政治部的打印材料《韦建勇烈士情况介绍》。我觉得这位牺牲了的爱好文学创作的勇士，可以与抗战时的诗人武工队政委陈辉相比。

【4 月 28 日】一早去中央人民广播电台文艺部送稿。

上午分组讨论乔木和周扬的讲话。

下午华楠副主任作报告。

晚上去看电影《蝴蝶》和《直捣东京》，邻座曲波。他认为后一个电影太差了。在回来的路上，张澄寰对我说，要把我调到总部来工作。我很感激他的好意，但坚决地表示不来。他问我为什么，我说主要是家庭生活已经安定了，刚安顿好，不想折腾。我将慢慢转入专业创作。另外我对总部工作不适应。他再三表示希望我来，做文艺评论方面的工作。

【4月29日】 上午观看海明威作品改编的黑白影片《战地钟声》，据说解放前曾放映过，海明威小说的标题为《丧钟为谁而鸣》。

到《新观察》杂志社，见到石湾。六年前我在人民日报文艺部帮忙时，曾与他有联系，约他写过诗。

在宾馆，打电话向浩然、刘梦岚和宋世琦告别。给谢冕写信告别。

林雨、翟俊杰、雷铎等人送我们到宾馆楼前上了小车。我与杨大群、李云德、李占恒同行。谢真子回沙滩作协机关，也搭乘我们的车。

在火车上遇到了到八一厂办事的李英杰。

【6月11日】 昨晚登车来京。松涛和晓桦到车站接我。住总政西直门招待所3号楼405号房间。

去赵堂子胡同看望克家。保姆认出我，说克家刚好一点，这是恢复健康的第二天，嘱我少说几句。我进到客厅里，克家很高兴，双手攥住我的两只手，很有劲，很有精神，不像大病一场的样子。他穿着白衬衫，让我坐下，我说只看一眼，请他休息。他不答应。我看见他的餐桌上有两只小碗，一只里有三片炸馒头片，一只里有一点点小菜，即几块豆腐泡和几片青菜叶，他还没吃东西。他说到他的《诗与生活》，香港《大公报》发了文章，说是“农民诗人臧克家的自述”，介绍了这本书，评价很高，他找出这篇文章给我念。他谈到在一个座谈会上，他写了发言稿，他虽不是党员，但他说党员作家首先应是党员，要想到党的事业和十亿人民的事业。他说他看不惯一些党员作家的行为。

克家告诉我，他昨天刚刚好，刚起了床，严辰、邹荻帆来看望过。他指着台历上记着的两件事，给我写了信，并题了字。他说晚上看电视上的球赛，看到10点半，太兴奋，今天又有些不好，疲劳了，脉搏有时不正常，停跳。我按他的脉，不停了，苍劲有力。他说，前些天，他爱人、儿子、儿媳、女儿，都请假守着他，耽误了工作。正说着，电话铃响了，他去接，是女儿打来的，不放心他。克家满脸痛苦的笑容，右手不住地从上往下抹着胸部，可能这样好受些。

说到艾青，克家说编《中国新诗选》时，他选了艾青七首，选自己四首。

老舍夫人请他为老舍诗选写序，河北出版，现就放在他的床上，他家墙壁上有老舍题写的“健康为要”四个字。床头还有一堆信件，其中有些是约稿信。我拿出我珍藏的1947年版的《生命的零度》和《中国新诗选》，请他题签，他用钢笔写了，并盖了印。他说这印是中国第一金石家钱君匋所制。

我嘱他多多保重，千万不要过劳。他步出客厅，在院子里高扬手为我送别。

赶到月坛看浩然，他不在，他姐姐——一个农村妇女和红野、秋川、大海在。下午我赶到通县浩然的家。他显出异常高兴，唠起近况。《北京日报》是今年纪念“5·23”唯一一家约他写文章的报纸。他写了《永远追随的旗帜》，一千多字，种种原因没发出来。他去报社，田藏申出面说他的题太大了，发表有难处，请他给一篇作品发一下。《长城》将发他的《能人楚世杰》，《当代》将发他的《老人和树》，宝文堂出版他的《姑娘大了要出嫁》。谈到他主编的十人谈创作，出版社要拿掉晓凡和刘厚明。说到我下步的工作，他说千方百计到创作组，不能再犹豫了。

我与浩然到通县街上买菜，换啤酒，春水回来做菜，瑞林也回来了。

晚饭后和浩然到县委办公室，与人说麦收的事。

回到家里，浩然给我拿出一顶凉席，还沾湿毛巾一点点擦，给我铺床，给我拿出一沓子信，其中有魏巍和秦兆阳的。魏巍信中说："现在来往于西山与解放饭店之间，去看你很方便，你回来时，可打个电话，我即去看你。"秦兆阳信中说："大约起码有两年不见面了。有时从各地出版的刊物上看到你的作品目录，可惜事情太多，未能找来拜读。不过总算知道你一直在努力写作，这对我是个鞭策。最近从张志民同志处知道你常去通县等地生活，你北京地区熟，如鱼得水，令我羡慕。我有一年多极少管文学出版社和《当代》的事，但我还是要再一次恳切向你致意，希望你的作品在《当代》发表。只要你心里有这个事，迟早都可以。这是《当代》全体同志的希望。编辑部几乎每次谈到组稿的事都提到你。"

【6月12日】晨起，我悄悄起床，正欲留字条儿回北京，浩然起来了，给我冲奶粉，开启罐头。外面下起了大雨，雷声大作。浩然翻出了他的黄上衣让我套上，还给我一把雨伞。

回到招待所才知大事不妙，总政关于接待地方作家的会提前开了，找我几次没找到。我赶紧到总政文化部，伊增埙同志传达了开会的内容。要到部队访问的地方作家的报表，中国作协关木琴同志负责这个事，正在整理，待送到总政后，再造个计划，分成几路，时间相对集中。胡可副部长强调接待地方作家要热情细心周到，尽量满足其要求。他还谈到他自己到朝鲜战场的经历，他说他到朝鲜，大批作家之后去的，杨得志司令员单独在地图前讲了一个上午战争的态势。要把地方作家到部队来看成是对工作的促进，而不是添麻烦。

【6月23日】为接待地方作家到部队采访，6月18日总政而不是总政文化部下发了通知："为了增进地方文艺界对我军的了解，增强军政、军民团结，加强军事宣传，繁荣军事题材文艺创作，总政决定：每年邀请一批军外作家、艺术家到部队参观、采访和体验生活……今年下半年，拟去你部的军外作家有张志民等八位同志……"军区政治部华山副主任、成泽民副主任、崔星权副主任和另两位副主任于昨天都作了批示。今天，刘振华副政委批示：同意接待方案，要热情接待，不要使人家有为难之事。

【6月25日】张志民、傅亚文夫妇从北京来沈，他们应总政邀请访问部队来我们军区。我与军区文化部李英华副部长到车站迎接。

志民风尘仆仆，非常实在。我陪同他们到铁西一化工厂看望一个亲戚。回来路上，他们提出到我家看看，我马上打电话给惠娟，他们给海泉从北京带了一铁盒糖果，给海英带了一个小书包。想得太细了！我要留他们在家吃饭，他们坚决推辞了。我陪他们回到招待所吃了晚饭。

李国文来沈阳，陆明友打电话告诉我，我赶到空军招待所看望了一下，李国文把他的一部长篇小说送给我，还用横是横竖是竖的平正字体题签了。

【6月26日】我问志民在沈阳还想看谁，他说李宏林。50年代，李宏林和他一同在丁玲任所长的中央文学讲习所学习来

的，是同学。我给辽宁日报李宏林打了电话，宏林非常高兴，中午他请志民夫妇在北市场的老边饺子馆吃了饺子。这家馆子的老板对宏林感恩戴德，因为宏林利用报纸的优势，保护了他们，还对他们进行了褒奖宣传。老板把我们让到楼上雅座，墙上有侯宝林和“真优美”的题词。侯宝林写的是“天下饺子，老边第一”。老板给我们上了许多样饺子，还炒了几个看家菜，我们喝了沈阳的雪花啤酒。宏林要结账，老板说什么也不让。宏林说这绝对不行。实在没法了，老板说：你一定要给钱，就给十块钱吧。回来后，志民写了一首新诗打油诗：

到沈阳，尝尝鲜，
要吃饺子去“老边”。

誉满东三省，
名过山海关。

要问味道怎么样？
咬一口够你品三天。

【6月27日】我陪志民夫妇开始关东之旅。今天乘火车到达长春，住我原所在军的南湖招待所。

我们很不容易买到了软座票。软座车厢满满的，是香港一个旅游团包了的。在车上一问，香港旅游者多是行业工会的工人，他们休假出来玩玩。

参观长春第一汽车制造厂，这个厂有五万工人、二十万家属。参加业余文艺协会的有三百人，铅印文学刊物《解放》，每期印两千本。一年出四期。厂里有省市作家协会的会员二十多人。我们会见了工人诗人王方武。他和戚积广曾是长春最著名的业余诗作者。他是1962年开始发表作品的。他说，写郁闷的东西，工人看了不大顺当，自己写就更不情愿了。志民说，不要迎合社会上各种思潮，还是要写自己感受比较深的东西，他举了王恩宇和何玉锁的例子。王方武说，懂得天职应当反映工人的心声。我写诗是在班组里，诗是最能拨动人的心弦的，为什么不能用诗来做人的思想工作呢？但炼钢炉不能二十四个小时都淌铁水，总有堵门的时候，写诗也不能总出作品啊！王方武说他的处女作是胡昭的爱人陶怡给发在《长春》杂志上的。志民鼓励王方武：东南西北中，什么风都刮，写你自己的，不要看行情。说到传统，志民说，不当守财奴，也不做败家子！

在王方武的陪同下，我们参观了生产汽车的流水线，参观了中国第一台轿车，东风牌，红色的。我看到一大排待出厂的红旗轿车和解放牌大汽车。

【6月28日】一早到美丽的南湖散步，巧遇我熟悉的画家吴宇芳，我把志民介绍给他。我们谈了谈吉林省文坛的事。志民请他向曲有源转致问候。

今天出发去哈尔滨。

在车上与志民夫妇攀谈。志民说，1973、1974年没事干，老战友也不来往了，苦恼，闹心。将来怎么办？想得最多的是国家和民族的未来。家里有缝纫机，儿媳妇的活儿志民可以做，缝补衣服。自写打油诗：

学诗学剑两无成，如今改行做裁缝。
愿为人间添新袄，不给烂世补窟窿！

粉碎“四人帮”，在《诗刊》工作的孟伟哉和康志强约志民写欢庆胜利的诗；人民日报的袁鹰约志民写悼念原公安部长罗瑞卿的诗，志民问：我写合适吗？袁鹰说：你写合适，你在公安部待过。什么时候要？下午吧！志民应急赶写了二百行长诗《我们的宝剑》。中央一个办公室来电话说，罗瑞卿夫人郝治平同志到处找志民，请他去一趟。志民说，写诗应该写，上他家就免了吧！他没有去。后来，郝治平托两位局长捎信来，感谢他为罗大将写了诗。在高法审江青的法庭上，志民见到了郝治平，郝治平再一次表达了感谢之情。《人民文学》的周明打电话给志民，说看了他的诗，他们全院子的人都感动了。为给《当代》写歌颂瞿秋白的诗，志民在瞿秋白牺牲的地方住了三天，还访问了瞿秋白的已六十多岁的女儿瞿独伊和瞿秋白的夫人杨之华。志民说，瞿秋白的政论远远超过他的文艺作品。杨之华最早是同一个大地主的儿子结婚，爱上瞿秋白后离了婚，两岁的女儿是抱过来的。志民写彭老总的《你与太行同高》，第一句就说你生前不喜欢拍照。这是在朝鲜，他和谷岩爬到墙头上拍彭老总，彭总发现了，火了：你们搞什么名堂？给我滚下去！志民写了一批挽歌，朱德、贺龙、陈毅……中国将帅们的挽歌。

志民在“文革”前最后写的一首诗标题叫《我们准备好了》，还在人民大会堂朗诵了。过了许多年，李瑛说起这首诗，其实对“文革”的到来谁都没有准备啊！

一位日本专家访问，他开列了志民的书目，在本子上写：“你最喜欢自己的哪一部作品？”志民笑笑，在他的本子上写一句：“我还没有写出来。”

志民讲，他1926年5月10日生于河北宛平县门头沟区。1938年12月参加革命，父亲和哥哥也都出来了。父亲是乡村知识分子，教师，乡长。志民给地委书记当勤务员。志民说：父亲的古文底子厚，在文学上相当有造诣，他写旧诗和新诗，还写小说，写了许多没有发表。他的毛笔字写得很好。他会医道，从小跟他出去给人看病，使我对农村社会熟悉，接触的社会面比同龄小朋友要宽得多。我八九岁就到了北京，住小街。十四岁到河北涞水入抗大四团（四分校），在晋察冀山沟里，校长萧克，分军事队和政治队，我在政治队。十三岁时秘密参加了农先，这是党的外围组织，十五岁也就是 1941 年 11 月 1 日从农先转党。当时的政治处主任是现广东省委副书记，最近他还寄来本他的诗集，他懂文学，写旧体诗，校歌就是他写的。我十五岁给萧克当译电员兼机要员，送电报不分早晚，见萧克用红笔圈点看古书。萧克每天写他的长篇小说《罗霄军的奔流》，一直没发表出版。机要科有一女同志给他抄电报之外还给他抄小说，反扫荡时，专有一人背着他的小说。抗美援朝之前，我到石家庄步校看萧克，问他：你还认得我吗？他说：怎么不认得？你当时是十几岁的娃娃嘛！记得当译电员时，萧克有好东西不舍得吃，让我们几个小译电员吃。

“总觉得匆匆忙忙地赶路！”志民回忆起自己参加抗战，解放战争打天津，抗美援朝，土改，合作化，1964 年到山东胶东地区参加“四清”，在工作团分团任总支书记，每天开会到下半夜 1 点。从当译电员、连队指导员、机关教育干事、组织干事、宣传干事……到训练“解放”过来的军官。在清风店，训练“青年军”的军官，有一个给蒋介石当侍卫长的，他们都挺服的，后来有的入了党，我在军大做报告，介绍工作经验。1947 和 1948 年两次参加土改，在河北省易县和涞源县。第一次在土改工作队当队长，从军队调去的，说我右倾，我想得简单，土改就是解放生产力，分东西，队员是从农村调来的干部，他们问：“一个人也没杀啊？”我把地主弄起来搞生产，搞深翻地。分浮财，先搞方案，贴条子，直接从这家搬到那家，有秩序，不是把柜子、桌子、缸什么的弄得满大街。解放战争中撤回来，进北京，配好的军校干部，做教导员，在良乡等半个月，北京解放了，就到天津，参加解放天津的战役。那时我一边工作一边写东西。有一位百花文艺出版社的老编辑，他编过解放区的《冀中导报》，我在上面连载过《北上漫记》。我的小说选是1946年到1957年的作品，共三十多篇，选了二十多篇。十六岁时写过一个中篇小说《浪中人》，写战争生活，写熟悉的身边的人。小说有五六千字，发在部队小报上。当时没有书看，有一次，一个人从地主家拿到歌德的《浮士德》，还有蒋光慈的小说、郭沫若的新诗，舍不得丢掉，行军背着。父亲参加革命，抗战时腿肿走不了，在家养病，新中国成立后一直冤枉死。父亲的文化是奶奶教的，奶奶是在有文化的家庭长大的，奶奶的父亲有文化，奶奶的丈夫死了，嫁给了农民。父亲出去干活，回来得在奶奶面前跪着背《论语》、子曰。父亲在一个矿上做中医，群众愿看中医不愿看西医，小卫生所的头头嫉妒，在反"右派"时把父亲整了，下放公社放羊，公社医院用他。父亲是个耿直的人，一次带志民在门头沟小铺棚子里吃烧饼老豆腐，见一个二流子欺负一个山里的陌生老乡，父亲看不过，打了那二流子嘴巴，并且叫道："那是六分所，你去告我吧！就是不许你欺负山背子！""文革"前，矿长说这个事处理错了，你还回来吧！没等办完手续，"文革"开始了，矿长被打倒了……志民说他有一个叔叔，原河北省委常委，是家乡才子，做过县委书记。1957年打成"右派"，老婆离婚，他把家存全部的钱近两千元交给老婆，他自己一分没留。孩子与他断了父子关系。他硬气，照样交党费，每月给省委寄，写共产党员某某某。前年来，问题解决了，到河北驻北京办事处看他，人不在，床上扔个破棉袄，人已住进了安定精神病医院！平反后，他把平反的钱捐建图书馆了，自己房子里只有脸盆和牙具。孩子结婚他给十元钱。

晚9时，在黑龙江省军区招待所25号楼，志民接着给我讲他的身世和经历。因反江青罪名进了监狱，从1968年5月8日直关到1971年11月。志民一次到狱中的医院看病，从医院的玻璃窗发现自己头发白了！对死曾做过多次设想，自己住进了监狱，全家要下放到黑龙江，雅文想把生病需要住一个月院的十三岁的小女儿张燕放到一个人家去。雅文提着鸡去她妹夫家，妹夫是造反派，没收留。是在动物园喂动物的邻居朋友家把孩子收留了。雅文走时，邻居还拎点心匣子到车站送。

【6月29日】与黑龙江省作家协会的黄益庸、梁南、中流、巴波等人会见并交谈。

在黑龙江省军区招待所见到到此访问的北京作家雷加。

满锐请我到家做客，弄了一桌子菜，备了酒。作陪的有哈尔滨日报的李兰颂。兰颂是著名作家、翻译家李又然的儿子，人热情、谦和而又聪慧，很可交。我说为什么不请张志民两口儿一块儿来家？满锐说不敢，他是大诗人，太高，够不着。其实，志民两口儿是最随和的，今天一起来就对了！

【6月30日】今天志民讲到他进文学讲习所。他说战争时代忙于打仗，没怎么系统读东西，也没什么东西可读。这不是一个人，而是一批人、一代人的问题。在讲习所，写过一些东西又来读书，与爱好文学的小青年来读书不一样。志民1949年就搞专业创作了，在华北军区创作组，有胡可、杜烽、徐光耀等。志民说，我有个特点，看书看得很杂，政治的、经济的、历史的、文学的。对历史尤感兴趣，包括医学，这也许受父亲影响。自己买书，买资料性强的有保留价值的。搞创作什么都用得上。

说到生活和艺术的关系，志民说：这可不是绝对的，我写东北生活的小诗，绝不是我看到的这点东西。过去有基础，今天写时都用上了。这就像一个小孩与一个大人看东西。一家人都去王府井，小孩与大人看到的肯定不一样，关心的事情不同嘛！所谓“生活”实际上是一个人的生活阅历，一个老作家的阅历和他写作品深度有着直接关系。在文讲所诗歌组，有孙静轩、苗得雨、和谷岩等，志民是组长。志民说：我追求的是雅俗共赏。雅俗皆可做，但让人“赏”就不容易了，没有艺术感染力，人民大众就不喜闻乐见了。志民说：我最初的艺术修养就杂，古典诗词、外国诗、民歌、新诗都有。战争年代做政治工作，后来到宣传部门，接触的许多人都是大学生。他们对我有影响。家乡群众喜欢的民歌影响也很大。《王九诉苦》用的是民歌体，群众便于接受。我写小说也有条件，我生活中许多素材适合写小说，我第一篇小说发表于1946年。与编《石家庄日报》的曼晴一直有联系。

到达佳木斯军分区。在这里遇到了来搞调查的老熟人孙成武。

孙成武谈在乌苏镇“东方第一哨”夏天最早两点多就出太阳了；他说抚远三角洲明显是我国领土，现在苏联占着，大炮筒子对着我们，行船也不让我们走，抚远水道，大船过时，得借道，他们的炮艇“护航”，实为监视。他说，大马哈鱼是逆水走。这种鱼生于江，长于海，死于江。他还介绍了八岔、明山、勤得利、太平沟、萝北等地不同的风情。

讲到边防会晤的故事，我方有一边防站副站长口齿锋利，反应迅敏。会晤后，苏方的菜单背面写着：“某某某同志：你送的情报已收到，给你奖励。”这是对方搞策反，无法外调，无中生有。他们为套近乎，背几首李白、杜甫的诗，而我们的人很少知道普希金、莱蒙托夫的。

【7月1日】在于会元干事的陪同下，乘小车出发。先去回访了志民坐牢时，全家人被从京城赶到北大荒的那个叫“笔架山”的地方。那时，双亲年近古稀，雅文大姐三十八岁，长子

十六岁，次子十五岁，女儿十三岁。到了笔架山，志民在雅文的带领下，先奔他们原来住过的那个房子，当年女儿栖身的小草棚，现在的主人用来养兔喂鸡了。在这个村子，长子当了四年猪倌，次子在砖窑当童工，一天要扣两千块砖坯。我无法理解志民夫妇此时此地的心绪，他们的亲人在这里度过了艰难时日，对这个地方怀有怎样的情感呢？志民说，这是一次过了期的“家访”。

中午到同江，当晚到抚远八岔。访问了驻八岔五连连长宿忠余和指导员黄忠才、副指导员裴忠达，有意思，三个连官儿名字中间都有一个“忠”。

连队战士长年护理一位将近六十岁的赫哲族老人富金才。在旧社会，富金才给地主家赶马车摔下摔瘫了，战士定期给他打柴火，挑水，做饭，洗头，拆被褥，做衣服，还用爬犁拉他去看电影，老人过生日，连队给擀面条，煮鸡蛋，炖鱼，炒菜，团主任还去和他喝一盅呢！老人说：“我就是死了，埋地三尺，也忘不了共产党、解放军！”赫哲族只有民族语言，没有民族文字。毕、富、尤是几大姓。他们是古老的女真族一个分支，他们的先人穿鱼皮衣、鱼皮裤子，吃生鱼。他们以打鱼为生，一车鱼换不了几尺布。赫哲姑娘愿嫁汉族小伙儿，因为赫哲男的喝酒不要命，下江凉啊！他们打仗，哭，喊。赫哲族姑娘嫁汉人，孩子算赫哲人。招工、上学、生育都有优惠。

在八岔，家里做饭，女的烧水，男的拿一挂网出去，一会儿就网上鱼，把鱼头和肠子肚子丢江里回来再下锅都赶趟。鱼有小白鱼、黄姑子、白票子。名气大的有大鳇鱼、鲟鱼（七里鲋子）。

志民向连队干部提出了“特殊化”的要求，他要连队给他做高粱米饭吃。连队真的给做了，他吃得很香。连队干部拿出纸墨，让志民题词，志民先在报纸上练了练，给五连官兵题写了一首诗："天高沃土厚，地大草木深。八岔黑龙水，一颗赤子心。"

我们到打鱼的网摊看了看，这里是回水湾，水深，鱼吃水草，十分安静。

听赫哲族歌手黄菊英的口弦琴。

【7月2日】在抚远的傍晚，路边，唐杞树垂挂着一串串"飞刀"。雨搭式伸出的路灯下，下班的人们甩出一串串"飞鸽"的铃声，更有橘红色的"嘉陵"，"嗡嗡"飞掠而过。那"嗡嗡"叫的声音像蜜蜂，这里生活的蜜甜得那么浓！村落里电视天线像船队的桅杆，错落地竖立着。

【7月3日】和志民夫妇访问许纪勇、汪要珍这对南方来此插队的年轻夫妇，小许是上海杨浦区东郊的，现在他们只有二十五平方米的房子是属于自己的，自己铺的地板。家里有盆景，有海燕牌收音机和电唱机。房前种着豆角、土豆、菠菜、大蒜和毛葱，屋后有木耳树。自己抓的鲫鱼、白鱼、鲇鱼。小许说，刚来时到饶河生产建设兵团，开康拜因，开荒种地，让蚊子咬哭了，半夜往回走，口粮一个月四十四斤。后来到养路段，一个班十九人，他用从上海带来的牡丹烟和杭州西湖龙井茶招待过往的客人。他自小爱看书，冬天没活了就看书。自费订了《文汇报》、《人民文学》、《上海文学》，还买了《地理知识》、《土壤知识》以及《路基养护常识问答》、《中国大地构造问题》、《筑路材料》、《公路工程》、《道路翻浆及防治方法》、《公路水毁防治和抢修常识》、《公路绿化》等业务书，他说干一行就得钻一行，不学不行，不学人家把你当白帽子。春四月，雪一化，冰雪不清除就糟了，他们维护的就是那十九公里的路。

小汪是杭州市西湖区的下乡知识青年，她是1967届初中毕业生，十八岁来东北，共来了三十三个人，陆续上学的上学，病返的病返，招工的招工，在这赫哲乡，现在就剩下她一个了。她一个哥哥、两个妹妹都工作了，父亲是会计，母亲没工作。她晚婚，二十八岁才结婚，1972 年到邮电所工作。两个人每个月都挣四十四元，一个月不到一百元。回一次家，往返车票二百四十元。生孩子难产，现在小孩子四岁了，叫邵亮，小许姓母亲姓，继父姓邵。小许和小汪他们一家三口人三个姓。人家都叫小汪“假小子”，她打鱼、扶犁、赶车，和男青年一样干。卸船能扛一百几十斤。她在邮局工作，好大学考不上，一般大学考上了也不去念。在这边，苦是苦点，也熬过来了。她钻业务也很上心，我在她家看到十来种邮电业务书，和小许结婚后一直很幸福。她的一个女同学方军回了家乡杭州，回去当小学老师，介绍个对象，男的不好，家里逼，方军上吊自杀了。在这边也不比回家差，回家的当工人，当老师，不过如此。这边靠自己双手，没柴了打柴，没菜了种菜，饿不着，冻不着，挺好。她除了上班，还养了八只鸭，十只鸡，还种菜，种苞米。家里就是书多，她说这就是财富，给后代留着。他们家的一个大纸箱里，老母鸡喂着白白的小鸡崽儿，点着煤油灯，炉子烧着开水，嗞嗞地响着，房檐下吊着鲤鱼干，什么都有秩序，充满生活的信心和勇气。

小汪长得挺好看的，小许更英俊。他们两个真是般配。

志民对他们说：你们别小看自己，咱们国家十几年倒退、困难，你们负担不小，苦没白吃，假如国家没有你们这些人，不就垮台了？这一代人分担了国家的苦难，承受了国家的重担。

见到了边防某团团长耿玉山和副政委袁新民。听说小河汉子有一个“豁牙子连”，战士吃水难，井里打不出水来，47% 都患有牙病、皮肤病，这是边防战士献身精神的一个见证。

【7月4日】到毕凤云家访问，她三十三岁那年也就是 1959 年参加北京建国十周年国庆的全国各民族观礼团青年学习团，在毛泽东主席和刘少奇主席身边合过影，那时她是妇女小队长。他们有三个儿子两个姑娘。他们的二丫头毕秀琴刚刚高中毕业，今天到同江参加统考去了。毕凤云一家去年打鱼挣了八千元，她小女儿拉小提琴，家里的磁带有舒伯特的《天鹅之歌》、《小夜曲》和《军港之夜》等。小女儿说，考上就继续念，考不上就捕鱼。

下午访问了抚远四连和会晤点。今年旱得蜻蜓乱飞，松花江水特别瘦。排长朱友良是从云南参战过来的。志民嘱他：从南疆到北疆，在哪儿，都是祖国需要的地方。到一班和二班，四个战士腼腆而拘束。志民问战士：愿不愿意当兵？战士回答：愿意。志民问：生活习惯不习惯？战士回答：来两三个月就习惯了。志民问：夏天好过还是冬天好过？战士回答：夏天好过，冬天不好过，太冷了。志民见这么偏远的班排，在蓝色的脸盆架上有七个脸盆，毛巾搭成三角形，被子叠成四棱四角，在洁白的褥单上，军帽前面上衣叠得板板正正，一条人造革腰带放成了一条线。志民特别高兴，还亲手提了提八二无后坐力炮。

【7月5日】马江昇是 1981 年兵，在家没学过理发，为给战友和五保户老大爷理发，办起了义务理发馆。今年 5 月到团里考试，在抚远买了把剃头刀，不太会用，在抚远理发馆学一下午，坐凳子上看，人家说，这个解放军头发也不长，觉得很奇怪，知情后，就教他。连队买了块镜子，这就理上了。

计划突然改变，下午乘边防巡逻艇去勤得利。在界江上航行，会船时互相礼让，观察，瞭望，注意水面的漂流物，免得把叶轮打了。今天还好，是二级风。从八岔到勤得利陆路是五十八公里，江上行不知应是多少公里。

勤得利是一个小镇，这里已经五十多天没下雨了，旱得土地都冒烟了。傍晚，我们在屋子里闷热得难受，便到江边去凉快凉快。远远看见江面上腾起薄纱般淡淡的雾气。我们身后走来三个人，其中最显眼的是那高个儿的姑娘，她用宽大的蓝绫子扎着一件鲜蓝的挎肩短裙，半高跟棕色皮鞋，尤其耀人眼目的是她那双一截红一截白的长筒袜子。我们望着她的背影，不由得议论起来，这么个“土”地方，竟有如此穿着特别的姑娘。我头脑里忽然蹦出个“小斑马”这个含有嘲讽意味的代号。我们赶到江边码头台阶时，见“小斑马”手里拿一摞书，正与一个刚洗完衣服的姑娘说话，我见她那张并不算漂亮的脸上，眼睛虽然很大，却罩着一副度数很深的近视镜，她那一排细小的牙齿不怎么好看。她急着与一个男孩和一个女孩沿着江堤向西去了。出于好奇心，我们向端着洗脸盆的姑娘打探，才晓得她们俩是同一所小学的老师，这个“小斑马”还是班主任呢。我又暗想，在这样的“土”地方教书，穿着这样“洋”，学生会怎样看她呢？

起了雾的江边，人不少，坐在浸泡江水里的小板凳上洗衣服的妇女，用大纱布沉着地网虾的老人，拿着盛有碎苞米的罐头瓶子“蹲”小鱼儿的丫头片子，脱了个精光在江里“扑腾”洗澡的淘小子，把大飞轮转得溅起水来刷自行车的小伙子……

望着薄雾下急匆匆奔流的江水，仿佛自己身上灼人的热气也消散了许多。我们在沙滩上节奏松散地、自由自在地漫步，不知不觉中，天已暗下来了，该往回返了。我们刚刚从西边的水泥台阶走上来，就愣住了，那位“小斑马”面对着两个孩子聚精会神地给补四年级的语文课呢。我问：“补习功课怎么跑这么远哪？”她转过头来，一字一顿地回答我：“天太热，家里和教室都闷得慌。”这时，我清楚地看见了她那张年轻却显得憔悴的脸和那排细小的、闪光的牙齿。

沿着江堤往回走时，我觉得脚步有些沉重。我为自己那么轻率地嘲讽了不该嘲讽的人而感到内疚。走出很远了，我又回头，想再看一眼那位穿着一截红、一截白长筒袜子的年轻教师，但却因天色黯然而没有望见，可我却意外地发现江面上的雾气，不知在什么时候悄悄地散尽了……

【7月6日】乘车到同江。县人武部孔凡新政委热情地招待我们，同江县委副书记李祯镐与我们共进午餐。

同江这个地方不大，有民谚为证："一条大街三盏灯，一个喇叭全县听。"

孔凡新政委激情赋诗："北国边塞同江镇，迎来贵客老诗人。大兵风度实可敬，老将楷模勉后人。"志民当即挥笔题写了一首诗赠与同江县人民武装部："大野无边庭院宽，碧波似锦江水甜。枪挑晨星先观日，网捞晓月早开船。"他还对李副书记说："早开船"是"四化"的意思，你们这个地方早见太阳，也希望你们生产搞得更好，比别的地方"早开船"。李副书记说：一定不辜负老诗人的期望。我们看到第一期的《同江文艺》上，有孔凡新写的诗《美丽的三江口》，李祯镐作曲的歌《同江美如画》。志民说："文学这东西，想象是很重要的。"

俗话说，大旱不过五月十三（阴历），现在已经过了。同江县去年淹了七十八万亩农田，重灾县更多，有八十二万亩。这里有一条鸭绿河，一百里长竟有三百三十个弯，杂草丛生，汛期排不出去，省里给些资金，县里为之奋战。

同江满语拉哈苏，老屋、废墟之意。

【7月7日】到富锦，县人武部刘景田部长和杨润金政委热情接待我们一行。富锦县有三金：金豆子——黄豆、金疙瘩——甜菜、金叶子——黄烟。

这里有炮车，炮管向天，想打下雨云，人工降雨。

天热且干燥，我们都早一点躺下了。我迷迷糊糊地像要睡着，门被轻轻推开了，志民端着盆进来了，他说：有水，洗一把吧！因为知道水极缺，大家都不可能洗漱，脸都没洗就睡了。志民说，人武部的人给弄了点水来，他刚洗过，让我也洗洗。我实在太感动了！志民这么大年纪，身体不佳，长途乘车奔波，累极了，乏极了，有一点水，还想到我，还给我端进屋来……

【7 月 10 日】我们回到了佳木斯，合江军分区的王学礼政委也是参加过打天津的。与志民唠得很热乎。我们在佳木斯稍事休整，又开拔来到伊春。

车过静静流淌的汤旺河，郭小川曾在这河边歌唱，河面像镜子一样，许是小川的诗句仍在闪光！他那动人的《林区三唱》至今在人们的心头回响！

我们参观了南岔水解厂，这里用化学方法水解木头。

有一个上甘岭林业局，一问是抗美援朝时，英雄的志愿军战士打了上甘岭，这边开发了这个林业局，就起了这个名字。那些竞相成长的白桦林，一棵棵都长得笔直向上，我愿是竞相生长的林中的一棵，而不愿成为孤独的弯树。

这里的深山密林中还有一个五营，是抗联第五营所在地，

在伊春新青人民武装部，韩忠仁、姜振友两位领导给介绍情况。1957 年这个地方就有路基，没铁轨，1959 年铺了铁轨，搭帐篷，建林场。这儿的蘑菇里有一种叫猴腿蘑，特别好吃。

【7 月 11 日】我们采访了保兴山雷达观察哨，见到了三十岁的李香根连长。这个哨所建哨八年了，初期吃饭到山下背江水，山高坡陡，三个人背一桶，背到山上也只剩一半了。长年洗脸用露水、雨水，冬天用化了的雪水。现在是太阳能发电，管灯是太阳能照明。有一条通往哨所的小路，有一条叫“哈利”的小

狗，它可以看家，主人不回来，它一动不动。

说到狗，李连长给我们讲了今年2月17日巡逻冻死的一位“军犬员”齐国斌和他的狗的故事。齐国斌是辽宁北镇兵，初中毕业，1979年入伍，有一张红扑扑的脸，是一个人见人爱的小伙子。那天，界江对岸一个拖拉机越界开到我方来了，拖拉机手发现是越界，跳下来就跑回去了。上面让连里核实一下情况。指导员陆崇山带四个战士（其中一个人是翻译）去了。嘉荫县这一天零下45度，江上零下50度，雪大，齐国斌体质不好，两个半小时走到江边，雪深难行，冒汗特别多，早上的高粱米饭也吃得少。在对方的拖拉机周围照相、画图、量尺寸，停了二十分钟，这一歇，齐国斌棉袄里的衬衣变成了冰衬衣。他没叫没哭没喊困难。核实完了，大家都冻得不行了，指导员说原道返回，五个小时也上不来，只好顺江向南大东村二十公里走，四个小时可到达居民点，到那吃点饭，暖和暖和，大家都同意，那里有温暖啊！可是走了四五里路，齐国斌就走不了啦，一走一个跟头，鼻孔前冻了一个大冰坨，指导员用手把冰坨抠下，一边一个人架着他走。他的半自动步枪别人背着，两个人拖着他，后来半步也走不了啦，指导员决定原地笼火，派翻译打前站，加快速度跑。刘班长和李宝贵捡柴火，指导员护理齐国斌，点着了篝火，树杈子，蒿草，烤也不行，这样下去全得完！又决定快走。两个人架着齐国斌继续前进。走了两个小时还没走一半路，看见大东村的亮光了，翻译带生产大队的拖拉机赶来，带着棉被，把齐国斌接到了老百姓的炕头上，用被子捂，揉，这时他已没气了。赶紧把他送到县医院，做人工呼吸，他一肚子全是冰！一按冰咔咔响。全连人从干部到战士全是痛哭流涕。齐国斌才二十一岁啊，他非常可爱。他父亲是大队支部书记，母亲是家庭妇女，他父亲赶来后说：我儿为国捐躯，死得光荣！春节前夕，省慰问团来了，省人大常委会主任王丕年亲自看望了齐国斌的父母，慰问团还演了齐国斌的节目。《解放军报》和《前进报》都报道了他的事迹，追认他为革命烈士。再说他的那条狗，因为平时齐国斌一天遛它三遍，军犬的名字是保密的，不是谁都能叫的。齐国斌牺牲后，军犬不吃东西，别人喂它不吃，别人牵它它不出犬房。后来没法，换了个军犬引导员，三天后，叫它的名字，它才吃了点东西，后来就让它提前退役了。

在嘉荫，我们见到了1961年盖县入伍的某团团长贾德伟。他向志民介绍了部队战士成分的现状，卫生队发鱼肝油给战士吃，因为得夜盲症的多。

嘉荫有民谚："轻工业，织渔网；重工业，挂马掌。最好的电影演两场。"

【7月12日】我们在高高的兴安岭上的淘金现场，观看了淘金者的劳动。有小船形的椴木的簸子，叫木溜子，把土层推开两米厚，一天向前走两米多。水流淌，沙、石、泥，都放过去，把微量的金子粒留下来。镐叫金镐，锹叫金锹。老工人白发苍苍，黑黝黝的脸庞，皮靴浸在水里，汗水从脸流到脖子上。小红布口袋叫金缸子，插根带绿叶的小树，把金缸子挂上去，这是大家的劳动成果。工具大家摊，吃饭入伙，每人一袋面，一斤油，管饱吃，只有晚上的酒壶是自己的。这儿遍地是手工业的作坊。一组三五个人，手工沙金的废堆称为毛堆。自然金块最大的有三十六两的，黑河有四斤的。

我们在一个叫葡萄沟的地方参观了现代的"金龙1号"采金船，这艘大船整日整夜地左右摇啊摇，就是不怎么动地方。它能挖地四米多深，日处理量是二十五至三十吨矿石，生产黄金四两半到五两。

据说当年慈禧一年要四万两黄金，山东掖县，河南灵宝，吉林夹皮沟，从清朝时就开采。

一吨矿石含七克金。这得多大的耐心、毅力、信念和辛劳啊！

俗话说，人无完人，金无足赤！百分之百的黄金是没有的。

在这儿，我见到了耀宗哥的一个同学叫邹爱国，他说开发最早的是北沟，鹿儿岛。日本人进来，永林公司，多达一万人，烟局、保局、妓院，挤满了这条街，像蝗虫一样吮吸采金工人的血汗，像牛虻一样轰不走。那些家乡发大水，颗粒不收的河南、河北来闯关东的汉子们，白天披麻袋片，晚上枕砖头，在这儿采金。抗联战士在这儿打小鬼子。鄂伦春人山路熟，日本人和土匪给大烟让他们带路。抗联刘忠朴带队进来，被堵击，死了不少人。新中国成立后的第一任矿长是山东人，娶了鄂伦春的袖头姑娘。乌拉嘎是和平解放的。解放时鄂伦春不到七十人，近亲结婚，退化。在1946年解放战争中，一两黄金一个兵，多产黄金打敌人，对战争贡献很大。当时县长、矿长、公安局长张少久是个“三位一体”的干部。政委叫铁流，老乡们都记着。

我们访问了鄂伦春乡，现在的鄂伦春人都定居了，盖房子，有火炕，我们访问的这家女主人银花今年四十三岁，家有两个全包的沙发，有用手帕盖着的小三洋录音机。窗台上有月季花，茶几上有塑料花。她家炕上也像汉人一样有大立柜，柜上画着狮吼虎啸之类的画。他们仍有马有猎狗，国家奖给她自动步枪和子弹。她大孩子杜庆武今年十八岁，初中毕业，到伊春参加射击比赛去了。主人说，现在的年轻人不愿进山打猎了，吃不了那个苦，连犴肉也不爱吃，嫌膻，只好养猪。

在三十三岁的生产队副队长莫双海家，他说他不会狩猎，会开拖拉机。他父亲打猎。他去年“十一”代表鄂族参观团到北京，又到郑州、武汉、西安、太原参观了三十八天，来回五十六天。他的女儿莫维维正拿着“全日制十年制学校小学数学第二册”坐在窗台上念呢！桌上有上海出品的竹笛。

听说有一个上海女知青，与一个鄂族小伙结婚，生了三个孩子，丈夫被砸死了，她又与其弟结婚，其弟又被砸死，她又与一个当地农民结婚。把三个孩子扔给了孩子奶奶，国家抚养两个，因为老人是五保户。

【7月13日】在伊春税务招待所。

志民与我谈诗。他说：我父亲聪明，写许多诗，都没保存下来。他说，大学生好多词会用，光文字漂亮不感动人。流传下来的诗，都是有寓意或寓意比较深的。他说，小说要有故事，诗要有激情。他说，文艺作品凡勉强弄成的往往失败。他说他的自赏诗，大部分是在公园里写的，青年湖，或地坛公园、日坛公园，骑自行车到那里去写，带暖壶和吃的，还带小板凳。我说公园里人那么多不乱吗？他说，但都不认识啊！人们只从他身边走过，没有干扰，他们与你无关。冬天也去，锁上门就走了，家人不知上哪儿去了。住的那个大杂院太乱乎，隔墙就是一百二十八中学，有时会飞过来个球，还得给孩子们捡球扔过去。在公园里写时有时有孩子过来看，以为是画画写生，一看：噢，写诗呢！

志民说他不崇拜名家，喜欢生活气息比较浓的诗，抗战时读二三十年代的诗人们的作品。入城后，先看老舍的、郁达夫的。他说：《死不着》是民歌体，已不是民歌了。这种民歌体，有民歌成分，也有旧体诗和新诗的成分。我散曲看得多，散曲比诗进了一步，自由，俏皮，语言通俗，生活气息浓厚。爱读赵朴初的《某公三哭》、《反听曲》等。他说，文学作品最怕牵强，像看雕刻，若看到了刀痕斧迹就失败了。他说，有人也写了很多，但缺少自己的特点，留不下来的。你擅长工笔画，但不一定会油画，可是你千万不要下工夫去画油画，还是在工笔画上下工夫。河北贾大山可以把小说写得不错，但你让他写诗未必写得好。他说，诗人应有更多一点的阅历。

【7月14日】荣立了二等功的战士李宝贵，给我们讲述了齐国斌烈士牺牲前后的一些情况。

【7月15日】在伊春，志民两次给我讲同一件小事：抗美援朝期间，他的《血缘》剧本在《新文艺》上发表了。讲的是志愿军战士给朝鲜老大娘输血，中朝人民有血缘的友情。扮演朝鲜女孩的那个女演员，毅然地把大辫子剪了，弄成刘海短发。志民说，艺术家就应该有这种献身精神。

【7月16日】访问一个上海知青，她叫王志华，父亲是上海毛衫一厂的职工，母亲在杨浦区一个饭店上班。她们姐仨，她是老大，1970年来黑龙江时十七岁。一个专车拉来九百多人，到大兴安岭。爱人赵山也是插队的，到加格达奇开车，比她大三岁，赵山的父亲是个粮食采购员。她和赵山是打篮球认识的，一个林场男女球队的。他们有两个小孩，大的男孩，七岁，在上海念书；小的三岁，女孩，爷爷奶奶特别喜欢，因为他们家三代没女孩了！长得像小黑豆般，是个小胖墩儿。

在乌拉嘎金矿有一个烈士墓，很简陋，埋着这儿解放时牺牲的烈士们。碑文上写着："这里安息着人民英雄、革命烈士、中国人民解放军某部指战员四十六人，他们为了砸碎黑暗的旧世界，解放日伪统治下的灾难深重的中国人民，于1946年6月解放佛山县（现北沟金矿）战斗中，在五龙桥、关门嘴子一带，为消灭日伪余孽、土匪、保安队而前赴后继，奋勇当先，为人民解放事业光荣捐躯……"

【7月17日】志民诗兴大发，写了几首诗，一首是："夏日

访林城，山清水亦清，愿作兴安树，永当护林兵。”还有一首颇有哲理意味：“黑水如龙红松高，遍地金沙信手淘。伊春百里堪言大，兴安万顷自称小。”

大家夸志民的毛笔字写得好，他说他在解放战争中，有一个宣传科长，长得帅，字写得好，受他影响大。这个科长被地主武装打伤了，做手术时，就因为他对象害怕他手术疼得受不了，打麻药太多，死了。他从小练字，用笔蘸水往砖上写，写完就干了。

【7月18日】一早，志民把我叫到他房间，把我的采访本要去，他说要送给我一首小诗，他用蓝色的签名笔，飞快地写了四句：

七月走关东，小诗赠世宗。
海内存知己，情义古今同。

雅文大姐送给我一本《中国旅游地图册》，是全新的，她买了两本，给我带了一本。

【7月27日】到沈阳低压开关厂俱乐部，听姚雪垠作《长篇小说的文学美学》的报告，他说到最早茅盾先生提出把“写实主义”改为“现实主义”。为人生的文学，这在当时是很进步的。同一题材，由于作家的世界观不同，可写成完全不同主题的作品，如，同是宋代农民起义，进步作家写成了《水浒》，而站在反动立场上的作家却写成了《荡寇志》。他说到“文革”开始，贴大字报，把《李自成》说成“反党反社会主义的大毒草”，毛主席说：姚雪垠的《李自成》写得不错，要保护他。有人提出，书中为什么把妃子写得那么美，而把农妇写得丑？这是阶级立场问题！姚雪垠说：妃子不美能选入宫吗？宁可让我做监牢，挨批判，我也要坚持，这就是现实主义的创作方法。

【8月2日】陪陈广生科长到辽化作雷锋报告，到了辽化，有关领导告诉我，在陈广生报告后，让我赋诗一首。我没有准备在这里赋诗，主要是没来过辽化，陈广生科长让我跟着来，我就来了。在陈广生科长报告时，我在本子上打草稿，写了一首小诗，我见天热，会场里乱嗡嗡的，下面说话的声音很大。我在开头先念了几句："今天的气温：零上33度，可谓真正的盛夏酷暑！辽化文化宫座无虚席，人们来听雷锋事迹的讲述。中国经历了十年浩劫，不能要求每个人都全神贯注！"几句诗念完，下面一下子安静了，没有杂音，上千双眼睛都盯在台上。我接着读："雷锋不是天主，雷锋也不是耶稣，但我们对他都很信服；他是一个活生生的人，像一棵活生生的树，长在我们自己的国土。他离开我们二十年了，但他的笑容长在，他的领章依然鲜红，他的红星依然夺目，他的汽车依然奔驰在国防公路。世界需要善良，不需要恶毒；人间需要温暖，不需要冷酷。雷锋就是春天的风呵，吹呀吹，吹遍了千家万户。雷锋是普通的士兵，没有高官厚禄；他有一副火热的心肠，时时，处处，时时处处，都想着为人民服务，为人民——服务……正直的人谁能不羡慕——雷锋那思想的宝库；有志的人谁能不追求——雷锋那精神的财富。雷锋一无所有，可他的心却镶嵌着玛瑙和珍珠！有人说，思想不顶饭吃，精神也不能充当衣服，有人及时行乐，纸醉金迷，甘心做拜金、拜物的信徒，他们稀里糊涂地打发日子，一步一步临近坟墓……当然，革命者不是苦行僧，也要吃饭，也要穿衣，也要住宿，"四人帮"扼杀人民一切欲望，我们不知吃了多少苦楚。我们是唯物主义者，同时又怀有远大的抱负：为了加快时代列车的进度，我们甘愿做铺路的一块石子、一根枕木；为了催开后辈幸福的花朵，我们高兴化做一束阳光，一滴雨露。一个人生活于世，总该有坚不可摧的精神支柱，像沙鸥爱荣誉胜于生命，为夺

取金牌，什么代价都舍得付出；像许灵均，爱祖国如爱慈母，任何时候都不会嫌贫爱富！他们是新时代的雷锋呵，出现在八十年代的银幕。这是社会生活的投影，弹奏着、跳动着昂扬的音符。多少人从中得到启示，这样的日子才算真正的富足！雷锋不是泥塑的菩萨，也不是雨后的虹、清晨的雾，雷锋在这个世界上生活过，他留下的哲理异常丰富。丰富，却一点也不深奥和神秘，就像泥土一样的朴素！只要你想成为他那样的人，只要你肯走他那样的路，无论什么民族，什么职务，什么性别、年龄、文化程度……谁都能够成功呵，看脚下，就是亮闪闪的坦途！”

在辽化这十里化工城，青年工人一结婚，就可从独身宿舍搬入“夫妻楼”，获独立的一间居所。这里有从法国引进设备的污水处理厂，每天处理三百万吨的三废（水、渣、液），所以这里的绿树油绿，没有一片枯病的叶子。

【8月4日】在军区工程兵政治部举行座谈会，工程兵的王政委到会，军区组织的二十人刘柏林事迹文艺宣传队，是闫柏松部长命名的，由军区政治部主任圈阅同意的，朱光斗同志带队。朱光斗说，专业团体以一个英雄名字命名一个宣传队，数十年来第一次。宣传队到大山沟里到边远的地区，给艰苦的工程兵指战员们演出，受到教育和鼓舞。我和陈广生科长及杂技团政委马文震参加了座谈会。我为刘柏林烈士写了一首长篇朗诵诗《雕像》。王刚在辽宁人民广播电台配乐朗诵了。

【8月11日】听作家吴强讲话，他有一句给我印象很深，他说：文人最怕无文。是啊，文人如果无文，那就是个冒牌的。

【9月3日】随军区话剧团《彭大将军》剧组于今晨达京，住工程兵招待所。

下午，随军区文化部和话剧团有关领导一起到总政文化部报到。这次剧组进京是执行为党的第十二次代表大会的代表演出的光荣任务，总政首长很重视，总政文化部文艺处的黄国林等，与我们一起去二炮礼堂看场地。

晚上，松涛来看我，我们一起去看文福，他探家走了。李晓桦来看我，我们一同去看了喻晓。

【9月4日】上午去人民日报社，在文艺部见到了解波、吴培华、袁茂余、蒋荫安、郑荣来、丁宏新、武培真、徐刚、姜德明和缪俊杰。丁宏新约写军区话剧团《彭大将军》剧组进京的消息，我当即写了交给他。蒋荫安谈剧评文章的要求。

去解放军文艺社，见到了丁临一、张俊南、李晓桦、刘成华、李大我、张忠、韩瑞亭、范咏戈、袁厚春、陶泰忠、程步涛、李培森和王颖，分别与他们谈了各自的近况。社长李瑛正在办公室整理要搬家的书、材料、纸笔，在打捆。他将于9月14日赴美访问，冯牧、吴强带队，成员还有蒋子龙（原来是欧阳山）和李準。下周二集中，听外交部门报告，这是美方官方邀请的，1979年就邀请了，一直拖，人员定不下来，现在美对台出售武器问题也解决了。大约去两个月，还要讲学，讲诗歌方面的是李瑛。他说，我们要在美国过我们的国庆节了。我说仅这一点就可以写一首诗。李瑛说，他几次打报告，要下部队，都没批。在他桌子上就有一份给刘白羽部长和胡、张副部长的报告，个人署名的，说党委几个人研究过了，文艺社的工作可以安排，要去兰州军区看看作者，走一走，时间一个月，不影响工作。请批准。我看见那落款是5月22日，当天批回，胡可副部长批的：似可在8、9月再走为宜。白羽部长和张副部长圈阅过。李瑛一直有扑向沸腾生活的愿望，但他是身不由己啊！

【9月5日】去空政，与李松涛谈了一个上午。中午，我们

一起在招待所进餐。李松涛新写了一组战士探家的诗，很是有味儿；我的诗，他喜欢《俯瞰原始森林》和《题试金石》。

我打电话给佘开国，他不在家。后来竟然在电车上遇到他和卢晓渤。真是太巧了！上千万人口的一个首都，想找一个人没找到，竟在电车上碰上了，不是缘分是什么？

下午去看张志民的夫人傅雅文大姐和李叔方大姐。

在臧克家家，克家几次要给我倒水，我没让倒。克家说他和郑曼大姐7月8日去青岛等地，9月1日回来。说光年夫妇和白羽夫妇也去了。他说天太热，人情也太热。他在外面共写字五十幅，回来又补了六幅。要字的有大学同学，现在当教授的，有党委书记，有亲戚，有司机和招待员等。在那里会见了当代文学学习班的几百学员。刘知侠、苗得雨也在那里。克家说，在那儿录像，录录就病了。太热情了，房钱都不要了。这次克家还看了闻一多、王统照的故居，住在海滨公寓。青岛这个地方，他住过五年，新中国成立后也去过，群众热情得受不了。

克家说，在那里不到二十天，赶写了两万字，给《诗刊》纪念李白的八百字，有给《人民文学》纪念吴伯箫的，为老舍新诗选写的序言，老舍夫人看了很感动，交给了《人民日报》。为湖北出版社编选的九十万字小说散文集写了两千字的文章。另外，华中师院编的新诗，让他写序。《文史知识》来人要写《唐诗新骚》。晚上来四位，有两位是四川学生，有修四川一大桥的总管。广东要出五十三万字的臧克家集外集，一百三十六篇，调查了三年。找到了失散多年的没收到集子里的诗文。克家说，《光明日报》约写庆祝十二大的诗，原不想写，后来还是写了，但不会贴标签。有所感还是应该写的。克家有一自题条幅："搔痒不着赞何益，入木三分骂亦精。板桥手书楹联甚好，甚是，余心为之折。克家庚申初秋"。

我告辞，克家和正在院内浇花的郑曼大姐一起送我出了大门。

到红星胡同看望了李景峰和孟伟哉。

【9月6日】去北京日报和北京晚报，见到田藏申和刘炳增、姚爱伦、吕爱国、李士民。我当战士时给《北京晚报》投稿，是姚爱伦几次编发了我的诗，我一直没见到过这位编辑。今天见到了非常高兴，我向他表达了感激的心情。田藏申是解放军文艺社张文苑副社长的夫人，也是浩然最早发表作品特别是发表专栏作品的责任编辑，自然很熟了。我把军区话剧团进京演出的消息给了他们，他们都痛快地答应照登，并且要了演出剧照。北京日报的吕国庆还让我摘了《彭大将军》的精彩台词几十字给他。

中午，与我一起在人民日报学习过的刘炳增请我在报社食堂吃饭。田藏申大姐过来给我加了菜。

下午，在诗刊社，与杨金亭、张新枝、吴家瑾、丁国成诸同志，谈得很尽兴。

回到住处，王德英告诉我，人民日报来过电话，叫我明天一早去谈剧评稿子事。另，二炮的朱春雨也来过电话找我。晚10点，朱春雨来电话，说他将去赣南，将去三个月。他心情苦闷，苦于写不出东西。他说《解放军文艺》七月号上有一篇小说，竟一点反应也没有。

傅雅文大姐来电话，让我等到志民出访归来，一定要到她家做客。

话剧团邹士福干事回来说，卸道具车的战士现在要求高了，给点心不吃，要下馆子。

【9月7日】一早去人民日报。在大门口遇见早上来上班的

缪俊杰和郑荣来。在文艺部又见到了袁鹰、姜德明、叶幼琴、曾岛、徐刚等人。蒋荫安和缪俊杰与我谈剧评稿子。归来路上，到戏剧电影报，见到苏雷、杨晓雄二位编辑。到解放军报，见到了纪学、曾凡华、黄连城、柴全径等，麦辛不在。在光明日报见到了黄永涛。都是谈《彭大将军》的宣传问题。

晚上回到招待所，向李树楷副部长、田丹团长和靳洪组长汇报了报纸宣传的落实情况。

【9月8日】与王德英一起跑新闻单位送票，落实晚上来看戏的人员。

在二炮礼堂首演。离朱春雨家近，我约他来看戏。他说他在安徽练了三个月，读了五百万字的书，每天读到深夜1点。我到他家一看，住房条件实在太差了，我见到了他夫人及两个孩子。

彭老总的夫人浦安修来看戏，总政文艺处魏风处长来看戏。人民日报来了一位秘书长、一位部主任，缪俊杰和英韬也来了。孟伟哉和他的儿子骑自行车来了，他们到时序幕刚开演，我陪他看到剧终。

【9月9日】全天赶写给《人民日报》的评论稿子。

晚在二炮礼堂演出。总部首长伍修权、迟浩田、甘渭汉、华楠等，在军区司令员李德生和政委廖汉生的陪同下，观看了演出。演员特别紧张，出了不少的纰漏，但首长很是满意，上台接见了演员，一一握手，还合了影。大家一块石头落了地。

夜餐后，我抄稿子抄到后半夜也没抄完，太困了！

【9月10日】早起接着抄稿。邹士福干事的汽车等我一起进城。我先去中央电视台，把票送给马曾超；后去人民日报，见到易凯、王必胜和缪俊杰。易凯当场看了稿子，说可以了，他把

稿子交给了缪俊杰。缪俊杰翻了翻，没再细看，说，就这样了。他们约我一起吃午饭，我谢绝了。只要稿子过关就行了。我一个人在报社外的一家小店，要了三两包子，喝了两杯啤酒。接着去了北京电视台，谈节目录制和宣传的事。谈得太晚，晚上在外面一小馆，随便地喝了两碗稀粥。

今晚是在二炮礼堂的最后一场演出。张文苑、田藏申夫妇来了，他们很高兴地观看了这个戏。

【9月11日】一早给前进报的刘万胜打电话传稿子。

我写了军区罗舜初将军的长诗《标本》后，罗舜初的夫人胡静几次约我到家做客。我找到罗副司令家，不巧，胡静大姐到机关去了，她在劳动服务总局工作，看文件去了。在家的公务员和保姆非常客气。胡静回来，我们亲切地交谈，她热情挽留我吃了晚饭再走，我谢绝了。

【9月12日】今天是周日，赶写了队伍到八宝山革命公墓悼念彭老总活动的扫墓词。今天晚上给党的十二大代表演出，值得纪念。

【9月13日】到解放军报社，见到元辉、麦辛、纪学、杜志民、曾凡华、喻晓等人，把魏传统看《彭大将军》后写的一首诗交给他们，希望能在军报上发表一下。然后，我去了中央电视台，与张华山谈全剧录像的事。晚上公演，军报的洪炉、乔天富都来了，乔拍了些剧照。

【9月14日】到中宣部文艺局，与成志伟谈请贺敬之同志看戏的事。

中午在解放军文艺社吃午饭时，见到了张澄寰、王传洪等。在他们那里，我用军线给陈广生科长汇报了这边对咱们的戏宣传的情况。

晚上到二炮礼堂观看了广州军区的话剧《祖国屏风》。

【9 月 15 日】上午，与靳洪、邹士福等乘车出去送票，分别到了中宣部、中央电视台、光明日报社等。

《人民日报》在很显著的头题位置发表了我写的《舞台上一个活的彭老总》的文章，篇幅不小，这对进京的军区话剧团是一个鼓舞，对首都其他报纸进一步发表有关《彭大将军》的消息和评论是一个推动。

【9 月 16 日】上午去后勤学院观看电影《小金鱼》和《冰山探险记》。

下午到剧场，江枫来，与他同去看望端木蕻良及其夫人钟耀群大姐。因他们家距离剧场很近，就请他们观看《彭大将军》，钟耀群大姐让我代她向军区副政委张午的夫人、她一个文工团的战友赵炎问候。端木蕻良送我一本他的小说选，还为《彭大将军》一剧题诗一首。

【9 月 17 日】下午到北太平庄，见到了总政话剧团创作组组长沈福庆，我们 1965 年在全国青年业余文学创作积极分子大会上相识，后来我在解放军文艺社帮助工作时，他在戏剧曲艺组编稿。他的小戏创作曾红极一时。我请他观看《彭大将军》。

晚上，贺敬之、柯岩坐车来看戏，柯岩对我说：我还替你请来了于雁军。于雁军是《中国戏剧》还是《剧本》杂志的主编。同来的还有成志伟。成志伟和我曾在人民日报一起学习了一年。那时他在一所中学任教，擅写文艺评论。我陪着他们观看。贺敬之看到高兴时，就俯在前席椅背上，柯岩和于雁军也看得进了戏，他们猜测人物要说什么。第四场幕一落，敬之同志带头鼓起掌来。第七场开始，我问柯岩上台见见大家面如何，柯岩示意问贺。敬之听了点点头说：见见。我马上去后台告诉李副部长等。李让我到时候介绍一下来宾。纪鹏在七排左侧过道等着，他告诉我《花城》诗增刊事。我请柯岩和于雁军，她们说什么也不上台。总政宣传部长吕村夫先于贺敬之上台与演员一一握手。敬之谦虚，让吕村夫先讲。吕没有客气，先讲起来。怎样先看了剧本，后又看戏，印象如何。贺敬之既是中宣部副部长，又是著名的剧作家和诗人，他热情洋溢地说："这是一出闪耀着共产主义光辉的好戏。是很激动人心的，有很好的教育意义，对我们是非常需要的。演出非常成功！这个戏给十二大代表演出是合适的，十二大代表反映是很好的。有些具体的小的地方，还可以进一步推敲修改。我向大家祝贺，谢谢同志们！"敬之应邀与大家合影留念。

晚上回来，我给《辽宁日报》、《沈阳日报》、《前进报》各写一稿，至后半夜两点，便于靳洪明日回沈带走。

晚上都去观看电影《勿忘我》，我和王德英没有去，研究后期宣传的事。

【9月18日】 上午在总政话剧团排练场召开《彭大将军》座谈会。由总政文化部副部长胡可主持，驻京各单位的专家学者和作家艺术家们热情地给予鼓励。参与写《白毛女》的丁毅和魏风、麦辛、鲁威、王贵等到会并发了言。

下午去解放军画报社，遇陈德通，说了会儿话。董辰生给我画了一幅《火把节之歌》，放在家里了，他领我到家取了来。我展看一下，一盛装白族（还是傣族）少女，极令人喜爱。